Marianne Wintersteiner

Glashimmel

Die Leute von Buchenau

benno

Marianne Wintersteiner: Glashimmel. Die Leute von Buchenau
Originalausgabe © 2004, Rosenheimer Verlagshaus GmbH &
Co. KG, Rosenheim ISBN 978-3-475-53335-1 (5. überarbeitete
Auflage)

Bibliografische Information der Deutschen Nationalbibliothek
Die Deutsche Nationalbibliothek verzeichnet diese Publikation
in der Deutschen Nationalbibliografie; detaillierte bibliografische
Daten sind im Internet über http://dnb.d-nb.de abrufbar.

Besuchen Sie uns im Internet:
www.st-benno.de

Gern informieren wir Sie unverbindlich und aktuell
auch in unserem Newsletter zum Verlagsprogramm, zu
Neuerscheinungen und Aktionen. Einfach anmelden unter
www.st-benno.de.

ISBN 978-3-7462-6172-0

© St. Benno Verlag GmbH, Leipzig
Umschlag: Rungwerth Design, Düsseldorf
Umschlagabbildung: © Kateryna Yakovlieva/Shutterstock,
Serg64/Shutterstock, K3Star/Shutterstock
Gesamtherstellung: Kontext, Dresden (A)

Inhalt

1
Der Fremde – Die Geschwister Marei und Tobias – Juliane und zwei Füchse im Schnee – Der Hüttenherr – Ein unheimlicher Gesell? 7

2
»Rockenroas« und eine gruselige Geschichte – Der Teufelstisch – »Jetzt möcht ich halt wissen ...« 32

3
Engelbert Humperdinck in Buchenau – Heuernte – »Du spielst also die Geige?« – Betty Schwarzenfeld und Ferdinand 51

4
Eine verhinderte Hochzeit – Das Christkindlspiel – »Es hing alles an einem seidenen Faden« 70

5
In Wind, Luft und Sonne aufgewachsen – Disput auf dem Melkschemel – Das Rubinglas 93

6
Aber wer ist der Vater? – Die Mär vom Glashimmel – Eine Gaudi – Feuerwehrfest – »Derf er denn dös?« . 113

7
Die schönste Zeit im Waldgebirg – Unheil abwenden – Lichtmess – Im Schachtenhaus spukt's wieder bei der Nacht – Eine Hochzeit 134

8
Das Spiegelhütter Schlössl – »Hat ihn eine Kreuzotter gebissen!« – Ein Ochs als Reittier – »Das darf er net, der Lump!« – Nicht der Wassermann, der Schutzengel . 161

9
Die Beute aus den Fallen von drüben – Die Krähe – »Der Schutzengel für den gnä' Herrn« – Wandern über den Acker – »Haben s' dich hinausg'haut?«............188

10
Tragödie im Kuhstall – Der Wind auf der Heiden – Eine friedliche Begegnung – »Wir ziehen ins Amerika!« – Das Herrebüble 205

11
Krieg – Fahnenflucht – Er war doch stark, ihr liebster Freund – »Es hat mir der Vater aus dem Fegfeuer gerufen« – Das Wunder..221

12
Das Waldtäubchen und der Schäfer – Ein Holzschuh im Schnee – Tränen – »Hättest du doch auf mich gewartet, mein Kind« – Die erfüllte Lebenssehnsucht 233

1

Der Fremde – Die Geschwister Marei und Tobias – Juliane und zwei Füchse im Schnee – Der Hüttenherr – Ein unheimlicher Gesell?

Der Winter in Buchenau ist härter, eisiger und länger als anderswo. An so einem bitterkalten Wintertag pfiff der Wind von Osten, der berüchtigte Böhmwind. Er türmte den Schnee zu mannshohen Wehen am Wegrand, rüttelte an den hölzernen Fensterläden, biss die Frauen in die frostroten Hände, als sie ihre Kübel unter den Dorfbrunnen hielten. Das Wasser rann nur dünn aus dem vom Eis verengten Rohr, aber es floss wenigstens noch.

Zwischen den Mägden und Frauen stand ein Diener des Schlosses, einen Eimer in den behandschuhten Händen, von den Umstehenden mit spöttischen Blicken bedacht. Gab es im Schloss doch eine private Wasserleitung, seit die junge Herrin aus dem Rheinländischen in den Wald gekommen war. Steif stand der Diener mit seinem Eimer da und tat, als hörte er das Getuschel der Mägde nicht. Bis eine keck fragte:

»Meint ihr, unser Brunnenwasser schmeckt besser als eures aus den Röhren?«

Der Diener schwieg, doch ein Mädchen, die muntere, scheinheilige Rosalie, Zimmermädchen im Schloss, sagte gelassen: »Uns hat's auch das Wasser eingefroren, wir müssen auf'n Schmied warten, dass er's wieder auftaut.«

»Da könnts lang warten«, meinte die Magd vom Schmied. »Der ist heut früh nach Zwiesel hinein. Da müssts schon noch öfter Wasser tragen. Warum habts denn auch den Schlossbrunn zugeschüttet?«

Ja, warum? Weil das Plätschern des Brunnens die empfindsame Schlossherrin Juliane von Poschinger am Einschlafen hinderte. Im Dorf aber hatte man sogleich abergläubisch geraunt: »Das bringt Unglück, wenn man dem Wasser den Lauf verwehrt. Wenn man Lebendiges abwürgt, dann wird noch mehr Lebendiges abgewürgt.« Das war eine Weisheit der alten Stadlerin, die angeblich ins Inwendige schauen konnte. Und es dauerte nicht lange, da wurde auch von mangelndem Glück getuschelt: Ein Jahr nach dem anderen verging und die Wiege im Schloss blieb leer ...

Jetzt wandte sich das Interesse der Mägde von dem eingebildeten Diener ab und etwas anderem zu. Ein Fremder kam den Weg entlang. Er trug einen unüblich großen Hut, geeignet, den Regen abzuhalten, unüblich hohe gelbe Schaftstiefel, wie man sie braucht, um weite Wege durch dick und dünn zu stapfen, durch Schnee und Morast. Über die Schulter geworfen trug er einen Mantelsack.

Bei den Frauen am Brunnen blieb er stehen. »Lasst mich trinken«, verlangte er kurz.

»Womit denn?«, spottete die Rosalie. »Aus dem Kübel wie unser Vieh?«

Der Bursche beugte sich zum Brunnenrohr und ließ das Wasser durch seine Hand geschickt in den Mund rinnen. »Ich werde euch ein Glaskrügel stiften, ein rotes. Das könnt ihr dann für müde Wanderer ans Brunnenrohr hängen«, grinste er und wischte die letzten Wassertropfen von seinem bartlosen Mund.

Rosalie wandte kein Auge von dem Fremden. »Bist du ein Glasmacher?« Der Mann sah sie kurz an, dann traf sein Blick das Mädchen neben ihr. Ein junges Gesicht mit dunklen, großen Augen.

Bestimmt ist ihr Haar schwarz, dachte der Bursche. Das Tuch bedeckte es vollständig, es war keine Strähne zu sehen.

Der Fremde fegte von einer Hausbank nahe dem Brunnen den Schnee fort und setzte sich. Als das Mädchen mit den beiden gefüllten Kübeln den Platz am Brunnen verließ, schlenderte er ihr langsam nach. Er holte sie ein und fragte, ob er ihr tragen helfen dürfe. Sie zögerte. Da nahm er ihr so schnell, dass das Wasser überschwappte, die Kübel aus den Händen.

»Weißt du ein Nachtquartier für mich?«, fragte er. »Wo ist denn hier das Wirtshaus?«

»Da müsst Ihr entgegengesetzt gehen, müsst wieder umkehren. Das Wirtshaus ist dort hinten.«

Es klang erleichtert.

»Erst trag ich dir das Wasser zum Haus. Musst du denn immer von so weit das Wasser holen?«

»Nein. Hinter unserem Haus ist eine Quelle, aber die ist jetzt zugefroren.«

»Tut sie das öfter? Das sollt man ihr abgewöhnen.«

Das Mädchen sah ihn mit einem schrägen Blick an. »Wie denn?«

»Da muss ich mir noch was einfallen lassen. Wie heißt denn du?«

»Marie, aber sie heißen mich Marei.«

»Ich bin der Peter Fischer aus dem Böhmischen.«

»Bist also doch ein Glasmacher?« Es war die erste Frage, die sie an ihn richtete, eine interessierte Frage. Denn von ihrem Bruder Tobias wusste sie, dass man in der Hütte einen Glasmacher aus Böhmen erwartete. Der Hüttenherr hatte es erzählt und gedroht, er werde noch andere »Böhmische« ins Dorf holen, wenn das Glas weiterhin so schlecht bleibe. Beim jungen Poschinger wusste man nie, ob er es ernst meinte.

Peter Fischer also war der erste Konkurrent, denn als solchen sahen die Buchenauer einen fremden Glasmacher an.

Tobias war der Schwester entgegengekommen und sah den Fremden, der die Eimer trug. »Gib her!«, sagte er schroff.

Sofort stellte Peter die Kübel auf den frostharten Boden und wandte sich zum Gehen. Da hielt ihn Mareis leiser Ruf »Wärmt Euch ein bisserl bei uns auf« zurück.

In der Stube roch es angenehm nach Reisig, das im Herdfeuer glimmte, und herb nach gekochten Wacholderbeeren. Peter setzte sich auf die Ofenbank, wärmte seinen Rücken und sah Marei interessiert zu, wie sie sich aus den wollenen Tüchern schälte. Ihr Haar war nicht schwarz, es war hellbraun wie junge Haselnüsse und krauste sich um ihre Stirn. Das sah hübsch aus, fast wie ein Heiligenschein. Aber sie strich die Locken sogleich streng zurück, tauchte dazu sogar die Hand ins Wasser.

Ohne Scheu und geradezu weltgewandt begann der Gast zu erzählen. Er komme aus einem Ort hinter der Grenze, dort mache man ein Glas, das besser sei als jedes andere. »Es wird in die ganze Welt verkauft.«

»Und warum bist dann nicht dort geblieben?«, fragte der Tobias unfreundlich.

»Weil ich andere Glashütten kennen lernen will und andere Leut.«

Er sah Marei mit flammendem Blick in die Augen. Dann wandte er sich an Tobias und fragte direkt: »Hast du nicht eine Schlafstelle für mich? Ich zahle gut. Morgen geh ich aufs Schloss und schau mich in der Hütte um. Wenn sie mir gefällt und der Hüttenherr auch, dann bleib ich und such mir im Dorf ein Quartier. Wenn nicht, geh ich schon morgen wieder weiter.«

Tobias erlaubte ihm gnädig, in der Äpfelkammer zu schlafen. Vorher hatte er einen so unverschämt hohen Preis genannt, dass seine Schwester erschreckt rief: »Was fällt denn dir ein, Tobias?«

Er sah sie streng an und führte den Fremden auf den Dachboden, wo er ihm eigenhändig eine Schütte Stroh zuwarf.

Die siebzehnjährige Marei schlief fest wie im Kinderschlaf. Peter Fischer, der Fremde, lag wach und dachte nach. Er war erst seit drei frostklirrenden Tagen unterwegs auf Arbeitssuche. Beim Wandern friert man nicht, ihm war wohl zumute, auch jetzt. Er war frei von jener Liebeskette, die ihn wider seinen Willen drüben hatte festhalten wollen, er war jung, morgen würde er wieder, wenn es ihn gelüstete, mit langem, festem Schritt weitergehen; oder auch bleiben – wie es ihm beliebte. Und morgen würde er wieder in ein Mädchengesicht schauen, das ihn merkwürdig anzog.

Doch am nächsten Morgen war die kleine Marei nicht zu sehen. Peter zahlte Tobias den verlangten Preis, der hatte es eilig, zur Arbeit in der Hütte zu kommen. Peter kam nicht dazu, ihn nach der Schwester zu fragen. Die arbeitete als Küchenmagd im Schloss und musste schon vor dem ersten Hahnenschrei droben sein.

Im Kontor empfing der Hüttenherr Ferdinand von Poschinger den Peter Fischer mit prüfendem Blick.
»Du hast dich bei meinem Werber gemeldet. Ich –«

»Der Werber hat sich bei mir gemeldet, Herr«, unterbrach ihn der Peter. »Und ich weiß auch warum.«

»So? Und warum?«

»Das wisst Ihr so gut wie ich«, grinste Peter.

Ja, der Hüttenherr wusste es. Dem Burschen da sagte man nach, dass er ein besonderes Schmelzrezept in seinem Schädel trage, eines, das dem Besitzer der Annahütte Ansehen und Geld eingebracht hatte. Es war ein eigenartig dunkles Purpurrot, eine Glasfarbe mit einem leichten Stich ins Bläuliche statt wie üblich ins Grellrote.

»Also, was willst du bei mir arbeiten? Als was soll ich dich einstellen, Peter Fischer? Als Glasbläser, als Schmelzer oder vielleicht als Hilfsarbeiter?«, grinste der Herr von Poschinger.

»Ein Hilfsarbeiter wie ich käm Euch recht teuer, Herr. Was wollt Ihr mir denn zahlen?«

»Das Übliche, achthundert.«

»Das Doppelte, Herr.«

»Spinnst du?«

Man einigte sich auf zwölfhundert, das waren immer noch zweihundert Mark mehr, als die anderen Glasmacher in Buchenau erhielten.

»Mir hat der Werber gesagt, ich könnte bei Euch Vasen und Ziergläser blasen, wie in der Annahütte. Hier aber ist eine Tafelglashütte, wie ich sehe.«

»Und? Kannst du kein Glas ziehen?«

»Das schon, aber das andere wär mir lieber.«

»Dann musst du früh aufstehen und zur Spiegelhütte marschieren, bergauf, aber wenn dir das lieber ist? Mir wär's auch recht.«

Die Schwesterhütte erzeugte schöne Gläser, der Peter erkannte es, als er sie begutachtete. Aber er hatte keine Lust, allmorgendlich mehr als eine Stunde Fußmarsch in Kauf zu nehmen, nur um dem Herrn Poschinger exquisites Glas zu blasen. Die Hauptsache war ihm, der Lohn stimmte, alles andere war dem Peter egal.

Er fand bei der Witwe Stadler durch die Fürsprache ihrer Enkeltochter Rosalie, des Stubenmädchens, eine Unterkunft. Dem Tobias Haslinger begegnete der Peter in der Glashütte, doch Marei bekam er nicht zu Gesicht. Wasser brauchte sie keines mehr vom Dorfbrunnen zu holen, die Quelle hinter ihrem Haus plätscherte wieder, die ärgste Dezemberkälte war gebrochen. Von der Stadlerwitwe, seiner Wirtsfrau, erfuhr der Peter mancherlei über Maria Haslinger, das »Marei«. Beide Eltern waren knapp hintereinander gestorben.

»An der Lungenkrankheit. Haben sich halt beide zu Tode gerackert. Und die Raffgier und das Unstete, das hat der Tobias vom Vater geerbt. Er meint, er müsst ein reicher Bauer werden. Darum schindet er sich Tag und Nacht, gönnt sich keine Ruh, treibt's wie der Alte als Viehhändler, macht doppelte Schicht in der Hütte und treibt Schmuggel. Und er verlangt von seiner Schwester das Gleiche. Er soll sie sogar mit Sacharin über die Grenze geschickt haben – ob's wirklich wahr ist, weiß ich nicht, die Leute sagen's halt.«

»Aber warum lässt sie sich denn das alles gefallen?«, fragte der Peter mit leichtem Unbehagen.

Die Stadlerin zuckte die Achseln. »Nichts Gewisses weiß man nicht. Aber die Leut sagen –«

Diese Redewendung kannte der Peter schon, sie war hier wie anderswo sehr gebräuchlich. Und er erfuhr, dass die Leut sagen, Marei hätte es dem Vater auf dem Sterbebett schwören müssen, dass sie dem fünfzehn Jahre älteren Bruder stets gehorsam sein werde. Und das bedeutete, dass sie von ihm eben nach Strich und Faden ausgenützt wurde. Sie musste im Schloss als Küchenmagd arbeiten, daheim als Stalldirn und im Frühjahr auch als Pflanzdirn im Wald des Poschinger.

»Es könnt doch der Tobias heiraten, er ist ja schon bald überständig«, meinte der Peter.

A geh, wer nimmt denn den Raffhansl?«, spottete die Stadlerin. »Weiß ja jede, sie müsst sich bei ihm zu Tode schinden. Aus unserem Dorf nimmt den keine.«

Und das wusste auch der Tobias, deshalb wanderte er ja auch an jedem Sonntag – da durfte man leider sowieso nicht arbeiten – bis weit in den Vorderen Wald hinein und suchte nach einer Braut. Reich sollte sie sein, und stark sollte sie sein für die Arbeit und fürs Kinderkriegen, schön musste sie auch sein, denn jeden Tag eine Schiache anschauen, dazu hatte er keine Lust.

Der Tobias war selbst ein schöner Mensch, wie seine Schwester auch. Und fesch sah er aus in seinem gebürsteten Sonntagsanzug und mit der Pelzkappe auf dem Kopf. Die hatte er billig erstanden von einem Hausierer, sicher ein gestohlenes Stück, denn der Tobias musste nach dem Kauf erst heimlich und mühselig mit seinem Taschenmesser ein Monogramm aus dem Kappenfutter trennen. Kehrte er irgendwo ein, nahm er als Erstes seine Kappe ab und verstaute sie im Schnappsack neben dem Tabak. Der war der einzige Luxus, den er sich leistete, und trotzdem tat es ihm leid um die paar Kreuzer, die er dafür aus seinem Hosensack ziehen musste.

An so einem Sonntag – der Tobias war über Land – besuchte der Peter die Marei. Sie stand am Herd und kochte Viehfutter. Es roch diesmal in der Kuchl nicht herb nach Wacholderbeeren, sondern unangenehm säuerlich nach gedämpften alten Rüben und Erdäpfelschalen. Sie sah vom Herdfeuer auf und erkannte ihn. »Seid Ihr also im Dorf geblieben?«, fragte sie, um überhaupt etwas zu sagen. »Gefällt's Euch in der Buchenauer Glashütten?«

»Du gefällst mir, Marei, sonst nichts. Die Hütte ist nicht anders als daheim. Zahlen tut mir der Poschinger hier freilich mehr. Wenn's die anderen in der Hütte wüssten, wär Feuer am Dach.«

Die Glashütte, nahe beim Schloss, doch weit genug entfernt, dass die Dämpfe und der Rauch die Herrschaften nicht allzu sehr belästigten, war eine der größten im Wald, der Hüttenherr einer der angesehensten. Sein Glas verkaufte er in alle Welt, und er war reich genug, es sich leisten zu können, ein schönes, aber armes Fräulein aus dem Rheinland, also von weit her, zur Frau zu nehmen. Sonst war es bei den Glashüttengeschlechtern hierzulande Brauch, in der wohlhabenden Nachbarschaft auf Brautschau zu gehen, nach Möglichkeit jemanden aus der gleichen Branche, also ein Glashüttenfräulein, zu erwählen. Es hatten auch schon einige der jungen Damen im Zwieseler Winkel auf den jungen Hüttengutsbesitzer ein Auge geworfen. Aber nein, der brachte sich eine Fremde mit, eine Künstlerin, eine, die von morgens bis abends im Musiksalon saß und am Klavier klimperte, dass man es, wenn die Fenster offen standen, bis in die Glashütte hörte.

Spielte sie wild und stürmisch, sagten die Hüttenleute: »Heut hat s' wieder einen Zorn«, spielte sie leise und zart: »Hat s' wohl wieder ihre Migräne?«

Was das war, wussten die Waldler zwar nicht, aber es war eine Krankheit aus dem Kopf, das hatte die Rosalie erzählt. Juliane, die hübsche Professorentochter aus Mainz, der Stadt der Heiterkeit und des leichten Sinns, war unglücklich, fühlte sich im rauen Waldland alles andere als wohl.

Auch jetzt saß sie vor den Tasten des Klaviers, schlug ein paar Akkorde an, legte die Hände wieder in den Schoß. Ihr Mann war auf der Jagd. Und er hatte noch seine Freude daran, dieser grausame Mensch!

Dann kam er heim mit seinen Jagdkumpanen. Sie legten die toten Tiere vor ihrem Fenster ins Gras. Ach, und ihr wurde schlecht, wenn sie einen Blick hinunterwarf in den Park.

Auch an diesem Tag geschah, was sie befürchtet hatte: Zwei erlegte Füchse lagen im Schnee. Gar so groß war Julianes Abscheu auch wieder nicht – sie überlegte durchaus, wie man die Felle zu einem Pelerinenkragen verarbeiten könne.

Aus der Bibliothek drangen dumpf Reden und Lachen nach oben. Dort saß der Jagdherr mit dem Forstmeister und war guter Laune. Auch das verdross Juliane. Sie ging schließlich hinunter, wurde mit Hallo freundlich begrüßt, zu Tisch gebeten und aufgefordert, das Glas auf das Jagdglück der Herren zu erheben.

»Er war ein schlauer Fuchs, der Rote da unten. Und dass wir seine Füchsin auch mit erwischt haben, das garantiert, dass unsere Hennen von den beiden künftig ihre Ruhe haben werden. Den Pelz kriegt die Margret als Trostpflaster für ihren Hennenverlust.«

Juliane hatte noch kein Wort gesagt, doch jetzt erhob sie protestierend ihre Stimme und der Forstmeister wunderte sich. Unbeherrscht und heftig verlangte sie die Felle für sich. »Die Frau Verwalter mag sich ihren Kragen aus Hasenpelz nähen!«

Ferdinand Poschinger lenkte sofort ein. »Ich wusste nicht, dass du darauf Wert legst. Gefällt dir dein Blaufuchs nicht mehr? Aber du kannst sie haben, Juliane. Es sind schöne Winterfelle.«

Zur gleichen Zeit stand Peter an Mareis Herd. Im Kessel brodelte es sanft weiter. Sie rührte heftiger, als der Peter wiederholte: »Du gefällst mir, Marei!«

Das ist ja ein ganz Kecker, dachte sie, dieser schwarze Peter, wie man ihn im Dorf schon nannte! Was soll man denn auf so etwas antworten?

»Komm vor die Tür«, forderte er jetzt. »Man kann ja vor lauter Dampf nichts sehen und kaum atmen. Warum lüftest du denn nicht, Marei?«

Sollte sie ihm sagen, dass der Tobias das verboten hatte, das Lüften? Seine Rede war: »Wir heizen doch nicht fürs Vorgartl.«

Der kecke Peter nahm vom Holzhaken an der Wand Mareis Umschlagtuch und legte es über ihre Schultern. »Komm, dein Futter kocht allein weiter.«

Also folgte sie ihm in den strahlenden Wintertag. Er deutete in die glitzernde Schneepracht ringsum: »Hast ein schönes Heimatl, Marei, aber du kommst ja gar nicht dazu, dich umzusehen vor lauter Arbeiten und Rackern. Warum schuftest denn du so für deinen Bruder? Im Dorf schütteln sie schon den Kopf über dich.«

Sie gab keine Antwort, deshalb redete er weiter: »Hast denn du gar keinen eigenen Willen? Bist doch kein Kind mehr.«

Als sie immer noch nicht reagierte, wechselte er das Thema, sagte, ihm sei es recht, hier in Buchenau ansässig zu werden. »Es ist eine schöne Gegend, ähnlich wie daheim. Und die Leut gefallen mir auch.«

»Ihr kennt sie ja noch gar nicht«, erwiderte sie leise.

»Ich bin ein Menschenkenner«, behauptete Peter kühn. »Ich hab's im Gespür, ob jemand hinterhältig ist oder nicht. Hier sagen die Leut, was sie meinen, was ihnen passt und was nicht. Und sie sind aufeinander nicht neidisch.«

»Warum auch?«, fragte Marei auf einmal lebhaft. »Hat ja keiner etwas und keiner mehr als der andere.«

»Aber sie neiden auch dem Hüttenherrn den Reichtum nicht, und das ist was Besonderes, das gibt's nicht überall.«

Damit hatte der Peter Recht. Der Grund war, dass der Hüttenherr »sozial« dachte, obgleich man das Wort im heutigen Sinn damals noch kaum kannte. Er war jovial und leutselig, unterhielt sich mit jedermann, nahm eine respektlose Antwort nicht übel, gab aber grob darauf heraus. Diese Grobheit freilich war es, die Juliane von Poschinger verabscheute. Nein, ein Ritter sei er nicht, der Herr Ritter von Poschinger, klagte sie in ihrem Brief nach Mainz ...

Es gab schließlich doch noch ein angeregtes Gespräch zwischen der Marei und dem Peter. Er erkannte: Sie war nicht nur hübsch, sie war auch nicht dumm.

Gerade sagte sie nachdenklich: »Wenn man nur ein Mittel wüsst, dass der Herr und die Frau auf ihrem schönen Schloss besser zusammen hausen. Ist sie doch eine so schöne Person und könnte der Herr deshalb zufrieden sein. Warum schaut er denn nach anderen aus?«

»Was ich so bisher gehört hab, so liegt's an ihr, dass der Hüttenherr zu anderen geht. Sie soll keine Kinder wollen. Und so ein Besitz ohne Erben?«

»Im Dorf sagen die Leut, sie hätte Angst vor einer Geburt, weil ihre Mutter dran gestorben ist. Ich kann das verstehen.«

»Hättest du auch Angst davor, Marei?«

»Ich? Was nützt's einem denn, Angst haben? Es kommen die Kinder, ob man's will oder net.«

»Bei der Schlossfrau aber nicht«, grinste der Peter. »Mich wundert's nur, dass der Herr sich der Frau so fügt. Mir wenn so was passieren tät, ich käm schon zu meinem Recht.«

Sie machte eine heftige Bewegung, rutschte mit den Holzschuhen auf dem eisigen Weg aus und wäre gefallen, hätte der Peter sie nicht aufgefangen.

»Hoppla«, sagte er erfreut und küsste sie. Sie versuchte weiteren Küssen auszuweichen, aber die Arme des langen Peters umklammerten sie so fest, dass es kein Entrinnen gab. Sie schimpfte, als sie wieder zu Atem kam: »Was seid denn Ihr für einer, he? Vielleicht ist so was Sitte bei euch im Böhmischen, bei uns aber nicht!«

»Bei euch hier gibt's ganz die gleichen Bräuche, nur willst du's nicht wahrhaben. Aber jetzt kennst du es ja, das Küssen. War das denn das erste Mal?«

»Mit dir red ich nicht mehr.« Sie drehte sich wütend auf den Holzschuhabsätzen um, kam wieder ins Rutschen und fiel, nun nicht mehr gestützt, hart aufs Eis. Er lachte schallend, half ihr aber wieder auf die Beine und stäubte den Schnee von ihrem Rock. »Siehst, Hochmut kommt vor dem Fall«, spöttelte er.

Da sie, wieder auf dem Hof angelangt, keine Anstalten machte, einen Schmarren oder sonst etwas zu kochen, begab sich der Peter zu seiner Wirtin und sagte: »Die Marei dauert mich, ich glaub, die isst heut vom Schweinefutter aus dem Futterkessel.«

»Das tut s' nicht. Sie isst sich am Samstag halt in der Schlosskuchl für zwei Tage satt und fastet dann beim Tobias.«

Der Tag ging zu Ende, Marei stand vor dem Herdloch, dachte an den Peter und hielt die Hände übers Feuer. Sie hatte eben noch schnell einen Bund Reisig auf die Glut gelegt und das flammte nun auf, warf rötliche Farbtupfer und dunkle Schatten auf die gekalkte Wand. Das sah hübsch aus, machte die düstere Stube beinahe festlich. Es gefiel ihr, wenn das Feuer so Funken sprühte. Schon als Kind hatte sie die lebendig züngelnden Flammen geliebt und gesucht.

»Wirst noch ins Ofenloch fallen«, warnte die Mutter dann wohl. Und die alte Philomena hatte einmal hinzugefügt: »Wenn eins das Feuer so sucht, bei so einem hat der Teufel einmal ein leichtes Spiel.« Erschrocken hatte die Mutter ihren Schürzenzipfel über die Augen des Kindes gezogen und die Alte angefaucht: »Was redst denn du für einen Schmarrn daher, jedes Kind schaut gern ins Feuer!«

Die Philomena war eine kreuzbrave Haut, stets gut gelaunt, fromm und vor allem neugierig. Die Stadlerwitwe war ihre beste Freundin. Die meisten Reden der Philomena begannen: »O mei, hast es schon ghört, Stadlerin?« Und schlossen: »Gell, das hättst nicht denkt?«

Dass mit der bildhübschen Marei etwas nicht stimmte, davon war die Philomena fest überzeugt. »Das Dirndl ist zu etwas ausersehen. Wenn ich nur wüsst, zu was?«, raunte sie. »Hast denn du nichts bemerkt, wie die Haslingerin mit ihr nieder'kommen ist?«

Die Stadlerin galt als gute Hebamme, wenn sie auch keine gelernte war. Man sagte von ihr, sie könne ins »Inwendige« schauen, sei hellsichtig.

»Nein, mit der Haslingerin ging alles ganz normal. Du spinnst dir wieder was z'samm, Philomena«, rügte sie die Freundin.

Dann aber geschah damals etwas, was die Philomena zu einem frohlockenden »Siehst, selbigs hab ich gleich g'sagt! Des Dirndl ist zu was ausersehen!« veranlasste. Was war geschehen?

An einem heißen Julitag spielte die fünfjährige Marei drunten am Anger vor einer Scheune des Poschinger-Gutes. An der sonnenwarmen Stadelwand hatte es sich eine Katze mit ihren Jungen bequem gemacht. Das Tier lag da und die Kätzchen neben ihr, bis auf eines, das Marei im Schoß hielt. Plötzlich wurde die Kätzin unruhig, sprang auf und trug ihre Kinder, eines nach dem anderen, davon, hinüber zum Stallgebäude, die Kleinen vorsichtig zwischen den Zähnen haltend. So sprang sie dann auch mit einem kleinen Satz in Mareis Schoß und fasste das vierte ihrer Kinder. Auch die Marei wollte nun fort, da aber merkte sie einen eigenartigen Geruch. Etwas war anders als sonst in der Scheune mit dem jungen Heu. Es rauchte aus einer Stadelritze. Sofort holte sie die Mutter, die verständigte den Verwalter. Im Stadel hatte sich Heu entzündet.

Die Feuerwehr rückte an, löschte den Brand. Wäre er in der Nacht ausgebrochen, hätte er das Dorf mit seinen hölzernen Obergeschossen eingeäschert. Und die Philomena strich der Marei übers Köpferl: »O mei, wenn du nicht da gewesen wärst, Dirndl, und es sich dir nicht angezeigt hätt! Hat dein Schutzengel nicht nur dich, hat er uns alle beschützt.«

»War's ja nur die Katz«, hatte Marei erstaunt erwidert. »Die hat's g'spannt, nicht ich.«

Die Haslingermutter aber war erleichtert gewesen. Nein, die Marei war kein Dirndl, mit dem der Teufel einmal leichtes Spiel haben würde, sie war der anderen Macht, der göttlichen, zugehörig. Und die Haslingerin spendete aus diesem Grund der Muttergottes zu Frauenau eine halbe Kerze von der billigsten Sorte »für eine göttliche Fügung«.

Zum lebendig züngelnden Feuer aber zog es Marei auch noch als Schuldirndl. Wenn der Vater als Glasmacher vor der rot glühenden Lohe seine Arbeit tat, dann konnte sie, still in eine dunkle Ecke gedrückt, gebannt zuschauen, wie er aus einem Nichts, einem kleinen Stück Glasfluss, ein gläsernes Wunder schuf – nur durch die Kraft seines Atems. Er stand mit gespreizten Beinen auf seinem Podest, die dreiviertelmannslange Pfeife an den Lippen, und sein Atem blähte die sonst so faltigen, eingefallenen Wangen rund auf. Er blies und bewirkte, dass ein dünnes, spiegelndes Glas, schwankend seine Form verändernd, am Ende der Pfeife hing, bis es der Vater mit der Zange abschnitt. Kühlendes Wasser zischte immer wieder auf. Dann stand das Glas, noch voll gerundet wie eine verformte Seifenblase, auf dem Brett. Ein glühender Draht schnitt die Kappe sauber ab. Es war nun offen, eine Schale, ein Kelch, woraus man später trinken würde – Wasser, Wein, Bier.

Die erwachsene Marei sah ihn jetzt vor sich, den Vater, den mageren, dürren Menschen, und sie hörte die Mutter jammern, wenn er hustete: »Mann, ich merk's doch, du bläst dir noch das Leben aus dem Leib!«

Es merkte wohl auch der Hüttenherr, damals war es noch der Vater vom heutigen gewesen. Und er schickte den Haslinger »in die Pension«, die er aus der herrschaftlichen Kasse erhielt. Man zahlte nicht viel, doch ausreichend für ein bescheidenes Leben.

Aber statt sich zu schonen, trieb es der Vater als Viehhändler und als Schmuggler doppelt hastig in seiner Raffgier. Bis er auf dem Totenbrett ausgestreckt lag, ein ausgemergelter, ausgebrannter Mensch, dem der Herr ins Grab nachrief: »Er war mein fleißigster Glasmacher.«

Ach, der Vater!

Das Reisig im Herdloch brannte prasselnd nieder, gerade noch rechtzeitig, dass der heimkehrende Bruder die Verschwendung an seinem gehüteten Feuerholz nicht merkte. Feuer durfte nur zum Sieden und Futterkochen angefacht werden, ansonsten forderte er: »Musst dich regen, Marei, tüchtig regen, das macht auch warm.«

Des Tobias erster Blick fiel in den Besenwinkel. Dort hockte sonst die Marei, wenn sie ein wenig Zeit hatte, und band aus Birkenruten Besen, die ein Hausierer dem Tobias abkaufte.

»Hast heut keine Lust gehabt?«, fragte der Tobias lauernd, weil keine neuen Besen in der Ecke lehnten.

»Am Sonntag arbeit ich nicht«, kam Mareis unwillige Antwort, »das müsst ich ja beichten.«

»Beichtest etwa du das Melken und das Ausmisten am Sonntag auch? Oder das Strümpfestricken? Besenbinden ist nichts anderes, das ist keine Arbeit.« Die Worte kollerten nur so aus des Bruders Mund.

»Freilich ist das eine Arbeit, kriegst ja Geld dafür.«

»Hätten wir ja den heutigen Besen dem Pfarrer spendieren können, dann wär's keine Sünd. Dafür hätt er uns eine Seelenmesse für den Vater lesen müssen. Die Mutter, die braucht keine, die war eh fromm genug.«

Dieser Tobias! Wo der nur immer seine Ideen hernahm! Das ist wirklich ein guter Einfall, dachte Marei. Der Vater, der brauchte freilich eine Seelenmesse, und nicht nur eine. Schlecht war er nicht gewesen, nein, das konnte man ihm nicht nachsagen, aber gar so viel schlau, wenn's ums Geldverdienen ging, auch als er schon ein kranker Mann gewesen war. Hatte er doch einem jungen Ross, das dem Beihofverwalter gehörte, auf der Weide einen Nagel in den Huf geschlagen, dass es erbärmlich lahmte. Dann hatte er als Viehhändler dem Verwalter das kranke Ross zu einem Spottpreis abgekauft, den Nagel herausgezogen, den Huf gesalbt und verbunden und dann den prächtigen Jährling fürs Doppelte verkauft. Und derlei Stückeln hatte der alte Haslinger noch viele auf dem Gewissen. Dazu kam auch noch das Schmuggeln über die Grenze, wobei er einmal einen Grenzer in die Höllbachschlucht geworfen und der sich ein Bein gebrochen hatte. Immerhin war der Haslinger so anständig gewesen, einen Hüterbuben auf dem Schachten von dem »Unfall« zu verständigen. Ja, ja, eine Seelenmesse würde dem Vater gut tun, davon war Marei überzeugt.

Schon am nächsten Sonntag wanderte sie mit drei besonders schön und fest gebundenen Besen hinüber nach Frauenau, um sie dem Pfarrherrn dort zu schenken. Er musterte sein hübsches Pfarrkind und dachte bei sich: Was doch für schöne Dirndln hier bei uns aufwachsen! Schaut jede aus wie eine leibhaftige Madonna. Woher sie's wohl haben, das Schönsein? Vielleicht von den venezianischen Glasmachern, die sich vor zweihundert und mehr Jahren in der Gegend diesseits und jenseits der Grenze niedergelassen hatten?

»Bitt schön, Hochwürden, wenn ich Euch dürft die Besen für eine Seelenmesse geben? Zum Jahrtag von meinem Vater.«

Hochwürden nickte verständnisvoll. »Freilich, Marei, das Geschäft machen wir. Dem Tobias sein Geldbeutel ist für so etwas fest zugeschnürt, das weiß ich wohl. Den reut ja sogar der Hosenknopf, den er in meinen Klingelbeutel tut. Deine Besen sind fest und gut. Es soll mir recht sein«, meinte Hochwürden und stellte die Besen in die Ecke.

Der Weg zurück nach Buchenau war weit. Sie schritt munter aus. Wenn nur nicht der Wind wäre, der einem so scharf durch das wollene Umschlagtuch blies und einem die Schneewehen so unverhofft vor die Füße legte, dass man sie knietief durchwaten musste! Da hörte sie hinter sich Hufgetrappel. Sie drehte sich ängstlich um – könnt ja ein unheimlicher Gesell sein, einer gar mit einem Pferdefuß. Von dem Geschwätz der Philomena wusste sie wohl, auch wenn das ja durch die Brandverhütung im Stadel seinerzeit widerlegt worden war. Könnt aber trotzdem sein, dass sich der Versucher an sie heranmachte.

Doch dann erkannte die Marei zu ihrer grenzenlosen Erleichterung, dass der Reiter der Herr von Poschinger war, der wohl von einem Verwandtenbesuch aus Frauenau heimkehrte. Sie wich, so weit sie nur konnte, vom schmalen Weg in den tiefen Schnee aus, wobei ihr Kopftuch verrutschte und der Herr Ferdinand plötzlich in ein hübsches, frisches Mädchengesicht sah. Die Marei war durch die viele Arbeit noch schmächtig und klein von Statur, und so nahm er an, sie sei noch ein Kind.

»Was machst denn du um diese Zeit allein hier im Wald?«, fragte er, das Pferd anhaltend.

»Ich geh heim nach Buchenau.«

»Komm, sitz auf, ich nehm dich mit. Oder hast du Angst vor dem Pferd?«

Vor dem Pferd nicht, wohl aber vor dem Herrn, von dessen Vorliebe für junge Dirndln man im Dorf so mancherlei munkelte. Doch da war er schon abgesprungen und hob sie vor seinen Sattel. Ängstlich klammerte sie sich an der Mähne fest. Jetzt saß er hinter ihr und hielt mit der Linken sie, mit der Rechten die Zügel.

»Wer bist du denn?«, fragte er. Sie gab leise Antwort.

»Also bist des Tobias Schwester. Einen fleißigen Bruder hast du, der trägt jede Woche einen schönen Batzen

Geld nach Hause. Gibt er dir denn davon auch etwas ab? Die Leute sagen, er wäre ein rechter Geizkragen.«

»Das ist er schon, gnä' Herr, aber ich verdien ja auch selber.«

»Wo denn? Etwa als Pflanzdirndl im Wald? Aber du musst doch noch in die Schule gehen! Das hab ich dem Schullehrer oft genug befohlen, dass er euch die Schule nicht schwänzen lässt.«

Der Herr von Poschinger hatte für seine Glasmacherkinder eigens eine schöne Schule bauen lassen: »Gescheite Kinder werden gute Glasmacher.«

Schnell erwiderte Marei: »Ich muss nicht mehr in die Schule, ich bin ja schon siebzehn. Ich bin im Schloss Kuchlmagd.«

»Wirklich schon siebzehn? Lass schaun«, schmunzelte Herr Ferdinand, und seine Hand suchte Einlass durch das Wolltuch zu ihrer Brust. Da aber bäumte sich Marei mit einem zornigen Schrei so heftig auf, dass sie vom Pferd rutschte und unsanft auf dem Boden landete – schon ein zweites Mal in dieser Woche.

»Mannsbilder, vermaledeite!«, schimpfte sie, »einer wie der andere!« Der gnädige Herr lachte genauso, wie der Peter gelacht hatte, und galoppierte davon. Sie aber stapfte missmutig und zornig weiter.

Ferdinand traf seine Frau zufällig, es geschah selten, im Salon und schmunzelte gut gelaunt: »Vorhin hab ich ein Dirndl in den Schnee geworfen.« Frau Juliane hob die Augenbrauen. »Ferdinand!«, rief sie empört.

»Aber nein, nicht was du denkst, meine Liebe. Das wäre denn doch wohl zu kalt gewesen – im Schnee –, ich bitte dich!«, spottete er derb. »Außerdem war es ein Kind. Ich habe sie von der Straße aufgelesen. Aber sie saß so ungeschickt zu Pferd, dass sie herunterfiel. Sie ist die

Schwester vom Tobias Haslinger und arbeitet in der Küche bei uns. Frag bitte morgen, ob sie sich wehgetan hat. Und dann gib ihr einen Glashimmel zur Entschädigung. Eigentlich hätt ich sie ja wieder auflesen sollen, aber ich hatte es eilig.«

Juliane ging zur Kommode. In einer Lade standen die »Glashimmel«, Kugeln aus Glas, die in ihrem Inneren Engelchen auf Wolken beherbergten. Schüttelte man die Kugeln, dann schneite es im Inneren. Das aber faszinierte die Mädchen des Dorfes so, dass man ihnen keine größere Freude machen konnte, als ihnen so einen Glashimmel zu schenken. Dieser Umstand sollte aber eines Tages zu mancherlei Gerüchten Anlass geben: Der Herr schenke dergleichen für ein Schäferstündchen in seinem Wald oder seiner Jagdhütte. Und diese gläsernen Souvenirs, die man fast in jeder Buchenauer Bauernstube antraf, kamen so – durchaus zu Unrecht – ziemlich in Verruf. Der Hüttenherr ebenso, schenkte er doch die Glaskugeln Kind und Kegel, einer fleißigen Pflanzerin im Wald genauso wie einem Eintragbuben in der Hütte. Für einen Pappenstiel kaufte er die kitschigen Dinger einem Geschäftsfreund ab, der froh war, ihm gefällig sein zu können.

Marei erzählte ihrem Bruder nichts von dem »Reitunfall«, dem fehlte sowieso die Anteilnahme für dergleichen.

Zunächst wurde sie im Schloss nach dem Frühstück in den Salon befohlen. Dort saß sie auf der äußersten Kante eines geblümten Sessels, der gnädigen Frau gegenüber.

»Marei, mein Mann hat mir erzählt, er hätte dich ein Stück auf seinem Pferd mitgenommen und du wärst dann heruntergefallen. War es so?«

»Ja, gnä' Frau.«

»Und warum bist du vom Pferd gefallen?«

Ja, warum? Man konnte doch der gnädigen Frau nicht sagen, dass der Herr – »Ich bin's halt nicht gewöhnt, das Reiten«, sagte sie schnell und sehr erleichtert wegen der guten Ausrede.

»Hast du dir wehgetan? Der Herr möchte es wissen.«

Die Marei schüttelte den Kopf. »Nein, gnä' Frau, nein.«

»Der Herr schenkt dir das da als Trostpflaster.« Mareis Augen leuchteten auf. Ein Glashimmel! So was Schönes! Sie knickste und dankte und hielt die Kugel an sich gepresst. Dass sie nur ja nicht auf den Boden fällt!

Die Köchin Theres blickte misstrauisch, als Marei das Präsent in ihrem Beutel verstaute. O je, dachte sie, jetzt hat der gnä' Herr unser Küchendirndl kennen gelernt. Und wie es scheint, gleich gründlich! Sie schnaufte verächtlich und schimpfte:

»Heilige Mutter Anna! Steigt so was wie du zum Herrn auf sein Ross! Ja, schämst denn du dich gar nicht?« Sie rang empört die Hände und Marei meinte kleinlaut:

»War ja nur ein Stückerl, dann bin ich eh vom Pferd g'fallen.«

»Da hat dich dein Schutzengel behütet«, knurrte die Theres.

»Und jetzt gehst und holst Zwiebeln, ein Dutzend, und schneiden tust sie ganz allein, als Buße und Dank für deinen Schutzengel.«

Natürlich wusste Marei, dass man hinter dem Herrn wegen seiner »Dirndlgeschichten« herredete, doch machte man seine Frau dafür verantwortlich, die dem Herrn verwehre, wozu sie doch verpflichtet sei …

Tobias stand, wie so oft, vor seiner eisernen Kassette. Er legte seinen Lohn zu dem anderen Geld und betrachtete auch, wie so oft, den alten Zettel, der obenauf lag. Er war mit der krakeligen Schrift seines Vaters beschrieben:

»Ich, welcher ich bin der Balthasar Haslinger, tu himit bestetigen, dass hat mir unser Herr Ferdinand Poschinger gelobt zu verkaufen mir mein Insthaus mit Gewerke für 20 000 Gulden. Dieses kennen bezeigen der Kaspar Lang und der Konrad, selbigen Bruder aus Flanitz. Gegeben zu Buchenau an Johanni 1874.«

Mit diesem Briefzettel war der Tobias nach dem Tod des Vaters zum jungen Hüttenherrn gegangen. Der Herr Ferdinand Poschinger aus dem Schreiben war der Vater des jetzigen Hüttenherrn. Der junge Herr betrachtete das sonderbare Schreiben mäßig interessiert. »Was hat es für einen Hintergrund mit dem Wisch?«, fragte er und Tobias erklärte, dass sein Vater und des Herrn Vater zu Zwiesel beim Kartenspiel gesessen hätten. »Da hat der Herr dann meinem Vater versprochen, er verkauft ihm das Sachl für 20 000 Gulden, wenn der Vater das Geld beisammen hat.«

So abwegig war das Ganze nicht. Nach Aufhebung der Leibeigenschaft 1848 hatte sich so mancher Bauer vom Grundherrn loskaufen können. Nur – niemals hätte der alte Poschinger in so ein Loskaufen eingewilligt. Ihm allein gehörte Buchenau mit all seinen Wäldern und Wiesen, weiter als das Auge reichte, mit den Glashütten und dem Gutshof.

»Da muss mein Vater schon stark einen in der Krone gehabt haben«, schmunzelte Ferdinand, der Sohn, »dass er so etwas versprochen haben soll.«

Tobias' hageres Gesicht wurde grauweiß. »Werdet Ihr mir nicht im Wort bleiben, Herr?«, fragte er bebend.

Ferdinand schlug ihm freundschaftlich mit der Hand auf die Schulter:

»Warum denn nicht, Tobias? Wenn du 35 000 Mark – rechnen wir's gleich ins neue Geld um – beisammen hast, dann kommst du wieder zu mir.«

Als der Tobias überschwenglich dankte, war dem Herrn ungut zumute. Er dachte, was sicher auch der alte Poschinger gedacht hatte: Nie und nimmer bringt der Häuselmann 35 000 Mark zusammen. Warum also streiten um des Kaisers Bart?

In seiner Freude erzählte damals der Tobias der Stadlerin von der Sache. »Eines Tages bin ich ein freier Herr, Nachbarin«, schloss er.

»Und was hast dann davon? Hast es dann vielleicht besser als jetzt? Sitzt doch du jetzt auch schon wie im Eigenen, und ist was kaputt, kommt der Herrschaftsschreiner oder der Schmied und richtet dir's. Es ist doch das Insthaus sowieso so gut wie deins. Kannst das Mietrecht sogar vererben, wenn dein Sohn Glasmacher wird. Ich bin einschichtig, und doch kann ich auf meinem Sachl weiter bleiben. Bist ein rechter Narr, wenn du an so Hoffärtiges deinen Sinn hängst!« Und das meinten alle im Dorf.

Aber Tobias' Sinn ließ sich nicht ändern. Glücklich war er nur, wenn er, wie sein Vater, ein paar Mark zu den anderen in die Geldkassette legen konnte.

Als der Tobias später vom Reitunfall seiner Schwester hörte, spann er sogleich seine »nützlichen« Gedanken. Dass seine Schwester schön war, das sah er erstens selber und das sagten ihm zum zweiten auch seine Kumpel in der Hütte. Manch einer suchte seine Freundschaft nur um der Schwester willen, das wusste er. Aber die Marei brauchte er noch, keiner sollte sie bekommen, jedenfalls so lange, bis er selbst geheiratet hatte. Dann konnte sie auch heiraten, aber jemanden, der ihm nützlich sein würde, sprich, ihm einen kostenlosen Knecht abzugeben bereit war, beim Holzmachen und Sonstigem.

Marei stellte ihren gläsernen Himmel in den Herrgottswinkel. Dem verlieh er sogleich ein besseres Aussehen. Hing vorher ja dort nur ein bleierner Herrgott, für einen Viertelgulden das Stück, an einem fichtenen Kreuz, das der alte Haslinger selbst zusammengezimmert hatte. Für einen Weihbrunn hatte es nicht gereicht, das heißt, die gläsernen verkaufte der Glasmacher Haslinger an seinen Hausierer. Seit Marei auf dem Schloss war, wo man mit Kerzen freigebig umging, brannte freilich oft eine Unschlittkerze im Winkel. Jetzt spiegelte sich ihr Schein in der Glaskugel, und der Marei war ganz feierlich zumute, wenn sie diesen gläsernen Schein vom Besenwinkel aus sah, wo sie saß und Besen band.

2

»Rockenroas« und eine gruselige Geschichte – Der Teufelstisch – »Jetzt möcht ich halt wissen ...«

Der Peter sah Mareis Glashimmel zum ersten Mal, als er zur »Rockenroas«, dem Spinnstubenabend, im Haslinger-Anwesen mit noch drei Burschen einkehrte. Zu siebent saßen die Buchenauer Buben und Dirndln beisammen, wie es Brauch war zur Winterszeit. Die Mädchen spannen oder strickten, die Burschen unterhielten sie mit allerlei Schnickschnack. Einer spielte auf der Harmonika und sie sangen Gstanzeln, aber auch manch »sinniges« Liebeslied:

> *»Mei Dirndl is jung und kloa,*
> *muaß scho viel, hollaradiritje,*
> *muaß scho viel Arbeit tun. Holz einklaubn,*
> *Scheitl kliam und die Buam, hollaradiritje,*
> *und die Buam liebn.«*

Das abendliche Beisammensitzen war auch für den Peter nichts Neues, es war hüben wie drüben über der Grenze Brauch. Der Holzknecht Xaver, dem man jeden Schabernack zutraute, erzählte gern, diesmal aber sollte es was Besonderes, etwas Wahres sein. Es wurde eine gruselige Geschichte von einem Wirtshaus im Wald, wo es spukte, in dem Wanderburschen, wenn sie nächtigten, morgens am Fensterkreuz erhängt aufgefunden wurden. Und der Xaver erklärte: »Dem hab ich auf die Spur kommen wollen. Also bin ich auf Hohenau hinein, hat mich die Wirtin gleich gewarnt, es tät im Haus spuken und ich sollt lieber weitergehen. Aber grad recht bin ich blieben und hab es mir in der Stubn, mit selbigem bewussten Fensterkreuz, brav eingerichtet. Es ist langsam finster worden, da hab ich mich mit meiner Pfeifn ans Fenster g'setzt, genau vor selbiges Fensterkreuz. Es ist stad Nacht worden und nichts ist geschehen. Da hab ich meine Kerzn ausgelöscht und wollt mich niederlegen. Wie ich zu meiner Bettstatt will, da ist drübn am Stadl plötzlich ein Licht g'wesen. Es zieht mich zum Fenster, und da seh ich eine Frau, die schaut zu mir herüber und macht mir Zeichen. Was will s' denn?, denk ich, noch ganz klar im Schädl. Bis ich's seh: Sie hat einen Strick in Händen und was tut s'? Sie macht eine Schlinge davon und hängt s' drübn auf. Die wird sich doch net umbringen wolln?, denk ich mir noch. Aber da zieh ich schon den Schubladn vom Tisch in meinem Zimmer auf und hab was in der Hand - ein Kälberstrickl ist's. Und es zieht mich, es zieht mich zum Fensterkreuz und mir ist's, als ob eins mir anschafft, das Strickl am Fensterkreuz anzubinden. Die im Stadl drüben legt ihren Kopf in die Schlinge von ihrem Strick -«

Xavers Grabesstimme wurde immer leiser, die Mädchen schauten entsetzt, obgleich der mutige Xaver doch leibhaftig vor ihnen saß. Die Spinnräder standen still, die Stricknadeln klapperten nicht mehr, der Tobias auf der Ofenbank lachte blechern auf, die Dirndln zischten ihm ein »Psst« zu und der Xaver erhob wieder seine Stimme:

»War ich grad dabei, meinen armen Schädel in die Schlinge zu stecken, grad so wie es mir drüben im Stadl die Frau vormacht, grad in dem Moment fällt mir die Bierflaschn auf dem Tisch um. Ich fahr z'samm und wach auf. Ja, es war wie ein Schlaf, in dem ich gewesen bin. Ich wach also auf und renne hinüber zum Stadl, und da läuft von dort eins weg, so schnell, dass ich's fast nicht erwisch, aber ich erwisch es doch, das Mensch. Es war der Wirtin ihre Schankdirn.«

Ein hörbares Aufatmen ging durch die Zuhörer, und die Rosalie meinte voll Misstrauen: »Du, wenn das wahr wär, da müsst doch was in der Zeitung gestanden sein.«

»Ist auch gestanden. Aber nicht in unserer, in derer von Hohenau in der Steiermark.«

»A geh, Xaver, warst doch du noch nie net in der Steiermark! Selbiges müssten wir doch wissen!«

Der Xaver grinste: »Ein Xaver war's, der das in Hohenau aufgedeckt hat. Hätt's ja auch ich sein können!«

Man lachte. Hatte sie der Aufschneider halt doch wieder zum Narren gehalten.

»Und was war mit der Wirtsmagd?«

»Die haben s' eing'sperrt. Die hat die Burschen hypnotisiert vom Stadlfenster aus, wenn sie gemeint hat, einer von denen hat was in seinem Geldsäckl. Und wenn der Bursch sich dann aufgehängt hat, ist sie in der Nacht gekommen und hat seine Taschen geleert.«

Eine kurze Weile sann man dem Spukwirtshaus noch nach, dann wandte man sich wieder diesseitigen Dingen zu. Den Peter hatten die Mädchen im Visier. Er war ein schöner Bursch und ein Fremdling, das machte ihn doppelt interessant. Die vorlaute Rosalie führte das Wort.

»Hast drüben wohl ein Sachl?«, fragte sie plötzlich so nebenbei.

Er löste den Blick von Marei. »Ein Sachl? Wie meinst denn das du?«

»Ein Gütl eben, von deinen Eltern vielleicht.«

Der Peter wusste ganz gut, woran die Rosalie und auch die anderen interessiert waren. Arm zu sein, das war für einen wie Peter, und wenn er auch noch so gut aussah, ein rechter Schönheitsfehler. Tüchtige junge Glasmacher gab es genug. Peter, dem an keinem der Mädchen etwas lag – sein Herz gehörte ja der kleinen, schmächtigen Marei –, gab offen zu, er sei arm wie eine Kirchenmaus.

Dann kam die Rede auf den Tanzboden und den Fasching. »Kannst gut tanzen?«, wurde der Peter gefragt. Er schüttelte den Kopf. »Hab daheim immer nur aufspielen müssen, und beides, ein Dirndl und zugleich eine Geige, kann man nicht im Arm halten.« Jetzt war das Hallo groß, dass der schwarze Peter ein Geiger war. Die Rosalie verlangte, er solle ihnen was vorspielen, und erbot sich, hinüber zur Stadlerin zu springen, um aus seiner Kammer die Geige zu holen.

»Da kannst lang suchen. Meinst denn, ich schlepp meine Geige mit auf die Wanderschaft? Damit die Leut meinen, ich wär ein Bettelmusikant?«

»Ist auch recht. Dann haben wir am Tanzboden einen Tänzer mehr.«

Eines der Mädchen stieß die Rosalie an und wisperte: »Warum bist denn du gar so zudringlich? Der schwarze Peter könnt ja meinen, wir sind alle so. Oder tust das wegen dem Tobias? Damit der eifersüchtig wird?«

Es schien den Dörflern seit einiger Zeit, als habe der sparsame Tobias ein Auge auf die Enkelin der Nachbarin geworfen. Rosalie lachte so schrill auf, dass man sie verwundert ansah ...

Schon bald war die hypnotisierende Schankmagd Dorfgespräch. Philomenas »Hast es schon ghört?« mit der genauen Lokalisierung des Geschehens in einem Wirtshaus nicht weit von Buchenau machte die Runde im Dorf. Das Gerücht drang auch zum Hüttenherrn.

Als er mit dem Medizinalrat Dr. Brenner im Wirtshaus zu Zwiesel beisammensaß, brachte er das Gespräch auf die unheimliche Kunst des Hypnotisierens. Dr. Brenner bestätigte, dass es so ein Phänomen zweifellos gebe. Ferdinand sagte – der Veltliner hatte wohl seine Zunge gelöst –:

»Was gäb ich drum, würde ein Hypnotiseur meiner Frau die Angst vor dem Kinderkriegen nehmen!«

Und Dr. Brenner erkannte, wie sehr seinen Freund doch der Wunsch und Wille nach einem Erben beschäftigte und umtrieb.

Ferdinand sah in sein Glas, stockend kam die absonderliche Frage: »Wissen Sie keinen, der dazu imstande wäre?«

»Ihrer Frau die Angst wegzusuggerieren? Und wenn ich einen wüsste, es ginge gegen meine berufliche Ethik, Herr von Poschinger. Ich bin nicht Sigmund Freud und den halte ich für einen Scharlatan.«

Der Tobias brauchte nur wenig Schlaf, jedenfalls behauptete er das immer. Er musste ja schaffen, raffen, werkeln. Es schien, dass der Winter ihm viel zu lang dauerte, ihn viel zu lang zum Untätigsein zwang. Seine Felder lagen unter einer dicken weißen Decke, deren Dünnerwerden er im »Auswärts«, wie man den beginnenden Frühling im Wald so hübsch nennt, immer ungeduldiger beobachtete. Marei aber fürchtete sich vor seinem hastigen Werkeln im Frühjahr, und in schlimmer Erinnerung war ihr auch die Arbeit im Pflanzgarten des Försters, als der Vater seine damals sechsjährige Tochter schon zur »Kulturarbeit« angetrieben hatte. Das tat der Bruder nicht so hart und direkt, er gab ihr nur durch das eigene Werkeln ein »gutes Beispiel«. Noch war es aber nicht so weit, noch schwang der Fasching auch in Buchenau sein munteres Zepter und fast an jedem Abend gab es im Wirtshaus oder auf der Tenne im Gutshof Tanz.

»Solltest auch hingehen, Tobias«, riet Marei. »Kommen oft die Mädel von weit her zu uns zur Faschingsgaudi. Vielleicht ist eine für dich drunter.«

Der Tobias knurrte zwar, doch leuchtete ihm Mareis Vorschlag ein, und zur »Schwammerlsuppen«, einer traditionellen »Maschkara«, tauchten auch er und seine Schwester auf. Man erkannte ihn nicht, war er doch wüst als Waldschrat maskiert. Ganz anders Marei als zünftiges »Schwammerl-Dirndl« mit einem geblümten Kopftüchl und einem Körbchen mit Pilzen, aus Holz geschnitzt. Die hatte ihr der Peter besorgt, er konnte nicht nur erstklassiges Antikglas ziehen, schönste Vasen gravieren und schleifen, er schnitzte auch, und das nicht ungeschickt.

Jetzt stand Marei an der Tür und sah nach dem Peter aus. Warum kam denn der nicht? Sie wurde von einem Dorfburschen nach dem anderen zum Tanz aufgefordert, doch der, mit dem sie am liebsten getanzt hätte, der tauchte nicht auf.

Peter stand derweil in der Hütte vor dem Hüttenherrn, der ernst und streng von ihm forderte, ihm das Glasrezept von jenem Blaurot zu verkaufen, das so besonders leuchtete. »Ich zahle dir fünftausend Mark, Peter, das ist viel Geld. Du kannst dir hier ein Haus bauen, das Holz bekommst du umsonst und die Steine auch.«

»Es geht nicht, Herr, es geht nicht.«

»Aber warum nicht?«

Da fiel dem Peter eine Ausrede ein: »Weil ich einem geschworen hab, dass niemand von dem Rezept erfährt.«

»Und das soll ich dir glauben? Wir sind doch nicht mehr im Mittelalter, heut werden einem nicht mehr die Augen ausgestochen, wenn man ein Glasrezept verrät, heut mit der Chemie kann man alles selber herausfinden. Auch ich könnt es, aber das würde Zeit kosten und Umstände und Geld. Also, Peter, gib nach!«

»Solang ich bei Euch in Diensten bin, mach ich Euch doch mein rotes Glas.«

»Aha, das ist also die Erpressung. Das ist deine Sicherheit, dass du unser Hätschelhans bleiben kannst, solange es dir passt!«

»Herr, wenn Ihr es so sehen wollt, ich kann's nicht ändern. Aber Ihr wisst selbst, dass ich mein Geld wert bin.«

Und das war Peters letztes Wort, denn sein Hüttenherr schlug jetzt mit der Hand auf die Werkbank und ließ seinen Glasmacher mit einem Fluch stehen.

Spät kam der Peter also in die Wirtsstube und sah sich nach der Marei um. Sie tanzte mit dem Sohn vom Wirt, der seine blaue Schürze abgelegt hatte und die Marei verliebt herumschwenkte. Ihr Kopftuch war in den Nacken gerutscht, sie lachte und sprühte vor Munterkeit. Sie hatte den Ärger um den treulosen Peter mit drei Gläsern süßem Rotwein hinuntergespült. Als sie Peter sah, winkte sie ihm neckisch zu, doch als er sie zum Tanz holen wollte, schwebte sie mit einem anderen lächelnd davon.

Missvergnügt hockte der Peter neben dem reichen Pocher-Müller in einer Ecke, der ihm erfreut seine schönsten Geschichten erzählte – als Erstes die vom Teufelstisch bei Bischofsmais:

»Hat der Teufel sich einmal einen Felsen zum Tisch gerichtet und hat gerade angefangen zu essen, da fangt 's Zwölfuhrläuten in der nahen Kirche an, und der Teufel lässt alles stehen und liegen und muss fort, weil ihn sonst das Glockenläuten auf den Fleck bannt. Heut noch kannst alles genau erkennen dort oben: den Tisch, das Messer und die versteinerte Brotzeit. Magst dir das anschauen, Bua? Ich hab am übernächsten Sonntag eine Fuhre nach Bischofsmais, kannst mitfahren, wannst magst.«

»Was soll ich denn dort? Auf den Teufel warten, dass er wieder zum Essen kommt?«

»Musst es nicht beschreien, Bua. Ist derselbige wirklich schon öfter auf seinem Stein erschienen. Ich hab sie von meinem Großvater, selbige G'schicht. Ist Großvater einmal am Teufelstisch vorbeikommen und hat wollen ins Dorf zur Hebamme, hat's seinem Weib schon arg pressiert. Da ist er einem Jäger begegnet, der ihn zum Kartenspielen verlockt hat. Und hat der Großvater ihm auch nachgegeben. Haben s' gespielt und gespielt auf dem Teufelstisch. Bis dem Großvater eine Karte hinuntergefallen ist. Und wie er sich hat gebückt, da hat er dem Jäger seinen Bocksfuß erkannt. Da ist der Großvater wie der Wind auf und davon. Und hat auch grad noch rechtzeitig die Hebamme bringen können. So ist dem Gottseibeiuns eine junge Kindsseele auskommen und vielleicht auch die von der Mutter.«

Der Müller schnupfte seinen Tabak in die Nase und setzte zur nächsten Geschichte an, da stand der Peter schnell auf, und der andere sah ihm enttäuscht nach. Gerade hatte sich Marei in Peters Nähe niedergelassen, spielte mit den hölzernen Pilzen in ihrem Korb und sah geflissentlich in eine andere Ecke, als der Peter an sie herantrat.

»Wo warst denn so lang?«, fauchte sie ihn jetzt in mutiger Weinlaune an. »Was fällt denn dir ein, mich so sitzen zu lassen? Und dann kommst und hockst dich zum Müller hin. Dem seine grusligen Geschichten, die interessieren dich wohl mehr als ich?«

»Der Müller hat uns zwei zu einer Schlittenpartie nach Bischofsmais eingeladen. Das war doch einen kleinen Schwatz wert, Marei? Alsdann, am übernächsten Sonntag fahren wir zwei übers Land. Musst dir aber eine Decke mitnehmen, sonst frierst. Eine Wärmflasche wär auch nicht schlecht. Einen Schnaps bring ich mit.«

»Geht doch nicht, Peter. Ich muss melken und füttern in der Früh.«

»Das soll dein Bruder einmal tun.«

»Das tut er aber nicht.«

»So? Das werden wir sehen. Jetzt gleich werden wir das sehen.«

Und grimmig stapfte der Peter hinüber zum Tobias, der gerade mit der Rosalie stritt. Mitten in diesen Streit hinein verlangte der Peter:

»Tobias, lass die Marei mit mir am übernächsten Sonntag eine Schlittenpartie machen. Es schickt sich grad so. Dafür tu ich dir auch einen Gefallen. Welchen Tabak hast denn am liebsten?«

Tobias blickte den Fragenden sehr unfreundlich an, ihn machte der Schnaps nicht duldsam, ihn machte er streitlustig:

»Am übernächsten Sonntag muss ich geschäftlich weg, da muss die Marei daheimbleiben.«

»Einen Schmarrn wird sie! Und wenn du nicht nachgibst, dann schlag ich dir auf dem Heimweg den Schädel ein! Raufen kann ich nämlich genauso gut wie Glas ziehen.«

Diese Sprache verstand der Tobias. Er gab seine Einwilligung, auch deshalb, weil die Rosalie in bissigem Spott sagte:

»Deine Hauserin möcht ich sein! Ich tät es dir schon zeigen, den Umgang mit uns Weiberleut!«

Der Tobias tat, als hätte er das nicht gehört, rief den Wirtssohn zum Zahlen und erhob sich, nachdem er mit ihm einen Rabatt ausgehandelt hatte. »Zwei Besen zu fünfzig Pfennig. Bring sie dir morgen vorbei.« Der Wirts-Josef akzeptierte den Handel wegen Tobias' schöner Schwester.

Peters alleiniges Interesse galt nachts, wenn er schlafen sollte, aber auch tagsüber, während seiner Arbeit in der Hütte, der kleinen Marei. Er war bisher kein Kind von Traurigkeit gewesen. In der Heimat wusste er ein Mädchen, das sicher an ihn dachte, zu viel an ihn dachte. Das war auch ein Grund gewesen, dass er seiner Heimatgemeinde den Rücken gekehrt hatte. Und zwar mit dem Vorsatz, keinesfalls mehr so schnell einem Mädchen auf den Leim zu gehen. Doch ganz genau das war ihm gleich nach seiner Ankunft in Buchenau passiert. Aber hatte Marei denn etwa eine Leimrute ausgelegt wie die Renate daheim? Er war fortgegangen, weil er erfahren hatte, sie sei schwanger. Ihm hatte sie zum Zeitpunkt seiner Abreise davon nichts gesagt, also konnte er reinen Gewissens verschwinden. Was man aus diesem Grund über ihn redete, das war ihm egal. Nun wusste er es, sein Bruder hatte geschrieben, dass das mit der Schwangerschaft nicht stimmte. Darüber war der Peter froh – also hatte sich wohl jener Kumpel mit ihm nur einen Scherz erlaubt, ihn ins Bockshorn jagen wollen, was ihm auch gelungen war.

Doch der Bruder hatte Peter auch mitgeteilt, dass im Ort behauptet werde, er hätte einer fremden Glashütte seine Erfindung, das purpurrote Glas, verkauft.

»Jetzt schimpfen sie, dass du dich aus diesem Grund heimlich davongemacht hast.«

Und wenn's auch so wäre, dachte der Peter zornig, ich hab die Mischung entdeckt, mir gehört sie, mir und nicht dem Poschinger und erst recht nicht dem Glasherrn Rieder daheim.

Dieser Brief war mit der Anlass, dass der Peter über sich und Marei nachdachte. Heiraten? Sollte er die Siebzehnjährige heiraten? Und vielleicht mit dem Tobias zusammenhausen, der geizige Kerl als Hausherr und er, Peter, als Einlieger? Das widerstrebte ihm gründlich. Aber wo sonst sollten sie, Marei und er, denn wohnen? Das und anderes war es, worüber er sich den Kopf zerbrach. Im Hintergrund seiner Überlegungen lauerte die Versuchung: Wenn du dem Poschinger dein Glasrezept verkaufst, hast du, was du willst: ein Haus, eine Frau und Kinder. Und ein schönes Heimatl. Letzteres war für den Peter keinesfalls unwichtig. Er war ein Mensch, den Schönes unwiderstehlich anzog. Darin war er wie sein Herr.

Auch der liebte das Schöne, sei es das so idyllisch gelegene Walddorf Buchenau oder ein stiller, kühler Sommermorgen im Revier, Glaskunstwerke oder – ein schönes Frauenantlitz. Wie das von Juliane. Seine Mutter Amalie freilich hatte schon bald nach dem Einzug der schönen Schwiegertochter geahnt, dass die hier nicht Wurzeln schlagen wird.

Damals hatte Ferdinand Julianes Wunsch nachgegeben und die Mutter veranlasst, »wenigstens auf eine Zeitlang« zu ihrer Tochter zu gehen. Er selbst hatte sie nach wenigen Jahren wieder ins Schloss geholt, damit er einen »Menschen« in der Nähe hätte; einen, der ihm die Kälte in seinem Haus ertragen half, der er sonst entfloh, wo immer es ging: in die Hütte zu seinen Glasmachern, in den Wald zu den Holzfällern, ins Revier zu seinen Jägern. Juliane merkte nichts von alledem, nichts von seiner tiefen Einsamkeit. »Wer sich die Musik erkiest, hat ein herrlich Gut gewonnen« – sie schwelgte in ihrem »herrlichen Gut«, vergaß darüber ihre Pflichten und Raum und Zeit, vor allem ihren raubeinigen Ehemann. So war es ein Glück, nicht nur für den einsamen Sohn, sondern auch für das Schlossgut, dass mit der Rückkehr Amalies wieder Ordnung in den Haushalt kam. Amalie wurde wieder, was sie vor ihrer Abreise gewesen war, die Seele des Schlosses, und hielt alle Fäden in der welken Hand. Zu ihr konnten die Dorfleute kommen, wenn sie Sorgen hatten, beispielsweise mit einem zu trinkfreudigen Mann. Dann sorgte Amalie dafür, dass der Hallodri nur ein Taschengeld zum Versaufen bekam, der Rest aber vom Kassenboten der Hausfrau ausbezahlt wurde. Keiner wagte, dem Gebot der alten gnädigen Frau zuwiderzuhandeln und seiner Ehefrau das Geld etwa wieder abzuknöpfen. Die alte Dame wurde von ihren dörflichen Geschlechtsgenossinnen geliebt, von deren Männern gefürchtet.

Peter war, wie gesagt, was seinen Schönheitssinn anbelangte, dem Schlossherrn ähnlich. Ihn konnte ein Raureifgeschmeide am Haselstrauch im Vorgarten der Stadlerwitwe so begeistern, dass er davor minutenlang stehen blieb, um das Filigranmuster, das der Frost in die kahlen Zweige gezaubert hatte, zu bestaunen.

»Was suchst denn, Peter?«, fragte da eine spöttische Stimme hinter ihm, und die Rosalie kam näher.

»Deine Pfeife vielleicht? Ich helf dir suchen, auch wenn ich mein, ein junger Bursch wie du braucht was anderes an seinem Mund als eine Pfeifenröhre.« Sie spitzte übermütig und unmissverständlich die Lippen.

Peter richtete sich auf. »Wenn ich nicht wüsst, dass du eine Spottdrossel bist, die man nicht ernst nehmen darf, ich tät dir jetzt die gehörige Antwort geben.«

»Alsdann, so gib sie doch, deine Antwort.« Sie beugte sich ihm zu, bot ihm die Lippen. Peter wurde, was selten vorkam, verlegen. Zum Glück rief da die Stadlerin von der Haustür her: »Heh, Rosalie, der Milchhafen wartet auf dich. Was bist denn du so zudringlich zum Peter?«

Die Enkelin war rot geworden und lief nun schnell dem Haus zu. Dort nahm die Großmutter sie ins Gebet:

»Gehört sich das, dass du einem anderen Dirndl den Freund wegnimmst? Denkst, ich seh es nicht, wie du dem Peter nachsteigst? Seit wann braucht denn deine Mutter so viel Milch, dass du jeden Tag bei mir einkehrst? Und immer grad, wenn der Peter Feierabend hat? Eure Ziege steht doch gar nicht mehr trocken, das weiß ich. Ich mein, du trinkst den Hafen selbst unterwegs aus. Lass die Finger vom Peter, das sag ich dir. Der ist sich mit der Marei schon einig.«

Das war zwar glatt gelogen, doch diese Sünde nahm die Stadlerin gern auf sich. Warum wohl? Weil Marei ihr leidtat und sie dem Mädchen ein bissl Glück gönnte.

»Seit wann weißt denn du das, Ahndl, das mit der Verlobung von den beiden?«, fragte die Rosalie unbehaglich. »Mir hat die Marei noch nie von dergleichen erzählt.«

»Weil du ihr keine ehrliche Freundin mehr bist, so ist das. Und so etwas spürt eine wie die Marei. Die ist nicht aus dem gleichen Holz wie du.«

Der Peter hatte keine Lust, ins Haus zurückzukehren. Er ging ein Stück die Dorfgasse entlang, nur mit der Strickjacke bekleidet, die ihm noch daheim die Renate gestrickt hatte. Bei den Haslinger-Geschwistern einzukehren hatte keinen Sinn, Marei war in dieser Stunde droben im Schloss in der Küche. Sie war doppelt fleißig, machte Überstunden für den morgigen Sonntag, dem Tag, an dem sie im Schlitten des Pocher-Müllers mit dem Peter würde über Land fahren – so weit, wie sie in ihrem Leben bisher noch nicht über Buchenau hinausgekommen war - bis nach Bischofsmais!

Es war noch finstere Nacht, als der Peter am frühen Sonntagmorgen an die Tür der Haslinger-Wohnung klopfte. Das Marei stand schon gerüstet hinter der Tür, eine Pferdedecke überm Arm, in der Beuteltasche eine blecherne Wärmflasche, die man beim Müller mit heißem Wasser füllen würde. Peter hätte Marei zur Begrüßung gern geküsst, aber der Draufgänger wagte es nicht, gar zu eilfertig fasste sie nach der Tasche und wandte sich zum Gehen. Den Beutel wollte er ihr als weltmännischer Kavalier abnehmen, doch sie hielt ihn fest. Es schickte sich nicht, dass ein Bursche wie der Peter mit einem Weiberbeutel umherspazierte, auch wenn es finster war und niemand es sehen konnte. Dass er aber den Arm um ihre Hüfte legte, das duldete sie. Der Peter sagte sich: Ich hab ja noch einen langen Tag vor mir, und, was Marei allerdings noch nicht wusste, auch noch eine lange Nacht. Denn der Müller hatte ihm erklärt, man würde in Bischofsmais nächtigen. Dies jedoch der Marei zu sagen, das hielt der Peter nicht für ratsam.

Der Müller erwartete die beiden schon. Sie mussten zum Aufwärmen in seine Stube kommen, die Wirtschafterin stellte ihnen mürrisch einen Teller Herbstmilchsuppe hin, während der Müller die Wärmflasche füllte und anzüglich brummte: »Hast doch eine Wärmflasche mit zwei Ohren neben dir, Dirndl, was brauchst noch eine blecherne?«

Die Sterne verblassten, als Marei, warm eingezwängt zwischen den beiden Männern, dem alten und dem jungen, in die Nacht hineinfuhr. Die Schlittenglocken bimmelten zart und eintönig, so eintönig, dass sie, zumal sie bis nach Mitternacht erst im Schloss und dann daheim herumgewirtschaftet hatte, sanft einschlief. Ihr Kopf im Umschlagtuch lag auf Peters Schulter, dem dabei wohlig und warm zumute wurde.

Als sie endlich erwachte, war man längst über die Stadt Regen hinaus und eine blasse Wintersonne mühte sich die Morgennebel zu durchdringen. Geweckt hatten sie ungewohnte Geräusche, die von einem rollenden Wagen stammten, dem ersten Automobil, das das Marei zu Gesicht bekam. Der Müller war eng an den Straßenrand gefahren und wegen der Pferde, die ein quiekender Hupton unruhig gemacht hatte, stehen geblieben. Nun fuhr der Teufelskarren, wie ihn der Müller titulierte, an ihnen vorbei, knatternd und Rauch von sich stoßend. Der Marei fielen fast die Augen aus dem Kopf. Allein diese Begegnung hätte die Strapazen der Reise gelohnt. Ein Automobil. Der Tobias würde Augen machen, wenn sie ihm das erzählte!

Das Gegenstück zu diesem modernen Zeugen des Fortschritts war später der Besuch des unheimlichen Teufelstischsteins. Zögernd trat Marei näher an den Felsblock heran. Die tiefe spätwinterliche Stille, das nahe Krächzen zweier Krähen, die von einer Fichte herunter die Fremdlinge im Revier lauthals ankündigten, der verhältnismäßig laue Wind, der die Schneelasten der Bäume mit dumpfem Laut herabschüttelte, dass es dem Peter unvermutet nass in den Nacken rieselte, so dass er erschrak – alles wirkte geisterhaft, »weihazert«, wie man im Wald sagt. Der Nebel wallte und gab der Sonne ein sonderbar blasses, unirdisches Licht.

Auf dem Teufelstisch lag eine dünne Schneeschicht.

»Schau, das ist dem Teufel sein Brot«, sagte der Peter mit hohler Stimme und wedelte mit seiner Jacke den Schnee beiseite. »Aber wo ist sein Messer? Damit ich dich, damit ich dich stechen kann! Messer ist keins da, also erstick ich dich, erstick ich dich!« Und er umarmte sie so, dass ihr wirklich Angst wurde, obgleich sie seine Augen liebevoll anlachten. Dann ließ er sie frei, brach einen Stecken und malte damit in den Schneerest auf dem Stein ein großes Herz und die Initialen M und P.

»Aber Peter!«, schrie Marei entsetzt. »Unser Herz auf dem Teufelsstein!« Und hastig wischte ihr Ärmel Herz und Buchstaben aus. »Das hättest nicht tun sollen«, jammerte sie. »Das ist uns ein ungutes Zeichen.« Sie fiel auf die Knie und betete ein Vaterunser, ihrer Namenspatronin widmete sie noch ein inbrünstiges »Gegrüßet seist du, Maria«.

Und als Auswirkung des Besuchs am Teufelstisch wertete sie später Peters scheinheilig betrübt vorgebrachte Nachricht, dass man heute leider nicht mehr zurück nach Buchenau fahren könne, weil es zur Heimkehr zu spät würde.

»Aber nein!«, wehrte sie sich erschrocken. »Nicht zu spät, Hauptsache ist, ich bin um sechs in der Früh in der Schlosskuchl.«

Da mischte sich der Müller ein. »Meinst, ich fahr wegen deiner die ganze Nacht in der Finsternis heim? Die Rösser brauchen ihre Ruhe und ich auch.«

Der Teufel, dachte Marei entsetzt, der Teufel! Das aber dachte sie nicht mehr, als der Peter an ihrer Seite lag und hoch und heilig schwor, er liebe sie, werde sie nie im Leben verlassen und werde sie heiraten. »Und wenn sich der Tobias auf den Kopf stellt!«

Die Kammer in der Bischofsmaiser Mühle, der des Pocher-Müllers Besuch galt, war ungeheizt, an den Wänden zeigten sich Eiskristalle, und das Wasser in der Waschschüssel trug eine dünne Eisschicht, als sich Marei am nächsten Morgen waschen wollte.

Sie unterließ es, schlüpfte hastig in ihr Gewand und sah dabei den Peter nicht an. Nun, da der Morgen graute, war manches anders als in der tiefen, verschwiegenen Dunkelheit der Nacht. Hatte der Peter alles wirklich ehrlich gemeint, was er ihr gesagt hatte? Vielleicht hatte er nur gewollt, dass sie ihm zu Willen sei, und machte nun einen Rückzieher? Sie wartete, dass er etwas sage. Aber er sagte nichts, er nahm sie statt dessen in die Arme und küsste sie, erst zart, dann stürmisch, dann wild, und sagte schließlich doch etwas, er fing an zu singen:

> »*Jetzt möcht ich halt wissen,*
> *soll ich dableibn,*
> *soll ich gehn?*
> *Mei Dirndl is so liebli*
> *und die Welt is so schön.*«

Er schwenkte sie dabei übermütig im Kreis.

»Ja, wieso kannst denn du jetzt unser Gsangl?«, fragte Marei verwundert. »Bist doch du aus dem Böhmischen drüben.«

»Ich brauch ein Lied oder ein Musikstückl nur einmal zu hören, und da sitzt's schon in meinem Kopf«, erwiderte er nicht ohne Stolz und drehte sie weiter im Kreis.

Plötzlich blieb sie stehen. »Dein Dirndl bin ich also jetzt, aber wie lang, böhmischer Peter?«, fragte sie ernst.

»Ich bin kein Böhm, das hör ich nicht gern, deutsch bin ich wie du. Und heiraten werd ich dich. Glaub's doch nur endlich!«

Das fiel Marei irgendwie schwer. Ein Bursch wie der Peter, stolz und gescheit, und sie? Die Tochter von einem armen Glasmacher ohne Sach und die Schwester von einem Bruder, über dessen Geiz man spottete! Ihre dunklen Augen blickten trübe. Da zog der Peter das Mädchen auf den Schoß, sah es liebevoll an und begann wieder mit leiser, eindringlicher Stimme zu singen. Verse, die ein anderer gemacht hatte, kamen ihm wohl leichter über die Lippen als eine eigene Liebeserklärung:

> »Mein Schatzl hat zwei Augen,
> sind so schwarz als wie Kohln,
> mit denen hat mei Dirndl
> mein Herz mir g'stohln.
> Jetzt hat sie mein Herzl
> und ich ihre Augn,
> die zwei g'hörn zusammen,
> das wird ganz g'wiss taugn.«

Ob es wohl wirklich taugte? Das fragte sich die junge Marei bang und wagte noch nicht, glücklich zu sein.

Der Müller empfing sie scheinheilig grinsend. »O mei, Marei, bist mir du noch bös, weilst hast hier übernachten müssen? Jetzt hab ich dich wohl in rechte Ungelegenheiten gebracht. Aber« – und er lachte wie ein Faun – »ob's jetzt ein Bub wird oder ein Dirndl, ich mach dir den Taufpaten. Selbigs ist versprochen.«

Spätestens in diesem Augenblick erkannte die Marei, dass die Übernachtung ein abgekartetes Spiel zwischen dem Peter und dem Müller gewesen war. Aber bös konnte sie dem alten Kuppler nicht sein, denn der Peter gab ihr vor ihm ganz ungeniert einen Kuss und sagte: »Ich nehm dich beim Wort, Müller. Wir werden nämlich im Frühjahr heiraten.«

3

Engelbert Humperdinck in Buchenau – Heuernte –
»Du spielst also die Geige?« –
Betty Schwarzenfeld und Ferdinand

Wie vorauszusehen war, dachte der Tobias gar nicht daran, seine Schwester freizugeben. Da er ihr Vormund war, wog dies schwer.

Peter ging zum Hüttenherrn, erklärte ihm die Sachlage. Er hoffte, dass der Poschinger, der im Dorf zwar nicht mehr kraft Gesetz, aber immer noch aufgrund seiner Autorität die höchste Instanz war, dem Tobias gegenüber ein Machtwort sprechen würde. Umständlich, wie es sonst nicht seine Art war, erwiderte der Herr jetzt: »Eine Heirat, Peter, das ist keine durchgeküsste Nacht, mit allem Drum und Dran. So etwas macht Spaß, nichts als einen Heidenspaß. So frag ich dich, willst du wegen einem Glas Milch gleich die ganze Kuh kaufen? Eine Kuh ist teuer, sie kostet dich viel Geld, und du weißt hinterher vielleicht nicht, ob sich der Kauf wirklich gelohnt hat. Eine Liebesnacht ist kurz, ein gemeinsames Leben lang, sehr lang. Ich meine es gut mit dir, glaub es, ich –«

Der Peter unterbrach ruhig: »Herr, Ihr schließt von Euch auf andere.«

Das aber hätte er nicht sagen sollen, da hatte er seinen Herrn in puncto Großzügigkeit überschätzt. Der lief rot an, brüllte: »Was erlaubst du dir, du undankbare Kreatur! Wer, glaubst du denn, bist du? Kriegst den höchsten Lohn, deine Frechheiten sieht man dir großzügig nach und jetzt kommst du mir so? Pack dein Bündel und verschwinde!«

Peter war so verblüfft, dass er den Hinauswurf zunächst nicht begriff. Er starrte Ferdinand von Poschinger an, bis der ein weiteres Mal zu schreien begann: »Los, verschwinde, sofort. Hol dir deinen Lohn in der Kanzlei und dann pack dich!«

Als der Herr gegangen war, sagte der Grassl Josef:

»Du hast dir aber was eingebrockt, Peter. Weißt denn du nicht –«

Nein, das hatte der Peter nicht gewusst, dass der Hüttenherr wie eine Mimose reagierte, wenn man seine unglückliche Ehe erwähnte. Sie war seine Achillesferse, seine verwundbare Stelle. Die Leute im Hüttendorf wussten es, der zugereiste Glasmacher nicht.

Der Josef, einer der besten Glasmacher im Revier, erbot sich, beim Herrn ein gutes Wort für den Kameraden einzulegen. »Ob's was nützt, weiß ich nicht. Muss man halt abwarten. Zunächst bleibst aber noch in Buchenau«, war Josefs Rat.

Marei sagte nicht viel zu der Tragödie, nur: »Denkst du jetzt auch an den Teufelstisch, Peter?«

Nein, das tat er nicht. Er spottete: »Jetzt kauf ich mir eine Geige und geh als Straßenmusikant.« Er marschierte nach Zwiesel und erstand beim Trödler tatsächlich eine Geige.

»Die ist eine echte Stradivari!«, behauptete der wieselflinke kleine Mann. »Da, nimm den Bogen und spiel!«

Die Geige war gut.

»Und jetzt schau durch die Schalllöcher, siehst du etwas?«

Ja, der Peter sah den verwaschenen Schriftzug: »Stradivari«.

»Glaubst es jetzt, Geiger?«

Nein, der Peter glaubte es natürlich nicht. Aber eine

Geige, die man zu Fälscherzwecken verwenden wollte, musste einen guten Klang haben, sonst würde keiner auf den Schwindel hereinfallen. Einen guten Klang hatte das Instrument, wenn auch keinen besseren als Peters Geige daheim. Man wurde handelseinig. Peter zahlte und zog mit seiner Geige heimwärts nach Buchenau.

Es war ein schöner Tag. Der »Auswärts«, der Frühling, war eingekehrt, zumindest in Zwiesel. Hier blühten schon Schneeglöckchen und Krokusse, die Luft roch nach aufgebrochener Erde und im Unterholz hinter dem Stadtrand duftete der Seidelbast. Vom Turm der schönen kleinen Lindberger Kirche drang helles Glockenläuten wie ein Zeichen der Zuversicht. Der Peter beschloss es als ein solches anzusehen.

Der brave Josef Grassl wartete vergeblich auf eine bessere Laune des Herrn von Poschinger, um für den schwarzen Peter ein gutes Wort einzulegen. Der Herr war mürrisch und verschlossen, sicher nicht nur wegen Peters Frechheit. Geschäftliche Sorgen konnten es nicht sein, man wusste, dass der Verkauf florierte wie nie zuvor.

»Wird er halt wieder Ärger mit der Juliane gehabt haben«, meinte ein Hüttenarbeiter. Er war am Musiksalon vorbeigegangen. »Da hat s' wieder ganz narrisch laut gespielt, die gnä' Frau.«

Ja, Juliane hatte großen Ärger. Ferdinand wollte nichts davon wissen, dass sie den Komponisten Engelbert Humperdinck, mit dem sie durch ihren Vater in Mainz befreundet war, zu einem Besuch hier einlud.

»Für zwei, drei Tage, gewiss, da hab ich nichts dagegen. Aber er nistet sich ja immer gleich für zwei, drei Monate ein. Kommt nicht in Frage, Juliane.«

»Was fällt dir ein! Ich beherberge ihn ja in meinen Privaträumen.«

»Das kannst du nicht, man würde darüber reden«, sagte er.

»Wie über dich, nicht wahr?«

»Wenn, dann auch über dich!«, konterte er. Ferdinand dachte in diesem Augenblick an Peter Fischer. Er hatte ihn schon vierzehn Tage nicht mehr zu Gesicht bekommen. Es ging in der Hütte auch ohne ihn.

Juliane schlug die Hände vors Gesicht und schluchzte empört: »Du gönnst mir nichts, nicht das Geringste. Du hast mich hier in diesen Käfig gesperrt, meine einzige Gesellschaft ist deine boshafte Mutter.«

»Lass meine Mutter aus dem Spiel! Sie hat sich uns nicht aufgedrängt.« Das stimmte, er selbst hatte sie zurück ins Haus geholt.

Und gerade die Schwiegermutter war es, die ihren Sohn umstimmte, ihm sagte: »Lass den Herrn Humperdinck kommen, tu ihr den Gefallen, Ferdl, vielleicht dankt sie es dir.«

Und Ferdinand tat Juliane den Gefallen, lud Engelbert Humperdinck, den Komponisten und Konzertmeister, ins Buchenauer Schloss ein. Die Rosalie brachte die Nachricht zur Stadlerin: »Der Rumpelding kommt wieder. Sie drehen schon das ganze Schloss um und ich bin beim Fensterputzen.«

Juliane fieberte dem Besuch entgegen. Sie kannte ihn ja von Mainz her, er war für sie wie ein Stück der so sehr vermissten Heimat. In ihrem Elternhaus war er des Öfteren zu Gast gewesen, er verehrte Juliane seit dieser Zeit. Ihr in Buchenau Gesellschaft zu leisten war ihm ein blankes Vergnügen.

»Siehst du, Juliane«, sagte er am zweiten Tag nach seiner Ankunft, »mir ist diese unendliche Waldeinsamkeit Anregung und Freude in einem.«

»Wenn du immer hier wohnen müsstest, nicht nur in der Sommerfrische, würdest du anders reden, Engelbert. Jetzt ist Frühling, es singen die Vögel, blühen die Blumen, es ist angenehm warm, aber im Winter! Da liegt der Schnee wie ein Leichentuch über allem, erstickt jeden Laut, selbst das Geschrei der Krähen.«

»Du bist ja eine Dichterin, Julchen«, spottete er gutmütig. »Ich seh die Landschaft vor mir, die schneebedeckten Schindeldächer, Weg und Steg verschneit, hör die Krähen hungrig krächzen, und der Schnee fällt lautlos, immer mehr, bis er alles zudeckt wie ein Leichentuch.«

»Du nimmst mich nicht ernst, Engelbert.«

»Wie kannst du so etwas sagen, du bist doch meine kleine Waldfee, meine Muse –«

Engelbert Humperdinck, den sie im Dorf nicht boshaft, eher liebevoll, »Rumpelding« nannten, hatte hier noch eine weitere »Muse«, die alte, redselige Philomena. Er konnte stundenlang auf der Hausbank vor ihrem Insthaus sitzen und ihr zuhören. Ihre ausgeprägte Phantasie entführte ihn in die Vergangenheit dieses Walddorfes, dessen Name Buchenau noch keine hundert Jahre alt war. Ein Poschinger, der Vater Ferdinands, hatte die »Hilzenhütte« tief im Waldland als Erbe übernommen und taufte sie am gleichen Tag mit königlicher Erlaubnis in »Buchenau« um. Er richtete sich als Hüttenherr dort ein, baute ein Herrenhaus, das man im Volksmund von Anfang an »Schloss« nannte, holte Glasmacher, vor allem von drüben aus dem Böhmerwald, in sein neues Dorf, baute ihnen Unterkünfte, die sein Sohn Ferdinand später dann in feste Häuser umwandelte. Innerhalb von nur fünfundzwanzig Jahren entwickelte sich aus dem einsamen, gottverlassenen Weiler ein hübsches, ansehnliches Walddorf.

»O mei«, sagte die Philomena, »hab ich das Dorf ja noch gekannt, wie's nur eine Einöde war, ein paar hölzerne Hütten, sonst nichts. Hat die Hilzenhütte ja dazumal noch den Poschinger zu Oberzwieselau gehört, hat man sich halt nicht viel um sie gekümmert. Aber wie dann der neue Herr, der Herr Vater vom jetzigen, der Sohn vom Oberzwieselauer Poschinger, 'kommen ist, da ist alles anders geworden. Vorher gab's hier keinen Schmied, keinen Förster, keinen Schreiner, keinen Wagner und Sägmüller im Dorf, jetzt ist alles da. Auch das große Gut mit so viel schönem Vieh!«

Und die Philomena erzählte weiter von dem schrecklichen Orkan, der im Jahr 1870 durch die Wälder gebraust war und katastrophal viel Windbruch verursacht hatte. Die riesigen Waldschäden brachten vielen Besitzern den Ruin. »Hat der alte Herr eine Baracken gebaut, für die welschen Holzhauer, damit das Holz, bevor der Käfer es ruiniert, schnell aufgearbeitet wird. Wegen des Windbruchs in unserer Gegend hat man dazumal keine Einheimischen bekommen können. Die waren alle im Einsatz in den Wäldern, und hat es bei manchen Besitzern Jahre gebraucht, bis wieder Ordnung im Wald war, oft schon zu spät, weil der Käfer das Holz zerfressen hatte. Haben wir dazumal alle gemeint, es ist aus, wird der alte Herr die Hütte und das neue Dorf nicht halten können. Aber er hat's gehalten, hat's in ein paar Jahren mit unserem jetzigen Herrn wieder hochgebracht. Eine glückliche Hand hat er, unser Herr. Gott segne ihn.« Und die Philomena schlug feierlich ein Kreuz in die Luft, als stünde er vor ihr, der Herr Ferdinand von Poschinger.

Im Gegensatz zu Julianes Klagen hörte Herr Humperdinck im Dorf kein böses Wort über ihren Ehemann. Das machte den Konzertmeister nachdenklich.

Über die alte Philomena wunderte er sich immer wieder, sie schien die lebende Chronik des Walddorfes zu sein. Er unterhielt sich allerdings auch deshalb gern mit ihr, weil sie ein verständliches Hochdeutsch sprach. Sie hatte es als Küchen- und Kindsmagd in jungen Jahren von der Lehrersfrau gelernt.

Herr Humperdinck hatte sich Erzählungen und Lieder notiert und schritt nun mit seinem Spazierstock munter weiter, bog in den romantischen Pfad am Ufer des Pommerbachs ein und strebte bergauf. Er liebte besonders diesen Fleck in Buchenau und fand, er sei schöner, als jedes Bild ihn wiedergeben konnte.

Er empfand diese kleinen Wanderungen immer wieder als eine »Heimkehr in den Wald«, in seine ursprüngliche Seelenheimat. Im Wald fühlte er sein Wesen verwurzelt, vielleicht schon seit Urväterzeiten. Wenn er wie jetzt durch den Schatten der alten Buchenbäume ging, hatte er oft Sorge, der Wald könnte ihn vergessen haben, war es doch immer eine recht lange Zeitspanne, in der er ihm fern war. Da, hier war er vor drei Jahren einer Hasenfamilie begegnet, die ungeniert ganz nah am Weg ihr Nest gebaut hatten. Und ihm schien, sie hätten es auch heuer wieder bezogen, die Gräser waren platt gedrückt, wollige Haare dazwischen. Sehen konnte er zwar keinen der langohrigen Gesellen, doch daran mochten die beiden Kinder schuld sein, die ganz in der Nähe spielten.

Der Bub stand mit aufgekrempelten, geflickten Hosen im Bach. Seine mageren braunen Beine spiegelten sich im Wasser. Er stand stumm und steif und lauerte auf Forellen. Das Mädchen in ihrem verwaschenen Kittel von undefinierbarer Farbe hütete inzwischen ein kleines Feuer, an dem die beiden wohl ihre Beute braten wollten.

Gelassen sahen beide nach einem scheuen Gruß zu dem Herrn hin, den sie ja kannten. Humperdinck setzte sich auf einen Baumstumpf und nahm die Szene in sich auf, dachte dann: Wie schade, dass man die beiden Elemente Feuer und Wasser nicht auf die Bühne bannen kann.

Der Bach rollte munter über die rund geschliffenen Steine in seinem Flussbett dahin. Unter den schweigenden Buchen und Tannen war Kühle und der Duft des üppigen Lattichdickichts am Uferrand. Den Erdboden bedeckte noch das Laub vom Vorjahr, dazwischen drängten die Farne in die Höhe, an manchen Stellen mannshoch. Und gleich nebenan duckte sich silbern schimmerndes Moos. Der stille Betrachter verfolgte mit seinen Augen einen braun glänzenden Käfer, der über die kleinen Laubhügel mühsam wie über Stock und Stein kletterte.

Ein heller Jubelschrei schreckte Humperdinck jetzt auf. Der kleine Petrijünger hielt triumphierend eine zappelnde Forelle hoch und zog auch schon ein Messer aus der Hosentasche. Da wandte sich der Wanderer ab und marschierte zurück. In seinem Kopf schwirrten die Gedanken und Melodien, er schwang seinen Spazierstock im Takt und summte vor sich hin. So sahen ihn zwei Waschfrauen, die im klaren Bach ihre Wäsche klopften. Er grüßte freundlich, erhielt aber nur einen erschrockenen Blick – das bedrohlich erhobene Spazierstöckchen war schuld daran.

An diesem lauen Frühsommerabend erzählte er Juliane von seiner Idee, eine »Waldoper« zu komponieren, etwas ganz Neues, etwas, was man noch nie gehört habe. Er sprach voll Begeisterung und breitete seine Pläne vor Juliane aus.

»Würde dir das gefallen, eine Märchenoper über Hänsel und Gretel?«

»Nicht sonderlich«, sagte Humperdincks »Muse« gelassen. »Wie willst du in so etwas Schönheit, Klang und Ausstattung einbringen? Was sollen das für Kulissenbilder sein? Nichts als Waldbäume?«

Ihre Einwände hinderten seinen Ideenfluss nicht. Noch in der gleichen Nacht begann er zu schreiben. Im Musiksalon griff er so leise wie möglich in die Tasten. Er hörte die Bäume vor seinem Fenster rauschen, sah den Mond über ihren Wipfeln und spürte hautnah den Zauber von Buchenaus Wäldern.

Peter hatte vor dem Wirtshaus nahe dem Schloss den Kumpeln zur Freude und dem Hüttenherrn zum Trotz seine Geige gespielt – ein Lied und Musikstück nach dem anderen. Er spielte bravourös – »schön wie ein Zigeuner«, meinte die Wirtin anerkennend.

»Ist er ja auch ein halber Zigeuner«, grantelte der Wirt, dem es nicht passte, dass der geigende Glasmacher seine Gäste ins Freie lockte, statt dass sie ihr Bier am Wirtstisch tranken. Der laue Abend, das Grillengezirpe in der nahen Wiese, der würzige Duft des Hollers – alles verlockte zum Singen und Musizieren. Peters Geige sang in schmachtenden Tönen und ihr Spieler grinste spöttisch über die elegische Stimmung seiner Zuhörer. Er wartete auf den Herrn, dass der sich das ungebetene Ständchen so nah an der Hütte verbat. Aber niemand kam. Nur der Josef Grassl erschien und bestellte seinen Freund für morgen zur gnädigen Frau. »Der hat halt dein Spiel g'fallen, Peter.«

Aber bis morgen wollte der Peter nicht warten und lief mit der Geige unterm Arm hinüber zum Schloss. Kein Diener war zu sehen, keine Menschenseele. Zögernd ging er die breite Treppe in der Halle hinauf, in den Zwischenstock. An den Wänden hingen große Gemälde in prunkvollen Rahmen, es waren Poschinger-Vorfahren, die da auf den Beschauer niederblickten.

Peter klopfte an einige Türen – er kannte sich im Schloss nicht aus –, traf aber niemanden. Juliane saß derweil auf der vorgebauten offenen Terrasse des Schlosses und sah hinaus in den Park, dessen alte Bäume in den Nachthimmel ragten. Drunten beim Wirtshaus war es jetzt still geworden, die wunderlich süßen Geigentöne verstummt. Ob den böhmischen Geiger ihre Botschaft erreicht hatte? Er interessierte sie, wie alles, was mit ihrer geliebten Musik zusammenhing.

Da rührte sich etwas hinter ihr. Eine fremde Stimme sagte rau: »Grüß Gott.« Sie fuhr herum.

»Wie bist du ins Schloss gekommen?«, fragte sie gepresst.

Peter war versucht, frech zu antworten: »Durchs Schlosstor, gnädige Frau«, aber er erkannte ihre nervöse Gespanntheit, wusste von den Dörflern, dass sie sehr ängstlich war, und entschuldigte sein Eindringen: »Es war niemand da, der mich hätte anmelden können.«

Und Juliane stellte ärgerlich fest, dass jeder Bösewicht, jeder Fremdling hätte ungestört bis zu ihr vordringen können wie dieser Geiger. Sie lebte schon mehr als fünfzehn Jahre hier, hatte sich aber an die abgeschiedene Lage des Schlosses inmitten eines Parks, der an Hochwald grenzte, noch immer nicht gewöhnt, sie, die in einem Haus mitten zwischen anderen Häusern aufgewachsen war, behütet von Angehörigen und Nachbarn.

Peter hatte sich vorgestellt, sagte dann: »Ich sollt zu Ihnen kommen, gnä' Frau, hat man mir ausgerichtet.«

»Aber erst morgen. Du spielst also die Geige. Nach Noten?«

Peter bejahte. »Ich habe es in meinem Heimatort gelernt von meinem Lehrer.«

»Spiel mir etwas vor!« Juliane trat zurück in den Musiksalon und legte dem späten Besucher Notenhefte in die Hand. »Such dir etwas aus.«

Peter spielte ohne Schwierigkeiten vom Blatt und wurde von der Schlossherrin für den nächsten Tag zum Musizieren eingeladen. Und damit war er als ihr Geigenbegleiter für vier Tage in der Woche und zu einem angemessenen Lohn engagiert.

Im Buchenauer Tal brütete eine ungewöhnliche Hitze. Sie strahlte von den Felsbrocken wider, auf den Dachschindeln ließ sie das in vielen Jahren gewachsene grüne Moos verdorren. In den Hausbrunnen wurde das Wasser knapp, nur im Schloss sprudelte es noch in Fülle aus den Rohren, weil es hoch von den Bergen kam.

Das Gras auf den Gutswiesen färbte sich in der Sonnenglut gelb und der Verwalter ordnete den Schnitt an, früher als sonst im Jahr. Alles, was Beine hatte und nicht in der Glashütte beschäftigt war, musste zur Heumahd anrücken. Die Frauen der Glasmacher gingen ausgesprochen unwillig. »Sind wir vielleicht Taglöhnerinnen?«, fragten sie.

Diese Weigerung und der Missmut waren nichts Ungewöhnliches. Klagte doch in einer Niederschrift aus dem Jahr 1887 ein Verwalter des Poschinger-Gutes:

»Zur Heuernte wurde jede Hand gebraucht. Doch die Frauen der Glasmacher weigerten sich und konnten zur Tagelöhnerarbeit nicht verpflichtet werden. Selbst ein Wort des Gutsherrn nützte nichts. Man musste Weiber von Flanitz einsetzen, welche sogleich einen höheren Lohn forderten ...«

Auch der Rosalie fiel es schwer, ihre Stubenmädchenhaube gegen ein Kopftuch und den Staubwedel gegen einen Rechen zu vertauschen. Als aber auch Herr Anton, der Diener, den sie inzwischen schätzen gelernt hatte, die weißen Handschuhe auszog und mit anpackte, zeigte sie sich versöhnt und war bald die Fleißigste im Heuwenden und Stöbern.

Die Stadlerin erklärte mit einem prüfenden Blick zum Himmel: »Des gibt ein Wetter, ein ganz ein narrisches.« Die gleiche Sorge hatte ja auch der Verwalter gehabt, deshalb seine Eile mit dem Einbringen des Heus.

Die Eintragbuben konnten nicht genug Bier aus dem Wirtshaus in die Glashütte schaffen, auch der sonst so mäßige Trinker Peter saß bei der Stadlerin und stürzte eine Halbe nach der anderen in die ausgetrocknete Kehle.

Da kam ein Eintragbub anmarschiert und rief: »Möchtest rüber ins Wirtshaus kommen, Peter. Es wartet dort eine auf dich.«

Mürrisch winkte der Peter ab. »Lass sie warten, Bub. Ich hab keine Zeit.«

Aber dann musste er sich die Zeit nehmen, denn vom nahen Wirtshaus her schritt ein Fräulein mit Federhut und raschelndem Seidenkleid auf das Stadleranwesen zu, blieb am Eingang stehen und rief mit schriller Stimme ins Haus: »Ich brauch den Fischer Peter!«

Peter wischte sich den Schweiß von der Stirn und schaute ungläubig. »Was ist denn?«, fragte er und wusste es doch zugleich. Das Fräulein mit dem Federhut war seine Exfreundin, das Dienstmädchen Renate Zirngiebel. Sie war der Grund, weshalb er die Heimat verlassen hatte, doch nicht, ohne ihr vorher klipp und klar zu sagen, dass für ihn eine Heirat mit ihr nicht in Frage komme. Sie hatte derart lamentiert, dass er es vorgezogen hatte, schon am nächsten Tag zu verschwinden.

»Da schaust, Peter, gelt?«, begrüßte ihn Renate kampflustig und die Feder auf ihrem Hut wippte. »Jetzt bin ich da und bleib auch da. Hab schon ein Quartier gefunden. Und ich weiß, dass du mir bist untreu geworden. Aber ich verzeihe dir.«

Peter lachte wütend auf. Er war nicht ganz nüchtern, sonst wäre er nicht so unhöflich geworden: »Verschwinde, du unverschämtes Frauenzimmer. Und zwar sofort, sonst mach ich dir Beine!«

»Versuch's!«, schrie sie schrill. »Jetzt geh ich zu deinem Herrn und sag ihm, was du für einer bist. Ein Dieb bist du! Hast dem Rieder ein Patent gestohlen, und jetzt spielt sich so einer auf als Herr.« Sie wandte sich an die neugierig hinzugekommene Stadlerin: »Hinter Schloss und Riegel gehört so einer, jawohl!«

»Raus!«, schrie der schwarze Peter und schleuderte sein Bierkrügel in ihre Richtung. »Raus, sonst vergess ich mich!«

Sie stand wie ein Denkmal. Da fasste er Renate am Arm und zog sie derb nach draußen.

»Der Peter hat einen sitzen, gehn S' lieber«, flüsterte die Stadlerin Renate schnell zu.

Sie ging und stöckelte hinüber ins Schloss. Dort traf sie den Hüttenherrn in nicht gerade rosiger Laune. Er hörte sich das Lamento Renates an, tat, als machte er sich ein paar Notizen, und sagte kühl: »Ich werde der Sache nachgehen. Guten Tag.«

Und ehe sie es sich versah, stand sie schon wieder im Staub der sonnenheißen Straße. Sie hatte von Peters »schlampertem Verhältnis« zu Marei Haslinger erfahren und der Zufall wollte es, dass sie der Marei auf der Wiese begegnete, wo sie mit der Rosalie das Heu zu Haufen türmte und jetzt erschrocken in das wütende Mädchengesicht unter dem Federhut blickte.

»Ich bin die Braut vom Fischer Peter«, schrie die Fremde aufgeregt und drang mit ihrem Sonnenschirm auf Marei ein. »Und ich sag dir, lass meinen Burschen in Ruh! Der gehört mir, mir ganz allein, du Schlampe!«

Als Rosalie merkte, dass Marei um ein Haar vor Schreck ins gemähte Gras gekippt wäre, trat sie mit erhobenem Rechen der fremden Person entgegen und zischte: »Lassen S' die Marei in Ruh, Sie! Wenn net ...« – und die Zinken des Heurechens bewegten sich bedrohlich in Richtung von Renates Federhut. Die ergriff die Flucht, schimpfend, fluchend, und rannte unter den erstaunten Blicken der Taglöhnerinnen zurück zur Straße.

Dass dieser Vorfall sofort in aller Munde war, versteht sich.

Tobias war Zeuge des Auftrittes gewesen und begrüßte die Schwester am Abend mit einem höhnischen: »Jetzt hast es, Marei! Dein sauberer Peter hat eine im Böhmischen sitzen lassen. Und jetzt ist die da und holt sich deinen – deinen Hallodri. Merkst jetzt, wie Recht ich g'habt hab, wenn ich nein g'sagt hab zu einer Heirat mit dem Hergelaufenen?«

Von der Tür her meldete sich der Hergelaufene. »Jetzt gehst hinaus, Tobias, ich hab mit deiner Schwester was zu reden.«

Er sagte es in einem Ton, der keinen Widerspruch duldete. Also ging der Tobias und sah noch, wie der schwarze Peter die Marei hart an sich heranzog und stürmisch küsste. Seine Küsse wurden sanfter, als er ihre Tränen spürte. Er küsste sie fort, bis sie wieder, wenn auch immer noch unter Tränen, lächelte.

»Ich sorg dafür, Marei, dass die närrische Spinatwachtel das Dorf morgen verlässt. Das schwör ich dir. Und heut bleib ich bei dir, könnt ja sein, dass die Renate dich noch einmal überfällt wie auf der Wiese.«

Das Fräulein Renate zog am nächsten Tag aus Buchenau ab – ohne Federhut. Den hatte der Peter während der Auseinandersetzung vor ihren Augen zerrissen.

Die Philomena wuselte wieder einmal durchs Dorf: »Hast es schon g'hört? Morgen kommt der neue Hüttendirektor. Aus dem Salzburgischen stammt er, und wie er heißt, das weiß ich auch schon. Schwarzenfeld heißt er, ein schöner Name.«

Dass ein neuer Hüttendirektor kommen würde, das wusste man im Dorf, war doch der alte vor ein paar Wochen in Pension gegangen. Aber man wunderte sich, dass der Herr so schnell einen Ersatz gefunden hatte.

Es war auch gar nicht so einfach gewesen, Herrn Schwarzenfeld der Hütte im Salzburgischen abzuwerben, doch da war seine Frau. Sie stammte aus dem Böhmerwald, nicht weit von Buchenau entfernt, aus einer alten, geachteten Glasherrenfamilie, und sie sehnte sich in die Waldheimat zurück.

Es war immer noch heiß, doch hatte ein heftiges Gebirgsgewitter ein wenig Kühle hinterlassen. Herr Schwarzenfeld machte beim Hüttenherrn seinen Antrittsbesuch.

»Dies ist meine Frau Betty«, stellte er jetzt die Dame an seiner Seite vor.

Ferdinand war verwirrt – sie war eine auffallend schöne, mädchenhafte Frau mit feinen Gesichtszügen und hoch gebauschtem, in der Sonne glänzendem, honigfarbenem Haar. Er war so unsicher, dass er ihr nur stumm die Hand küsste. Sie sah ihn kühl und befremdet an und fragte später ihren Mann:

»Was hatte er denn? Er war so sonderbar. Hatte er getrunken?«

»Vielleicht? Die Wirtin sagte mir etwas von einer unglücklichen Ehe. Da hat er wohl Grund zum Trinken.«

Das Beamtenhaus war nicht weit vom Schloss entfernt. Ferdinand stand nun im Park vor den Rosenstöcken, die über und über blühten. Er brach einen Arm voll Rosen, stach sich dabei einige Male in die Finger – die geplünderten Rosenstöcke sahen hinterher trist und kahl aus – und winkte einen barfüßigen Eintragbuben heran. Dem drückte er die Rosen in die Arme, holte eine Visitenkarte hervor und steckte sie in den ungeordneten Blumenwust. »Jetzt läufst hinüber zur Frau Hüttendirektor und gibst ihr den Buschen«, befahl er und tat dem Buben ein Geldstück in den Hosensack. »Lauf, Franzl!« Eilfertig rannte der Bub davon, unterwegs verlor er ein paar Rosen, ließ sie liegen und hastete weiter.

Ferdinand sah, wie sich drüben die Tür öffnete, die Dame Betty erschien, die Rosen entgegennahm und einen Blick hinüber zum Schloss warf. Rasch trat der Schlossherr zurück in den Schatten und Betty hob die verlorenen Rosen aus dem Straßenstaub auf. Dann betrachtete sie die leere Visitenkarte – nichts stand darauf als der Name, keine Erklärung für diesen wild-üppigen Blumengruß. Aber brauchte es denn eine Erklärung?

Einige Tage später waren die Schwarzenfelds ins Schloss zu einem Hausmusikabend geladen. Betty lernte nun die Schlossherrin kennen und empfand Sympathie für sie, nicht nur wegen ihres exzellenten Klavierspiels. Peter begleitete sie mit der Geige. Der Schlossherr saß mit finsterer Miene da, es passte ihm wenig, seinem gefeuerten Glasmacher auf diese Weise wieder zu begegnen. Peter machte in seiner neuen Jacke eine gute Figur. Der Dorfschneider hatte sich einen Spaß daraus gemacht, des Herrn von Poschingers Trachtenjanker, den er sich in Wien von einem erstklassigen Herrenschneider hatte machen lassen, genau zu kopieren. Ferdinand erkannte das nicht, wohl aber Rosalie, die servierte. Nein, dieser Peter! Ein Frechling war der schon! Die Jacke des Hüttenherrn, nachgemacht in Farbe und Schnitt, bis auf die Zacken der Eichenblätter auf den Revers!

Herr Humperdinck, der immer noch Gast auf dem Schloss war, saß an der Seite des Hausherrn und lauschte der Musik. Jetzt legte Juliane die Hände auf die Tasten, hob ihren Blick zu Peter und sagte gönnerhaft:

»Lassen Sie sich von der Rosalie im Wintergarten etwas Gutes servieren, Fischer.« Peter packte seine Geige ein und erwiderte: »Nicht nötig, gnä' Frau, ich muss nach Hause.«

»Aber wir haben doch noch das Notturno zu spielen!«
»Heute nicht mehr, gnä' Frau. Am nächsten Dienstag.«

Insgeheim freute sich Ferdinand jetzt über Peters Frechheit, die auch vor Julianes kühler Vornehmheit nicht Halt machte. Peter ging, nickte der Gesellschaft freundlich zu und schloss leise hinter sich die hohe Flügeltür.

Auf die Frage Herrn Schwarzenfelds erwiderte Ferdinand: »Der Geiger ist ein entlassener Glasmacher aus dem Böhmischen.«

Sofort war Betty Schwarzenfeld interessiert und wollte wissen, woher der Bursche stamme. Vielleicht aus der Hütte ihres Bruders? Nein, Ferdinand nannte den Namen einer anderen Böhmerwaldhütte. Und fand sich bemüßigt hinzuzusetzen: »Er ist ein unsteter Gesell. Zu mancherlei begabt, doch jähzornig, anmaßend und frech. Er ist sich selbst sein eigener Feind.«

Da meldete sich das Serviermädchen Rosalie, ohne gefragt zu sein, mit heller Stimme: »Er ist der beste Glasmacher von Buchenau.«

Alle Augen wandten sich ihr zu. Später, als Rosalie gegangen war, meinte Herr Humperdinck: »Hat man eigentlich schon bemerkt, was für ein schöner Menschenschlag hier zu Hause ist? Ich kann das beurteilen, weil ich viel auf Reisen bin.«

Ferdinand stimmte ihm bewusst derb zu: »Unlängst war ich in Wien bei einem Debütantinnenball – ein Mädel schiacher als die andere. Mein Gott, die Tschapperln können ja nichts dafür. Aber wenn ich mir so unsere Buchenauer Dirndln anschau, meine Pflanzdirndln in den Kulturgärten, da ist eines hübscher als das andere – also wirklich. Na ja, unsere Arbeiterinnen sind ja auch den ganzen Tag in der freien Natur, in der guten Luft. Und die kleinen Baronessen und Komtessen? Die fürchten sich vor jedem Sonnenstrahl. Kein Wunder, wenn sie blutarm und bleichsüchtig sind.« Sein harter Blick traf Juliane.

Und er sah ein anderes Mädchenantlitz vor sich: die flachshaarige, lebfrische Annamirl, die schluchzend im Kontor vor ihm gestanden und gebettelt hatte, er möge sie doch als Pflanzdirndl in seinem Wald einstellen, der Förster habe sie abgewiesen. Sie stand da, die Augen niedergeschlagen, zitternd und doch zugleich keck, so als wüsste sie, was ja noch nicht einmal er selbst wusste: dass er ihrem Betteln nicht würde widerstehen können. Sie erreichte, was sie wollte. Dann traf er sie im Wald, wo sie, statt wie die andern Frauen junge Fichten zu setzen, eifrig im angrenzenden Schlag nach Erdbeeren suchte. Natürlich erschrak sie, als er plötzlich vor ihr stand, aber schon sagte sie: »Die hätt ich Euch heut abend hinüber ins Schachtenhaus gebracht.«

Sie kam und bot ihm Erdbeeren, zugleich aber auch sich selbst an ...

Juliane saß erstarrt in der Runde, Ferdinands Vorwurf traf auch sie. Auch sie hütete sich vor jedem Sonnenstrahl, ging nie ohne Schirm aus.

Betty hatte die Stirn gerunzelt, sagte jetzt schnell: »Über Geschmack lässt sich bekanntlich streiten, Herr von Poschinger, wie Sie es ja am Beispiel des heutigen Modeideals erkennen. Das Ideal sind nun einmal die vornehm blassen Damen mit der Wespentaille. Jedem das Seine!«

Ferdinand lachte breit und fixierte dabei sein Gegenüber. Betty war braun wie ein Dorfmädchen, ihr helles Haar hob sich in deutlichem Kontrast von ihrer dunklen Stirn ab. Sie war sehr hübsch in ihrem einfachen Leinenkleid, während um Juliane üppig schillernde Taftseide raschelte ...

4

Eine verhinderte Hochzeit – Das Christkindlspiel – »Es hing alles an einem seidenen Faden«

Betty war die jüngste Tochter des südböhmischen Glashüttenherrn Kranach. Und dieser Umstand verschaffte ihr auch die Ehre, von der Buchenauer Schlossherrin des Öfteren eingeladen zu werden. Als Gast gab sich Betty Mühe, Kontakt zu der zurückhaltenden Juliane zu finden, und so entwickelte sich tatsächlich so etwas wie eine freundschaftliche Beziehung. Juliane, die hervorragende Pianistin, fand in Betty einen Menschen, der Musikverständnis besaß, wenn auch Bettys Hauptinteresse auf einem anderen Gebiet lag. Sie hatte die Kunstakademie in Wien absolviert und verbrachte ihre Mußestunden mit Zeichnen und Malen. Gesprächsstoff ergab sich also für beide zur Genüge, besonders weil Betty in ihrer offenen, unkomplizierten Art stets auf die schwierige Schlossherrin zuging. Nur über Ferdinand wurde nicht gesprochen. Das aber besorgte Bettys Dienstmädchen zur Genüge. Einmal seufzte es abschließend:

»Hat's der Herr wirklich nicht leicht, hätt er doch so gern ein Kind, aber –«

»Was für ein Aber? Kann sie denn keine Kinder bekommen?«

»Jetzt vielleicht nicht mehr, jetzt ist sie doch schon vierzig. Aber vorher wollt's auch keine haben, weil s' so Angst hat vor den Schmerzen bei der Geburt, hat die Rosalie erzählt.« Schmerzen! Aber die gehen doch vorbei. Betty hatte zwei Kinder unter Schmerzen geboren, wie schnell vergisst man das Unangenehme. Man müsste mit Juliane darüber reden, wenn Herr von Poschinger bei der Teestunde einmal nicht dabei ist.

Zwischen den Eheleuten von Poschinger gab es eine stillschweigende Vereinbarung, dass man jeden Besuch, der ins Schloss kam, gemeinsam empfing und Konversation machte. Sonst hielt man sich in getrennten Räumen auf: Juliane in ihrem Musikzimmer, Ferdinand im Kontor oder in der Bibliothek. So hatte jeder sein eigenes, vom anderen respektiertes Refugium. Wenn Betty Schwarzenfeld kam, fand sich der Hausherr stets ein, sprach nicht viel, ließ die Damen plaudern und sah Betty nur stumm an. Mit einem Blick, der ihr ins Herz schnitt: So mustert ein Kind ein heiß ersehntes Spielzeug im Schaufenster, wohl wissend, dass die Scheibe dem Wunsch die unerbittliche Grenze setzt.

Ferdinand hatte sich heute mit einem Handkuss verabschiedet. Da sagte Betty hinterher so nebenbei zu Juliane:

»Ich hab so Sehnsucht nach meinen Kindern. Aber meine Ältere geht schon zur Schule, in die erste Klasse, die soll sie in Salzburg erst abschließen. Und die Kleinere blieb halt aus Anhänglichkeit bei ihr. Obgleich die zwei sich sonst immer streiten.«

Juliane hatte mit mäßigem Interesse zugehört. »Wie alt sind sie denn?«

»Fünf und sieben. Ach, ich könnte mir ein Leben ohne meine Kinder nicht mehr vorstellen.«

Natürlich spürte Juliane, worauf ihr Gegenüber hinaus wollte, und erwiderte schroff: »Das ist Ansichtssache, meine Liebe. Ich vermisse Kinder nicht. Sie bringen manchmal Freude, mehr aber Unfrieden und Unruhe in das Leben der Eltern.« Und mit größter Aufrichtigkeit setzte sie hinzu: »Meine Schwester und ich waren Papa bestimmt keine reine Freude. Ich wünschte mir keine Tochter, wie ich eine war.«

Betty lachte. »Aus Selbsterkenntnis wird man klug. Sie sind so schön, Frau von Poschinger. Eine Tochter von Ihrer Art müsste Ihren Mann zum glücklichsten Mensehen machen. Ich glaube –«

»Lassen wir das Thema, Frau Schwarzenfeld, es führt zu nichts.« Juliane sah nach der Uhr und Betty erhob sich. Die Verabschiedung war kühl. Über Kinder wurde erst wieder gesprochen, als es dazu eine aktuelle Veranlassung gab.

Niemand im Dorf fiel es auf, und dabei hätte es jedem auffallen müssen: Der Hüttenherr und sein entlassener Glasmacher waren einander im Charakter so ähnlich wie selten zwei Menschen. Auch wenn der eine in einer böhmischen Kate das Licht der Welt erblickt hatte und der andere unter dem Baldachin eines herrschaftlichen Himmelbetts.

Die Liebe zur Natur, die Freude am Erfolg und das Streben danach, die Sehnsucht nach Anerkennung, nach Harmonie und nach Zärtlichkeit bewegte und erfüllte beide gleichermaßen. Sie spürten dieses Gleichsein vielleicht unterschwellig, und gerade das ließ sie oft so feindselig gegeneinander sein. Er hat kein Recht, sich aufzuführen wie ich, dachte der eine. Und der andere spottete insgeheim über diesen Herrn, seine Gedanken erratend, weil sie ihm ja selbst oft gekommen waren ...

Betty sagte ihrem Mann: »Ich beobachte diesen Peter Fischer. Du solltest dich einmal mit ihm unterhalten.«

Das tat der Hüttendirektor. Das Ergebnis war, dass er den arbeitslosen böhmischen Glasmacher ohne Wissen des Herrn von Poschinger in der Spiegelhütte einstellte.

Nun wanderte Peter allmorgendlich und auch oft nachts, wenn der Glasfluss geschmolzen werden musste, hinauf zu seiner Arbeitsstätte und zauberte dem Hüttendirektor Gläser von vollendeter Schönheit.

»Du bist ja ein Künstler«, erklärte Betty spontan. »Glaubst du, dass du auch das gravieren könntest?« Sie legte ihm eigene Entwürfe vor: eine Baumgruppe mit gefächerten Kronen, Schwäne mit langen, gebogenen Hälsen – ganz schlicht das Ganze, so schlicht, dass der Peter geringschätzig die Nase rümpfte und stolz sagte: »Ich kann Rosenzweige gravieren, da erkennt man in jedem Blatt die Rippen.«

Die Gläser mit den Schwänen, Ausdruck eines neuen Stils, den man den »Jugendstil« nannte, wurden so schön – im blauroten Überfang-Farbton von Peters Glasmischungsrezept –, dass der Wiener Hof eine ganze Serie Weingläser, Sektkelche und andere Gläsersorten bestellte, alle mit dem Schwanenmotiv ...

Herr Engelbert Humperdinck reiste nach dreimonatigem Aufenthalt vom Buchenauer Schloss ab, mit der halbfertigen Partitur der Oper »Hänsel und Gretel« im Gepäck. Juliane verabschiedete ihn auf dem neuen Zwieseler Bahnhof, an dessen Bau ihr Mann wesentlich beteiligt gewesen war. Ferdinand, immer dem Fortschritt um eine Nasenlänge voraus, hatte als Erster die Bedeutung dieses neuen Transportmittels für die Wirtschaft erkannt und dessen Bau vorangetrieben, genauso, wie er in Buchenau die Elektrizität einführte.

Humperdinck hatte der Freundin beim Abschied die Hände geküsst: »Es war eine herrliche Zeit in deinem Paradies. Genieße es, liebe Juliane, bleibe gesund, freue dich deines sorgenlosen Lebens.«

In Julianes Augen standen Tränen. Sie galten nicht dem Abschied Humperdincks, sie galten der Tatsache, dass sie schwanger war.

Vor ein paar Tagen hatte es ihr der Herr Medizinalrat Brenner »triumphierend«, wie sie meinte, mitgeteilt. »Es gibt keinen Irrtum, gnädige Frau, Sie sind im dritten Monat guter Hoffnung.«

Guter Hoffnung! Juliane war in Tränen ausgebrochen. Das hatte sie nun davon, dass sie ihrem Mann zu Willen gewesen war. Und das nur, weil er Humperdinck schließlich doch eingeladen hatte.

Ihm winkte sie jetzt nach, weinend. Und Humperdinck dachte gerührt: So sehr schätzt sie mich also!

Sie aber dachte: Wäre er doch nie gekommen! Wäre doch Ferdinand bei seinem Nein geblieben! Dann hätte es auch keine »Gegenleistung« gegeben.

Ferdinand aber war außer sich vor Glück. Als Erstes lief er zu Betty Schwarzenfeld, umarmte sie impulsiv. »Meine Frau bekommt ein Kind, Betty! Sie können sich nicht vorstellen, was das für mich bedeutet. Nein, das können Sie sich nicht vorstellen.«

»Aber ja!«, sagte sie und drückte seine Hände in den ihren. »Und ich bin mit Ihnen froh, Herr von Poschinger.«

Beider Wege hatten sich in letzter Zeit häufig gekreuzt, der anfänglichen knisternden Unsicherheit war eine freundlich-ruhige gegenseitige Sympathie gefolgt. Und beide waren ängstlich bemüht, diesen Zustand zu erhalten, ihn nicht etwa in etwas weniger Harmloses ausufern zu lassen ...

Ferdinand las seiner Frau jeden Wunsch von den Augen ab, nichts vermochte seine gute Laune zu trüben, weder Julianes Vorwürfe und Klagen, noch ihre trüben

Stimmungen. Er erfüllte ihr auch den Wunsch, nach Mainz zu fahren.

Im Dorf munkelte man: »Ist doch sehr merkwürdig, dass die Frau nach fünfzehn Jahren ausgerechnet während des Besuchs vom Herrn Rumpelding schwanger worden ist.« Wer vernünftig war, verwies den bösen Mäulern diesen Verdacht. Zu denen gehörte auch die Stadlerin, die den Klatschmäulern heftig über den Mund fuhr: »Weiß doch jeder, wie unsere gnä' Frau ist, nie nicht tät sie so etwas tun, nie!«

Ferdinand holte seine Frau im Schlitten vom Bahnhof ab. Sie sah frisch aus, der Besuch beim Bruder in Mainz hatte ihr also gut getan.

»Ich hab mir Sorgen um dich gemacht«, sagte er leise.

»Um mich?«, fragte sie spitz. »Du meinst um dein Kind.«

»Um euch beide«, erwiderte er friedfertig. »Ihr beide seid für mich doch nicht mehr zu trennen.«

»Wenn es wirklich so ist, dann mach ein Testament, dass unser Kind unter allen Umständen der Alleinerbe von Buchenau wird.«

»Du würdest dich doch selbst enterben, wenn du auf dieser Idee bestündest. Das wird es doch auch so«, erwiderte Ferdinand unbehaglich. »Wer sollte denn unserem Kind das Erbe streitig machen?«

»Du hast noch andere Kinder. Glaubst du, ich wüsste das nicht?«

Die Ehegatten saßen während dieses Gesprächs im Pferdeschlitten. Abgesehen vom Schlittengeläut war es sehr still ringsum, so still, dass der Kutscher Max jedes Wort, das gesprochen wurde, verstehen musste. Also schwieg Ferdinand, sie aber fasste das als Eingeständnis auf und rief: »Nicht einmal eine barmherzige Lüge hast du für mich bereit! Du bist, du bist – ein Monster, ein Ungeheuer.«

Da drehte er sie mit einem Ruck zu sich, seine Augen funkelten sie in wildem Zorn an und er zischte:

»Ich bin der Vater deines Kindes, vergiss das nie, niemals! Dein Hass gegen mich trifft auch das Ungeborene.«

Sie erschrak und blickte stumm und starr in den Wintertag. Nun war nur noch das melodische Bimmeln der Schlittenglocken zu hören.

Ferdinand grübelte die halbe Nacht. Dass er, wie die kleine Waldarbeiterin Annamirl behauptete, der Vater ihres Kindes sei, das hatte er lachend auf die leichte Schulter genommen: »Könnt sein, könnt aber auch nicht sein, du Lausdirndl!«

Da das Mädchen von drüben, über der böhmischen Grenze, bettelarm war, hatte er ihr Geld geschenkt – für ihn, den Millionär, war es ein Pappenstiel, für sie ein Segen wie aus dem Märchen. Er kümmerte sich nicht weiter um seinen angeblichen Sohn, das Geld, das er der Kleinen in die Hand gedrückt hatte, würde reichen, den »Bankert« bis zu seinem vierzehnten Lebensjahr zu versorgen. Wer aber hatte seine Frau von dem »Malheur« unterrichtet? Sie hatte keinen Umgang mit den Dorfleuten, also musste es jemand aus dem Schloss gewesen sein. Wer? Die Köchin Theres?

Er nahm sie ins Gebet. Die starke, selbstbewusste Person begann zu zittern, als er ihr die ominöse Frage ins rote, verdatterte Gesicht schrie. Sie schwor Stein und Bein und schluchzte: Nie, nie würde sie so etwas der gnädigen Frau erzählt haben. Es wäre ja eine Sünd gewesen, eine, die sie hätt beichten müssen, denn »du sollst nicht falsch Zeugnis geben wider deinen Nächsten«.

Wer aber dann? Die Nächstverdächtige, Rosalie, das Zimmermädchen, war vor des Herrn ungeheuren Zorn schon gewarnt worden. Sie trat ihm im Kontor mit der gebotenen Devotheit entgegen. »Was denken S', gnä' Herr, von mir? Werd ich doch so etwas nicht der gnä' Frau erzählen! Und wenn's tausendmal wahr wär.« Frech sah sie ihm in die Augen. »Schuld ist die Annamirl, wenn die so eine Sach unter die Leut bringt. Solches tut man doch nicht, wo der Herr so gut zu ihr war, zu der windigen Annamirl. Wenn mir so was passiert wäre, niemals hätte ich einer Menschenseele davon gesagt.«

Es verschlug dem Schlossherrn die Rede. Er rollte zwar die Augen, setzte zu dem jetzt so häufigen Donnerwetter an, aber er unterdrückte es. Herausprügeln konnte er der Rosalie das Geständnis ja nicht. Er zeigte nach der Tür: »Hinaus!«

Sie ging mit wippendem weiten Rock, im Vollgefühl ihres Triumphes. Heute hatte der Herr sie endlich näher kennen gelernt, sie bewusst gemustert, hatte gespürt, wie gut sie es mit ihm meinte, mit ihm, nicht mit der Gnädigen! Aber wie, wenn die sie verriete? Wenn sie selbst es dem Herrn sagte, dass sie, die Rosalie, ihre Informantin gewesen war?

Weinend trat sie vor Juliane, fiel vor ihr auf die Knie – das half immer – und bettelte, dass die Gnädigste sie nicht verraten solle.

»Der gnä' Herr bringt mich sonst um, gnä' Frau!« Umgebracht hätte Ferdinand die kleine falsche Schlange sicher nicht, aber dass er ihr nach einem Geständnis gekündigt hätte und dass das ganze Dorf schlecht über sie geredet hätte, das war gewiss.

Geradezu verbohrt in die fixe Idee, die verräterische Person unter den Schlossbewohnern zu entlarven, begab sich Ferdinand zu Betty Schwarzenfeld, ihren Rat einzuholen. Ein Besuch wegen der Kinderbescherung in der Hütte war der Vorwand. Er fand Betty im Wohnzimmer, wo sie aus rot glänzenden Äpfeln Weihnachtspyramiden bastelte. Sie begrüßte ihn voll Freude, nahm ihm eigenhändig Mantel und Hut ab, bot ihm einen Stuhl an. Ihn umfing eine so ungewohnt heimelige Atmosphäre, dass er seufzte.

»Was ist denn, Ferdinand? Geht es Juliane schlecht? Ich traf sie kürzlich, sie sieht gut aus. Mein Gott, wie sehr ich mich für Sie und mit Ihnen freue!«

Man sah sie ihr an, diese Freude. Ihre dunklen Augen ruhten so freundlich auf ihm, dass es ihm heiß ums Herz wurde.

Im Nebenzimmer hörte er ihre beiden kleinen Töchter, die inzwischen von Salzburg nach Buchenau gekommen waren. Sie stritten um etwas, aber die Mutter kümmerte sich nicht um sie, bis die Tür aufgerissen wurde und die Ältere schrie:

»Mama, die Eugenie hat gesagt, ich sei ein schreckliches Biest.«

»Du bist das doch nicht, Helene? Dann kann dich so eine Titulierung doch nicht kränken. Eugenie weiß es halt nicht besser, sie weiß es einfach nicht, dass du sie gernhast. Sag es ihr doch!«

»Ich hab sie aber nicht gern. Sie hat meiner Puppe die Haare abgeschnitten.«

»Hab ich nicht. Ich hab sie nur unter der Haube versteckt, damit die Helene einen Schreck kriegt.«

»Jetzt haltet ihr beide den Mund und begrüßt Herrn von Poschinger. Was wird er nur von euch denken!«

Ach, wenn Betty wüsste, was er von ihr und den beiden reizenden Mädeln dachte!

Als es still im Kinderzimmer wurde, bemühte er sich, der Freundin seiner Frau zu erklären, in welch einer brenzligen Situation er sich befand. Sie saßen sich an dem Tisch mit den Weihnachtssachen gegenüber. Sie hielt einen Apfel in der Hand, drehte ihn spielerisch zwischen den Fingern. Im Ofen bullerte das Buchenholz, hinter den Mullgardinen wurde es draußen langsam dunkel.

»Was Sie mir eben gesagt haben, ist doch nichts gar so Schlimmes, Ferdinand. Es ist etwas Menschliches. Juliane weiß es übrigens schon lange, wir sprachen im Herbst darüber. Und sie akzeptierte sogar meine Argumente, dass auch sie an dem Malheur einige Schuld hätte. Wenn sie die Sache mit der Waldarbeiterin jetzt erst ins Treffen führt, steckt etwas Besonderes dahinter. Ich werde es erfahren, ich werde sie am Sonntag besuchen.«

Erst als Ferdinand wieder auf dem Heimweg war, kam ihm zu Bewusstsein, dass er vergessen hatte, sein Hauptanliegen vorzubringen: Wer der Verräter in Julianes Umgebung war, der Spitzel, der boshafte Zuträger. Aber es erschien ihm nach diesen Stunden mit Betty plötzlich nicht mehr so wichtig.

Und nach einigem Grübeln kam er selbst auf Julianes Hintergründe: Sie wünschte unter allen Umständen dieses Testament, einen Vertrag, allein zu Gunsten des noch Ungeborenen. Mein Gott, sie sollte ihren Willen haben ...

Der Erbvertrag wurde aufgesetzt, der Zwiesler Notar erschien, ihn ins Gesetzmäßige zu übertragen, und Juliane war wieder heiter. Nur die alte gnädige Frau war es nicht. Sie stellte ihrem Sohn vor Augen, wie es wäre, wenn dieses noch ungeborene Kind etwa behindert oder sonstwie nicht geeignet war sein Buchenauer Lebenswerk fortzuführen.

»Mama, mal den Teufel nicht an die Wand, ich bitte dich!«

»Tu ich das denn?«, fragte die alte Dame bitter. »Oder versuche ich nicht vielmehr nur, Verstand für euch beide, für dich und Juliane, zu haben, denn auch dir scheint er abhandengekommen zu sein, ja, abhandengekommen. Du verschenkst etwas, an dem auch ich einen Anteil habe, auch ich, mein Bub. Denn dein Vater und ich haben dafür gesorgt, dass dir Buchenau in den Schoß fiel wie eine reife Frucht. Du hast dein Erbe gut verwaltet, das ist richtig, es gemehrt, mir zur Freude und Genugtuung. Ja, mir zur Genugtuung.«

»Und warum hast du jetzt Einwände gegen diesen Testamentsvertrag? Hast nicht auch du in einem Ehevertrag mich, den Erstgeborenen, zum künftigen Erben bestimmt?«

»Muss man jeden Fehler wiederholen? In deinem Fall war es kein Fehler, du warst unter deinen Geschwistern der Geeignetste – aber das war Glück, ein glücklicher Zufall. Und da ich Juliane kenne, ihre, na, nennen wir es Sensibilität, ihr Unvermögen, sich anzupassen, ihre exzentrische Vorliebe für Musik – hast du denn nicht Sorge, ihr Kind, ob Bub oder Mädel, könnte sein wie sie, könnte sein wie Juliane, ohne Verantwortungsbewusstsein, ohne beruflichen Ehrgeiz, labil und launisch?«

Ferdinand lief vom Fenster zur Tür und von der Tür zum Fenster, wie ein gereizter Löwe, hin und her.

»Bleib stehen, Bub, schau mich an. Und sag mir, dass du dir alles noch einmal überlegst.«

Er blieb stehen, sah die Mutter an, aber schüttelte den Kopf. »Nein, Mama, Juliane steht vor ihrer Entbindung, sie soll ihren Willen haben.«

Auch im Haslinger-Haus bereitete man sich ein wenig auf Weihnachten vor. Hier hatte sich in dem vergangenen Jahr nichts verändert, außer, dass auch Marei Mutterfreuden entgegensah, unehelichen freilich, denn der Tobias dachte nicht daran, seine Herrschaft dem minderjährigen »schlecht' Mensch« Marei gegenüber aufzugeben. Und der Peter hatte erkennen müssen, dass allein der Hüttenherr in dieser Sache etwas ändern hätte können. Der tat es aber nicht. »Kein Wort mehr, Peter Fischer! Dein Kind wird nicht das erste und nicht das letzte uneheliche in Buchenau sein. Aber die Marei soll zu mir kommen, sag es ihr.«

Sie kam und der Herr drückte ihr tausend Mark in die sich sträubende Hand, viel Geld. »Weil du auf die Hochzeitsglocken verzichten musst, Marei«, grinste er.

Zögernd nahm Marei das Geld. Und dieser Umstand bewirkte, dass man im Poschinger wieder einmal den unehelichen Kindsvater sah.

»Jetzt bringt er gar Zwillinge z'samm!«, meinte einer boshaft. Freilich hütete man sich, dergleichen laut zu sagen oder gar in Peters Gegenwart. Der stand beruflich wieder hoch in Kurs. Stillschweigend hatte Ferdinand seine Einstellung in der Spiegelhütte zur Kenntnis genommen, doch lieber wäre dem Peter gewesen, wenn der Herr den Tobias dazu gebracht hätte, sein Einverständnis zur Heirat zu geben.

Im Dorf nahm man Mareis »Fehltritt« gelassen hin.

Man war dergleichen immer schon gewöhnt. Vielen Verliebten hatten die Herrschaft oder der Gemeinderat in der Vergangenheit die Heirat verwehrt, wenn beide zu arm waren, einen Hausstand zu gründen, und daher die Gefahr bestand, dass man die Nachkommenschaft auf Gemeindekosten ernähren musste. Ein hartes Gebot, gestützt durch das Gesetz.

In den Frauenauer Pfarrmatrikeln kann man die Auswirkungen nachlesen: So gab es noch im Jahre 1844, also kurze Zeit vor der Bauernbefreiung, im Dorf weniger legitime Kinder als uneheliche. Deren Eltern waren Dienstmägde und Knechte, und sie selbst lebten als Pflegekinder bei den Bauern, billige Arbeitskräfte, oft herumgestoßen und ohne Mutterliebe aufwachsend. Verachtet aber waren sie nicht, es gab ihrer zu viele und man brauchte sie als Hüterbuben und Kleinmägde. Bei den Unehelichen gab es keine Eltern mit Einfluss, die auf den Lohn schauten, diesen Kindern konnte man geben, was einem beliebte.

Marei wusste, so ein Los würde ihr Kind nie treffen. Sein Vater war ein ehrengeachteter Glasmacher – solange er den Tobias nicht im Zorn erschlug, was er dem Schwager täglich androhte.

Der lachte nur verächtlich. »Dann kommst auf die Guillotine. Und was hast dann davon?«

»Dass auch du in der Grubn verfaulst!«

Heilige Maria, es waren schon gotteslästerliche Reden, die die zwei führten, Marei rang oft heimlich die Hände.

Friedlicher ging es jetzt im Herrenhaus zu, die Rosalie berichtete es täglich der Stadlerin, ihrer Großmutter. Bei ihr fand Marei in ihrer ungewohnten Lebenslage als werdende Mutter Trost und Verständnis. Die alte Frau wusste durch ihre frühere Hebammentätigkeit auf alle Fragen Mareis eine Antwort, sie duldete auch schweigend, dass sich die Liebesleute in Peters Kammer trafen, wenn die Marei es bei ihrem unguten Bruder nicht mehr aushielt.

Sie hatte jetzt viel Zeit, mehr als je in ihrem Leben, denn sie war keine Küchenmagd mehr. Der Peter hatte das in die Hand genommen. Er war nicht zu seinem Herrn, sondern zu der gnä' Frau gegangen und hatte, die Mütze in der Hand, ungewohnt demütig gebeten:

»Ich möcht sehr bitten, dass Ihr die Marei aus dem Kuchldienst entlasst.«

Er spielte mit Juliane immer noch Duos, Ferdinand durfte nichts dagegen haben. Als sie mit einer Antwort zögerte, setzte der Peter in seiner gewohnten Weise schroff hinzu: »Eine Glasmachersfrau geht nicht als Kuchlmagd.«

Juliane hatte ihren Geiger angesehen: »Bist du denn schon mit der Marei verheiratet?«

»Noch nicht, aber bald«, war Peters selbstsichere Antwort gewesen.

Julianes schwere Stunde rückte allmählich heran. Ferdinand umsorgte seine Frau rührend, war in den »Damentrakt« übergesiedelt, stellte das Rauchen und seine Kontrollritte im Wald ein, blieb zu Hause, ritt auch nicht mehr hinauf nach Spiegelhütte. Das besorgte nun Herr Schwarzenfeld allein. Seine Frau Betty leistete Juliane Gesellschaft, versuchte sie zu zerstreuen, ihr vor allem die grenzenlose Angst vor der Geburt zu nehmen. Auch Amalie von Poschinger suchte die Schwiegertochter auf.

»Juliane, ich hab sechsmal geboren, einmal davon Zwillinge. Es ging, wie du siehst, alles gut.«

»Aber Sie haben auch kein so schmales Becken wie ich, Mama«, war Julianes unfreundlich-aggressive Erwiderung.

»Schmal oder nicht. Schau dir doch die rachitischen Dorfdirndln an, die mageren, abgearbeiteten Tagelöhnerfrauen, die kriegen ihr Kind und am nächsten Morgen versorgen sie schon wieder ihre Familie. Du sollst nicht so viel an die Niederkunft denken, lenke dich ab, spiele, geh mit Ferdinand spazieren.«

Es war ungewohnt zu sehen, wie behutsam der Schlossherr seine Frau auf den Spaziergängen stützte, wie ängstlich er bedacht war, dass sie im Schnee nicht ausglitt. Ein Taglöhner musste an jedem Morgen einen Spazierpfad im Park ausschaufeln und mit Sorgfalt Kies streuen. Halb unbehaglich spottend, halb gerührt beobachteten die Glasmacher vom Hüttenfenster aus das Ehepaar.

»Ich gönn ihm einen Stammhalter«, sagte der Peter und meinte es ernst. Freilich, wenn er dabei an Marei dachte, die auch hochschwanger war, der aber niemand Kies auf den Weg streute, wenn sie auf der vereisten Straße, auf dem vereisten Hof ihrer Arbeit nachgehen musste, dann stieg Bitterkeit in ihm auf ...

Die Weihnachtsbescherung für die Hüttenleute in der Schlosshalle war stets der Höhepunkt im bitterkalten Buchenauer Winter. Da stand dann eine Tanne bis zur Deckenhöhe, reich geschmückt mit glänzenden Glaskugeln. Und am Klavier saß immer die gnädige Frau und spielte die »Petersburger Schlittenfahrt« und »Leise rieselt der Schnee«, und die Leute lauschten andächtig. Der Schullehrer sang mit den Kindern Weihnachtslieder, dann teilte ein Engel die Geschenke aus dem Waschkorb aus: Wäsche und Schürzen, für die Männer eine Flasche Bärwurzschnaps, für die Frauen süßes Gebäck.

In diesem Jahr vertrat Betty die Schlossherrin. Auch Betty spielte auf dem Klavier – freilich lange nicht so virtuos wie Juliane – Hirtenweisen und einige Lieder aus ihrer südböhmischen Heimat. Als sie geendet hatte, klopfte es derb an die Tür. Ferdinand schmunzelte: »Jetzt bescheren die Kinder Sie, Frau Betty. Es ist ein altes Buchenauer Krippenspiel, von Generation zu Generation weitergegeben.«

Die Tür tat sich auf, zwei Engel traten ein und knieten sich mit gefalteten Händen stumm im leeren Raum vor der Tür nieder. Dann trat das Christkind ein, stellte ein geschmücktes, winziges Tännlein zwischen die Engel und begann:

»*Ei, grüß Gott, grüß Gott, ich tret herein,*
ich bin das Christkind ganz allein!
Wenn die Kinder fleißig beten und singen, wird ihnen das Christkind was Schönes bringen. Wenn sie aber nicht fleißig beten und singen, da wird die Rute hinter ihnen springen.
Ich möcht fragen, ob der Petrus nicht hereinkommen darf?
Ei Petrus, Petrus, tritt herein, die Tür soll dir geöffnet sein.«

Petrus betrat den Saal:
»*Ei, grüß Gott, grüß Gott, ich tret herein,*
Ich bin der Petrus ganz allein.
Die Himmelsschlüssel in meiner Hand,
die goldene Krone auf meinem Haupt,
das hat mir Gottes Sohn erlaubt.

*Und hätte er mir's nicht erlaubt,
so trüg ich sie nicht auf meinem Haupt.«*
Betty blickte erstaunt und Ferdinand raunte schmunzelnd: »Es ist mehr eine Christkindlkomödie, wie Sie sehen, aber eine altehrwürdige. Warten Sie nur, es kommt noch besser.«

Nun stellte auch der Petrus die Frage:
»*Ich möcht bitten, ob die Schäferin hereinkommen darf?
Ei Schäferin, Schäferin, tritt herein,
die Tür soll dir geöffnet sein.«*
Die Schäferin trat ein:
»*Ei, grüß Gott, grüß Gott, ich tret herein,
ich bin die Schäferin ganz allein.
Ich möcht fragen, ob der Schäfer hereinkommen darf?«*
Er durfte es, sagte sein monotones Sprüchlein auf und klagte, dass ihm der Wolf seine Herde zerstreut hätte. Dann kündigte er die Maria an, die wiederum den Josef zum Eintritt einlud. Die Zuschauer, die das Christkindlspiel ja kannten, wurden erwartungsvoll unruhig, und da polterte auch schon zum Jubel der Kinder der an sich doch sonst so gesetzte Josef stolpernd in den Saal und rief:
»*Holla, bolla,
jatz bi ich ja grod vo da Tür einagfolla!«*
Er schnitt eine Grimasse, blickte Maria, die eine Puppenwiege vor sich stehen hatte, verblüfft an, kratzte sich verlegen den Kopf und machte vor ihr einen tiefen Diener. Dann fasste er sie an der Hand. Die anderen Spieler formierten sich zu einem Kreis und sangen munter ein Schäferlied. Josef hatte sich inzwischen gesetzt und war eingeschlafen. Maria rief:
»*Josef, steh auf, ein Kind ist geboren!«*

Josef schlaftrunken:

»Was, an Strumpf hast verlorn?«

»Nein, ein Kind ist geboren.«

Sie zeigte auf die Wiege. Und die Hirten, aber auch die Anwesenden, sangen: »Ihr Kinderlein, kommet ...«

Dann erhob das Christkind zwischen den Engeln zum zweiten Mal sein Stimmlein und sagte ernst:

»Ach, du liebes, du göttliches Kind,
was leidest du alles für unsere Sünd!
Schon hier in der Kripp voll Armut und Not,
am Kreuze sogar den bitteren Tod.«

Zuletzt klang das sonderbare Spiel mit einem von allen Spielern gesprochenen Vers aus:

»Wohlauf, wohlauf, wohlauf,
die Türe geht zum Himmel auf!
Wohlan, wohlan, wohlan,
die Himmelstür wird aufgetan!«

Betty war ein wenig ratlos.

Das spürte der Schullehrer, der ihr gegenübersaß. »Wir sind sehr stolz auf dieses um 1640 entstandene Spiel«, erklärte er. »Der Volkskundler fragt sich zwar, warum ausgerechnet der Josef die damals übliche Harlekinrolle übernehmen musste. Man kann die Antwort nur vermuten – nach Meinung der Leute spielte Josef nur eine untergeordnete Rolle im Christgeburtgeschehen, er war nur einfach da, während die anderen Zeugen allerlei handfeste Beschwernisse, weite Wege in Nacht und Finsternis, auf sich genommen hatten und dem Kind schließlich auch etwas brachten. Aber, wie gesagt, die Deutung ist nur eine Vermutung.«

Der Herr Schullehrer war ein intelligenter Mensch. Nicht umsonst hatte ihn Ferdinand, dessen Fortschrittsgläubigkeit ihn nicht daran hinderte, ein überzeugter Traditionalist zu sein, an die neue Schule geholt. Der Schulmann suchte und forschte, schrieb auf und berichtete.

Die Feier war vorüber, die Dorfleute kamen einer nach dem anderen und dankten dem Hüttenherrn, der neben Betty stand und jedem die Hand reichte, mit einem leise-demütigen oder selbstbewusst-kräftigen »Vergelt's Gott« für die Gaben.

Juliane war Bettys Vertretung sehr recht – sie scheute nichts mehr als die Handküsse der Leute und fühlte sich hinterher drei Tage lang krank vor lauter Angst, sie könnte sich mit irgendeiner Krankheit angesteckt haben.

Die Weihnachtstage gingen vorüber, Ferdinand spürte leider immer wieder die drückende, knisternde Unruhe Julianes und wich seiner Frau aus, soweit das unauffällig möglich war. Amalie aber umsorgte Juliane herzlich und mütterlich. Warum nur, dachte die Schwiegermutter dann ärgerlich, ist Juliane so unfreundlich und schroff mir gegenüber? Hätte sie den Grund gewusst, wäre wohl der Weihnachtsfriede dahin gewesen. Juliane hatte, im Schreibtisch der Schwiegermutter argwöhnisch herumspionierend, einen Brief entdeckt, das heißt, die Durchschrift eines Briefes, in dem sich Amalie wegen einer Nichtigkeitserklärung der Ehe ihres Sohnes Ferdinand an das Ordinariat der Diözese Passau gewandt hatte. Es war ein alter Brief, inzwischen hatten sich die Umstände geändert, doch Amalies Argumente, darunter »Verweigerung der ehelichen Gemeinschaft«, konnten mit einem gewissen Recht weiterhin vorgebracht werden. Das war es, was Juliane den Brief empört zerknüllen ließ.

Groß in erbittertem Schweigen und weil sie ihr unbefugtes Spionieren hätte zugeben müssen, zog sie Amalie zwar nicht zur Rechenschaft, zeigte ihr aber bei jeder sich bietenden Gelegenheit Abneigung und Verachtung. Amalie aber schob Julianes eigenartiges Benehmen auf ihre Schwangerschaft und war ihr gegenüber weiterhin bemüht, geduldig und freundlich zu sein.

Silvester wurde im kleinen Kreis gefeiert, auf Wunsch Julianes ohne Betty und ihren Mann. Ferdinand war selbst zu seinem Hüttendirektor gegangen und hatte sich dafür entschuldigt: »Juliane glaubt in dieser Nacht niederzukommen.« Es passierte in dieser Beziehung allerdings nichts, und noch ein paar Tage zähen Wartens und steter Sorge folgten.

Rosalie mit ihrem guten Mundwerk empfahl ihre Großmutter als Hebamme. Sie könne das besser und wisse besser über alles Bescheid als die Frauenauer weise Frau. »Wenn die nicht mehr weiter weiß, dann holt sie meine Großmutter«, behauptete Rosalie.

Juliane lächelte trübe: »Es ist ja schon der Arzt aus München hier, Rosalie.«

Die alte gnädige Frau hatte die Nase gerümpft, als sie davon erfuhr. Alle Poschinger-Kinder sind ohne münch- nerische Assistenz zur Welt gekommen. Das hätte der alte Medizinalrat Brenner aus Zwiesel wohl auch geschafft.«

Und nun lag Juliane in den ersten Wehen. Sie schrie entsetzt auf. Dr. Wiedermann aus München hielt ihre Hand. »Ruhig bleiben, gnädige Frau, das ist erst die Ouvertüre, sich nicht aufregen, es geht alles, wie es gehen soll.«

Drei Stunden später sagte er das nicht mehr. Es schlug Mitternacht mit dumpfen, hallenden Schlägen, sie dröhnten in Julianes Ohren wie Hammerschläge des Schicksals. Sie lag tief erschöpft mit bleichem Gesicht in den Kissen. Die Hebamme stand am Fußende des Bettes.

Der Schweiß rann der weisen Frau über das runde, erhitzte Gesicht. Es war heiß in der Wöchnerinnenstube, Rosalie stand am Ofen und schürte, heißes Wasser dampfte, Tücher lagen bereit. Da – Juliane schrie wieder, schrie, schrie. In der Halle hielt sich Ferdinand die Ohren zu, es nützte nichts. Da öffnete sich die Tür, Doktor Wiedermann erschien, sein dünnes, graues Haar, das er sonst korrekt gescheitelt trug, hing ihm wirr in die schweißfeuchte Stirn.

»Was ist?«, fragte Ferdinand kaum hörbar.

»Wir müssen schneiden, Herr von Poschinger. Entweder das Kind oder Ihre Frau. Der Kopf des Kindes ist zu groß.«

Rosalie stürzte jetzt in die Halle: »Sie stirbt!«, schrie sie entsetzt, »kommen Sie, Herr Doktor!«

Doktor Wiedermann sagte vor Rosalies Ohren: »Geben Sie mir Order, Herr von Poschinger. Ich muss den Kopf des Kindes zerstückeln, sonst stirbt Ihre Frau.«

»Nein! Nein, niemals!«, schrie Ferdinand. »Ich lasse nicht zu, dass Sie mein Kind umbringen! Wenn Sie das tun, zeig ich Sie an wegen Mord!«

Die Tür war einen Spalt offen geblieben, halb wahnsinnig vor Schmerzen hörte Juliane die Stimme ihres Mannes, die ihr offensichtlich das Todesurteil sprach.

Rosalie war zur Großmutter gerannt. Ohne ein Widerwort machte sich die alte Frau zurecht und stapfte an der Hand ihrer Enkelin in der Winternacht hinauf zum Schloss. Sie kannte die Frauenauer Hebamme. »Wasser«, sagte sie zu ihr. »Es muss ein Waschzuber und heißes Wasser her, Babett.«

Dann befahl sie ruhig: »Jetzt hebst die gnä' Frau hinein in den Zuber.«

Die Hebamme war stark, wie alle ihre Standesgenossinnen. Sie hob die wimmernde Juliane, die zu schwach war, sich ernsthaft zu wehren, ins Wasser.

»Müsst Ihr keine Angst haben, gnä' Frau, das Wasser löst. Das löst 's Kindl außi, werdet Ihr's schon sehen.«

Die Babett und die Stadlerin, jede an einer Seite des Waschzubers, hielten Julianes Hände.

»Jetzt müsst Ihr pressen, grad jetzt, bitt schön, gnä' Frau, ich bitt recht schön!«

Zwischen zwei hellen Schreien keuchte Juliane: »Aber es wird ja ertrinken, ertrinken! Herr Doktor!«

Der Arzt schien völlig erschöpft, er überließ den zwei Frauen die Verantwortung.

»Ertrinken wird es nicht, wir passen schon auf. Es soll nur endlich kommen!«

Und es kam. Ein kräftiger Bub, mit einem Köpfchen, das eher klein zu nennen war.

Die spätere Diagnose des ehrlichen Arztes lautete: »Die seelische und körperliche Verkrampfung der Gebärenden war so stark, dass sie eine normale Geburt verhinderte. Das heiße Bad bewirkte eine erstaunliche Lockerung der Geburtsorgane und so den nun eintretenden normalen Geburtsvorgang. Mutter und Kind sind organisch völlig gesund.«

Ferdinand war trotz aller Erleichterung und Freude in sich gekehrt und verschlossen. Seiner Mutter gegenüber äußerte er sich vage: »Es hing alles an einem seidenen Faden.«

»Was hängt denn nicht dran, Ferdl! Beim Holzeinschlag kann dich ein Ast treffen, das Pferd kann dir von einer Minute zur anderen scheu werden, der Schlag kann dich mitten im Kartenspiel treffen, wie den Kommerzienrat Seidl unlängst, mitten im Kartenspiel.«

»Und die Frau kann ich verlieren oder das Kind von einer Stunde zur anderen, sinnlos verlieren, weil sich der Trottel von Arzt einfach irrt.«

Die alte Dame fasste erschreckt nach seiner Hand. »Aber was hast denn, Ferdinand? Es ist doch alles gut gegangen. Was machst denn für ein Gesicht? So kenn ich dich doch gar nicht.«

»Ach, Mama, wer kennt schon den anderen? Kennt man sich doch selbst oft nicht.«

Besorgt sagte Amalie von Poschinger zu Betty, die sie gern hatte und bei der sie sich zum Tee eingeladen hatte: »Mit meinem Sohn stimmt etwas nicht, mein Gott, die jungen Leut! Eigentlich müsst ihm der Himmel doch voller Geigen hängen. Die Juliane ist heut schon zum ersten Mal aufgestanden, und der Kleine hat sechzig Gramm zugenommen.«

Betty lächelte verbindlich: »Es wird schon alles ins Lot kommen, gnädige Frau. Darf ich Ihnen noch ein Stückerl Apfelkuchen auflegen?«

5

In Wind, Luft und Sonne aufgewachsen – Disput auf dem Melkschemel – Das Rubinglas

Marei war im achten Monat, als die Frau im Schloss niederkam. Mit großer und ehrlicher Anteilnahme hatte sie die dramatischen Vorgänge bei der Geburt des Stammhalters verfolgt, wusste sie doch aus erster Hand von der Stadler-Nachbarin, was passiert war. Und die Rosalie war ja auch keine Verschwiegene. Eines aber verschwieg sie allen gegenüber, jenen Aufschrei des Herrn, der ihr jetzt noch in den Ohren gellte. Warum sie darüber schwieg, wusste sie selbst nicht recht.

Juliane hatte sie vor ein paar Tagen gefragt: »Hast du es auch gehört? Was der Herr in der Halle zum Arzt gesagt hat? Dass er ihn anzeigen würde wegen Mord, wenn mein Kind – wenn es bei der Geburt sterben würde?«

Rosalies Verstellungskunst war groß, sie war überzeugt, die Gnädige hatte nichts von ihrem Schreck gemerkt, als sie eilfertig antwortete: »Ich hab nichts gehört, gnä' Frau, bestimmt nicht. Könnt nicht sein, dass die gnä' Frau alles nur geträumt hat?«

Juliane wusste es besser. Und sie suchte weiterhin Zeugen für diese Ungeheuerlichkeit. Dr. Wiedermann hatte sie erstaunt angesehen: »So ein Gespräch hat nie stattgefunden. Sie waren auch nie in ernster Lebensgefahr, gnädige Frau. Das Kind wäre in jedem Fall normal zur Welt gekommen, wenn auch einige Stunden später.«

Rosalie hatte es aufgegeben, dem Peter schöne Augen zu machen. Sie fühlte sich einsam, auch wenn sie wusste, dass sie das jederzeit ändern konnte – die Burschen im Dorf bemühten sich alle um sie, freilich nur Häuslersöhne, Taglöhner und Holzhauer. Sie aber wollte wenigstens einen wie den Peter, einen Glasmacher haben. Aber die waren alle schon verheiratet, bis auf den Tobias. Der Tobias selbst wäre nun gar nicht mehr so abgeneigt gewesen, die Tagelöhnerstochter Rosalie zu heiraten, nachdem er von seinen Brautgängen immer wieder unverrichteter Dinge heimgekehrt war, aber die Rosalie hatte nur eine schnippische Antwort parat: »Ich nehm dich schon, wenn ich meine Schwester als Magd mitbringen kann.« Den Tobias traf fast der Schlag – eine Magd auf sein kleines Sachl! Er hatte sich das anders gedacht: Ich nehm die Rosalie, sie geht natürlich weiter ins Schloss. Und in den Wald schick ich sie zur Pflanzzeit auch. Und ein bissl was hat sie sich ja sicher auch vom Stubenmadllohn gespart. Ja, das hatte er sich lange genug überlegt. Und jetzt so was! Eine Magd nehmen wie eine Gutsbäuerin! Rosalie lächelte fein, als sie des Tobias Reaktion bemerkte. Den Freier war sie los, ach, aber wo war ein anderer?

Sie war ein hübsches, schlank und rank gewachsenes Mädel, »grad wie ein Tannenbaum«, wie es im Lied heißt, größer als die Marei und kräftiger, wohl weil sie sich nicht so hatte plagen müssen wie die Freundin. Ihre Eltern lebten in einer kleinen Instwohnung in einem lang gestreckten, großen Gebäude, in dem die Gutsarbeiter und ihre Familien untergebracht waren, in einer Stube oft fünf Menschen. Freilich war diese Stube groß genug, hell und trocken, und jede hatte einen guten, gekachelten Herd. Auch eine Ziege hielt sich Rosalies Vater, doch eine Deputatwiese vom Poschinger hatte er nicht. Seine Frau und die Kinder mussten das Gras und

Heu von den Waldwiesen holen, von den hoch gelegenen, und oft in Buckelkörben zu Tal tragen. Die Deputatwiesen des Guts- und Hüttenherrn waren den Glasmachern vorbehalten. Wer dem Herrn viel Nutzen brachte, dem nützte er auch viel. Tagelöhner und Knechte gab es wie Sand am Meer. »Wenn's dir bei mir nicht passt«, hatte er einmal einen aufsässigen Knecht angeschrien, »dann kannst gehen. Ich brauch mich nur an die Grenze stellen und pfeifen, dann kommen sie scharenweise zu mir, die Leut aus dem Böhmwald. Und die sind treu und fleißig.«

Die Rosalie war, wie Ferdinand es einmal Herrn Humperdinck erklärt hatte, eines der Dorfmädchen, die in Wind, Luft und Sonne aufwuchsen. In ihrer Entwicklungsphase kam sie ins Schloss, lernte gute Manieren, hatte gute Verpflegung. All das bewirkte, dass sie wurde, was sie jetzt war: eine blitzsaubere Dirn.

Juliane lag matt in ihrem Liegestuhl am Kamin, als ihr Mann eintrat. Sie sah ihm sofort hellwach entgegen. Warum kam er, was wollte er? Er zog einen Stuhl an ihr Lager heran, verschränkte die Finger seiner Hände. »Es ist dir doch recht«, fragte er unsicher, »dass unser kleiner Prinz Ferdinand getauft wird? Ferdinand der Dritte sozusagen.«

Sie wurde langsam rot. »Das wäre mir nicht recht.«
»Aber warum nicht?«
»Das fragst du noch? Du hast Pech gehabt, mein Lieber. Doktor Wiedermann hatte keine Gelegenheit, mich ins Jenseits zu befördern. Und so bin ich noch da und sage dir: Mein Kind wird nicht Ferdinand heißen.«

Er starrte sie an, die Adern schwollen auf seiner Stirn, die Knöchel seiner Hände wurden weiß, so presste er sie zusammen.

»Nicht wahr, das verschlägt dir die Rede? Meine grässlichen Schmerzen haben mich nicht taub gemacht. Ich habe gehört, was du dem Arzt für Weisungen gegeben hast, und ich habe Zeugen.«

Ferdinand von Poschinger, jetzt Vater eines so lang und heiß ersehnten Sohnes, ging ohne ein Wort. Er ging geradewegs hinüber ins Beamtenhaus. Die Tür war nicht verschlossen. Er traf Betty in der Küche. Vor Schreck ließ sie fast die Kuchenform fallen, als sie sein Gesicht sah.

»Um Gottes willen, was ist passiert?«

Er antwortete nicht, er sank auf einen Küchenstuhl und weinte.

Amalie von Poschinger gelang es, Juliane umzustimmen. »Wenn du mit meinem Sohn auch nicht zufrieden bist, wenn du dich unverstanden fühlst, so kannst du die Familientradition nicht brechen. Ferdinand heißt nicht nur dein Mann, so hießen auch sein Vater und einige Poschinger vor ihm, das wirst du doch begreifen, das musst du begreifen, mein Kind.«

Juliane stimmte schließlich verdrossen zu, dass ihr Sohn die Namen Günther Ferdinand Karl Christian erhalten sollte.

Die Taufe wurde für den 2. Februar 1898 festgelegt. Dem Pfarrherrn zu Frauenau schrieb der Hüttenherr:

»Euer Hochwürden!
Meine Frau hat mich mit einem Söhnlein beschenkt! Es soll in einigen Wochen getauft werden. Bei der weiten Entfernung meines Wohnsitzes und in Anbetracht der ungünstigen Jahreszeit ersuche ich daher Euer Hochwürden, Schritte zu tun, dass die Taufe des Kindes in meinem

Wohnsitz stattfinden kann. Euer Hochwürden ergebenster Ferd. Ritter von Poschinger. Buchenau, 9.1.98.

Viel Abwechslung und Vergnügen gab es nicht im Waldland. Die Herrschaften hielten untereinander gute Freundschaft, zumindest gute Nachbarschaft, und gab es ein Ereignis, eine Hochzeit, ein Jubiläum, eine Taufe, so fand man sich natürlich vollzählig ein, das Ereignis gebührend zu feiern.

Die Buchenauer galten als die wohlhabendsten in der Verwandtschaft, freilich nicht zugleich als die geselligsten. Das mochte an Juliane liegen, der lautstarke Familienfeiern zuwider waren.

Doch heute saß sie, heiter wirkend, am riesigen ovalen Tisch des großen Salons, und alle Poschinger, die von Frauenau, von Oberzwieselau, von Pullach und München, saßen um sie herum. »Wie gut du ausschaust!«, neigte sich die Pullacher Schwägerin freundlich zu ihr. »So frisch und wohl! Was könnt ihr beide, der Ferdl und du, doch glücklich sein, jetzt, wo du ihm sogar seinen größten Wunsch erfüllt hast.« Die gute Emma von Poschinger meinte es ehrlich und strahlte, als sei sie selbst die glückliche Kindsmutter.

An Julianes anderer Seite saß Ferdinands Bruder Karl, der Oberamtsrichter, »im Hauptberuf Heimatforscher«, wie er stets sagte. Auch jetzt fragte er Juliane nach ihren Vorfahren aus. Sie gab einsilbige Antworten.

»So geschichtsträchtig wie eure ist meine Ahnenreihe nicht«, sagte sie maliziös. Erst als der Schwager auf Engelbert Humperdinck zu sprechen kam, wurde sie lebhaft und erzählte, dass Humperdinck ihren Papa als seinen Lehrer »hoch verehrte«.

»Gewiss verehrt er auch dich, meine Liebe.« Karl

dachte an jenes impertinente Gerücht, das Juliane und Humperdinck eine außereheliche Verbindung zutraute. Wer seine Schwägerin kannte, wusste natürlich, dass so ein Verdacht absurd war. Aber man klatschte ja noch anderes übers Herrenhaus, wobei Karl seinem lebenslustigen Bruder in der Beziehung ohne weiteres einiges zutraute.

Der Festtag verlief in voller Harmonie, dann standen die Eltern des Täuflings einträchtig auf der Schlosstreppe, winkten den Gästen nach. Und einmal mehr dachte das Personal: Wenn es doch immer so wäre und so bliebe …

Wenige Tage nach der Taufe im Schloss gebar Marei ohne große Schmerzen ein hübsches schwarzlockiges Mädchen. Ja, es hatte tatsächlich langes, lockiges schwarzes Haar auf dem Köpfchen, und die Rosalie meinte:

»Der Bub im Schloss ist kahlköpfig und lang nicht so hübsch wie dein Dirndl, Marei. Was meinst, wenn die zwei groß sind, da gibt's vielleicht schon eine andere Zeit, und es kann ein Schlossherr auch ein Glasmacherdirndl heiraten.«

»Du spinnst«, sagte der Tobias vom Besenwinkel her, wo er mürrisch jene Besen band, die eigentlich Marei hätte binden sollen. Aber die musste ja einen Bankert zur Welt bringen, so dass er alles allein machen musste, melken, ausmisten und eben Besen binden.

»Gelt, Rosalie, melkst unsere Kuh, wennst schon da bist«, bat Marei leise. Und die Rosalie tat ihr den Gefallen. »Weil du's bist! Dem Schlankl dort zuliebe tät ich's bestimmt nicht.« Befriedigt sah der Tobias, wie sich die Rosalie den Stallkittel überzog und nach dem Melkeimer griff. Nach einer Weile stand er auf und folgte ihr in den Stall. Sie sah vom Melkschemel auf und sagte: »Ich mach dem Kind die Taufpatin, und als Taufgeschenk möcht ich, dass du der Marei endlich die Heirat erlaubst.«

Der Tobias drehte sich auf dem Holzpantoffelabsatz um und verließ wütend den Stall.

Der Peter freute sich »ganz narrisch« über seine niedliche Tochter. Er hatte eine Wiege geschreinert, sie mit vielen geschnitzten Herzen geschmückt, so schön, dass eine Besucherin, eine Glasmachersfrau, entzückt ausrief: »O mei, Peter, so eine Wiegn schnitzt mir auch!«

Nein, dazu hatte der Peter keine Lust und keine Zeit. Er verbrachte jetzt seine karge Freizeit an der Wiege seiner Tochter Annerl. Er war immer noch in der Spiegelhütte beschäftigt. Doch etwas Unerhörtes war passiert: Er wanderte nicht mehr im Morgengrauen hinauf zu seiner Arbeitsstelle, er hatte sich ein Pferd gekauft und ritt allmorgendlich hoch zu Ross, wie der Herr, durch den Buchenwald.

Ferdinand wusste nichts davon, sein Sohn hielt ihn im Schloss fest. Auch er konnte, wie sein Glasmacher, stundenlang an der Wiege mit dem üppigen Mullbaldachin sitzen und in das kleine Gesicht Günthers schauen – so wurde das Kind allgemein genannt. Die Verwandtschaft hatte während des Taufbesuches der Kindsmutter immer wieder galant versichert: »Er kommt dir nach, Juliane, bestimmt, das Naserl, die helle Haut, die Lippen – nein wirklich, er ist dir wie aus dem Gesicht geschnitten.« Ferdinand fand, das Kind schaue aus wie alle kleinen Kinder. Einigen »Putzerln« in diesem Alter war er ja als Taufpate schon begegnet. Aber wenn der

Kleine äußerlich auch seiner Frau nachgeriet, er war ja doch sein Sohn, sein über alles geliebter Sohn.

Rosalie hatte es geschafft, zur Kindsmagd zu avancieren. Und sie war es, die den Herrn jederzeit ins Kinderzimmer einließ, was durchaus nicht dem Gebot der gnädigen Frau entsprach: »Das Kind braucht seine Ruhe. Ich wünsche nicht, dass man so oft ins Kinderzimmer kommt.«

Aber sobald die Gnädige diesen Tempel verlassen hatte, erschien schon Rosalie im Kontor: »Können S' kommen, gnä' Herr.«

Als Amme fungierte eine Wöchnerin aus dem Dorf, doch dann kam man in der Beziehung in größte Verlegenheit – die Frau begann zu fiebern und wurde krank.

Ein Glücksfall war, dass Marei sogleich bereit war – Milch hatte sie übergenug – auch den Poschinger-Sprössling zu stillen. Der Peter war zwar zunächst dagegen, doch als die Stadlerin, die auch bei der Marei Hebammendienste geleistet hatte, ihm versicherte, es sei für die Kindsmutter nur von Vorteil, wenn sie ein zweites stille, war er schließlich einverstanden.

Die Taufe des kleinen Annerl verlief zwar nicht so prunkvoll wie die im Schloss – der Kindsvater hatte sein Dirndl wohlverpackt zum Pfarrhaus nach Frauenau getragen –, doch sie verlief nach Waldlerart würdig und schön. Alle Glasmacher und ihre Frauen waren ins Wirtshaus geladen, die Wirtin tischte Schweinernes und Kraut auf und gebackene Küacherl hinterher. Der Kindsvater spielte seiner Tochter, die ungnädig zu schreien anfangen wollte, auf der Geige die schönsten Weisen vor, auch solche vom Herrn Musikus Edvard Grieg, dem Lieblingskomponisten der gnädigen Frau, und bei Solvejgs Lied schlief das Annerl wieder ein.

Die Waldler wussten mit derlei Musik wenig anzufangen und schnitten mit ihren G'sangeln dem Peter schließlich ungeduldig den Geigenton ab:

»Der Weg zu mei'm Dirndl is stoani, is stoani, is stoani, drum geh ich zum Dirndl alloani, alloani, bei der Nacht!«, sangen sie anzüglich.

Es war noch nicht Mitternacht, als der Diener Anton ins Wirtshaus kam und zögernd meldete: »Sollts aufhörn mit dem Krach, die Gnädige kann nicht schlafen.«

Der Peter wollte unwirsch auffahren, doch da erschien der Hüttenherr, ging langsam zur Kindsmutter, die schon recht blass und müd im Sessel hing, und sagte:

»Geh schlafen, Marei. Und hier hast du noch einen Tauftaler.«

Es war nicht einer, es waren viele.

Dann wandte er sich gebieterisch an die Versammelten: »Und jetzt ist Feierabend hier herin!«

Stumm nahmen sie ihre Mützen, stumm folgten sie der Marei und dem Peter hinaus in die Winternacht.

Der »Auswärts« ließ diesmal lange auf sich warten. Im Gegensatz zu Juliane liebte Betty den Winter mit seiner Einsamkeit, mit der Einschränkung des geselligen Lebens auf das Haus. Er vertiefte die Zusammengehörigkeitsgefühle der Familie und der Freunde. Betty litt unter Ferdinands Ehe. Und es fiel ihr schwer, sich mit diesen unguten Verhältnissen in der nächsten Nachbarschaft abzufinden. Zu den Poschingers stand man inzwischen im Du-Verhältnis. Ferdinand erschien fast täglich im Beamtenhaus, saß da und weinte sich zwar nicht mehr aus, doch sein stummes Dasitzen ging Betty nicht weniger zu Herzen. Sie beschloss, einen besonderen Schritt zu tun, und ging mit Herzklopfen hinauf zum Schloss. Wie gewöhnlich traf sie Juliane im Musiksalon.

»Bitte, Juliane, ich möchte dich sprechen, nimmst du dir für mich ein wenig Zeit?«

»Aber ja, worum geht es denn?«, fragte Juliane und lege die Hände auf die Tasten.

»Lass uns zusammensitzen und einander anschauen. Es ist ein für mich – auch für dich, glaube ich – sehr wichtiges Gespräch.«

Juliane erhob sich vom Klavierschemel, setzte sich zögernd, der Teetisch stand nun zwischen beiden. »Also, meine Liebe, worum geht es denn?«, wiederholte Juliane mit leichter Ungeduld.

»Um deinen Mann, um Ferdinand. Ich kenne euch beide nun lang genug, um auch deine Ehe zu kennen. Du hast mir oft deinen Kummer geklagt, und ich habe zugehört, nur zugehört. Heute aber muss ich reden. Ich –«

»Verzeih, wenn ich dich unterbreche, aber das wäre sinnlos, Betty.«

»Bitte hör mir erst zu. Ich war deine Freundin – du wirst gleich verstehen, weshalb ich ‚war' sage. Ich bin gekommen, um dich zu beschwören, deine eheliche Beziehung zu Ferdinand wieder aufzunehmen, ihm eine Frau zu sein, wie ich meinem Mann eine bin, ich bitte dich, dein Gekränktsein zu überwinden um seinetwillen, um deinetwillen – und um Günthers willen. Du hast ihn doch einmal geliebt, sonst hättest du ihn doch nicht geheiratet und ihm vor dem Altar Liebe und Gehorsam versprochen. Ist es nicht ein Gebot Gottes, seinen Nächsten zu lieben?«

»Er ist nicht mein Nächster. Er hätte mich kaltblütig umbringen lassen, ein Zufall hat mich gerettet, ich habe es dir erzählt, das weißt du doch. Spiele dich nicht als heilbringende Friedensstifterin auf.«

»Die will ich nicht sein. Es geht um etwas anderes. Ich liebe deinen Mann.«

»Was sagst du da? Bist du nüchtern? Du kommst zu mir und sagst einfach –«

»Ja. Und wenn du dich nicht änderst, wenn du nicht einlenkst und deinem Mann verzeihst – was immer er dir deiner Meinung nach angetan hat, dann hast du ihn verloren, dann hat das für dich Konsequenzen, dann werden wir beide von hier fortgehen, irgendwohin und zusammenleben, niemand kann uns daran hindern. Außer du bist bereit, Ferdinand das zu geben, wozu ich bereit bin.«

»Mein Gott, dann tu es doch! Eine Geliebte mehr oder weniger, das macht mir schon lange nichts mehr aus.« Juliane erhob ihre Stimme: »Nicht das Geringste macht mir das aus. Aber jetzt geh bitte, geh, geh sofort!«

Betty ging. Unter dem Fenster des Musikzimmers blieb sie stehen. Und da rauschten auch schon die ersten Töne auf: Beethovens »Wut über den verlorenen Groschen«.

Drei Tage später schrieb Betty der Schlossherrin: »Meine Drohung, mit Ferdinand fortzugehen, war mein letzter Versuch, dich umzustimmen, mein Versuch, eure Ehe zu retten. Natürlich gibt es zwischen uns nichts Ehewidriges, geschweige denn Ehebrecherisches. Was ich für ihn empfinde, ist eine tiefe Herzensfreundschaft, mehr nicht. Doch nach unserem letzten Gespräch ist es mir nicht mehr möglich, deine Freundin zu sein. Es tut mir leid, Juliane, alles tut mir leid. Immer wieder hast du über die unglücklichen Jahre an Ferdinands Seite geklagt. Jetzt weiß ich, dass du es brauchst, dein Unglück, dass es ein Teil deiner selbst ist und du es nicht missen willst.«

Juliane las, dann zerknüllte sie den Brief und begann zu weinen, wild, verzweifelt, und hasste um dieses Weinens willen einmal mehr den Vater ihres Kindes.

Betty berichtete Ferdinand von dem missglückten Versuch, seine Ehe zu retten. Er saß hinter seinem Schreibtisch im Kontor; ihm war wunderlich zumute. Ach, diese Betty: Geht hin und klagt sich des Ehebruchs an, ohne jede Rücksicht auf sich und ihren Mann. Er sprang auf und nahm sie in die Arme. »Danke«, sagte er an ihrem Ohr.

Als die Sonne aufging, war der Schlossherr schon auf der Schachtenwiese. Wie so oft beruhigte ihn die unberührte Schönheit dieses Erdenflecks, die helle Weite inmitten der dunklen Wälder, die große Stille ringsum. Er saß später im Schachtenhaus, seinem Jagdhaus, am Ahorntisch, die Ellenbogen aufgestützt, den Kopf in die Hände vergraben. Wie sollte nun alles weitergehen? Wie sollte er leben mit dem Hass Julianes, einem Kind, zu dem er sich schleichen musste, wenn seine Mutter musizierte oder schlief? Dumpf spürte er, sie hatte jetzt mehr denn je alle Trümpfe in der Hand, er war ihr ausgeliefert, mehr als in den vergangenen, tristen Jahren. »Verdammter Wiedermann!« Warum nur hatte er diesen Trottel von Arzt nach Buchenau geholt! Und warum musste er selbst immer alles herausschreien, was ihm durch den Kopf ging! Gerade dadurch hatte er ihr in der Vergangenheit ja immer wieder Munition für ihre Szenen geliefert. Warum hatte er sie nur geheiratet, warum? Gegen den Willen der Mama und seines Stiefvaters. Vielleicht gerade deshalb? Um beiden zu zeigen, dass er nicht mehr am Gängelband geführt werden wollte, dass er erwachsen genug war, Entscheidungen zu treffen? Aber er hatte Juliane auch geliebt, war stolz gewesen auf seine hübsche Frau, stolz auf sie als Künstlerin.

Aber, warum um Himmels willen hatte denn sie ihn eigentlich geheiratet? Sie war mit ihren 23 Jahren doch noch keine alte Jungfer, die nehmen musste, was sich ihr bot. War es sein Vermögen? Ihr Wunsch, Schlossherrin und große Dame zu spielen? Und waren die Wut und Enttäuschung über ihr Leben hier, über die »Verbannung«, in die er sie verschleppt hatte, so groß, dass sie diesen maßlosen Hass bewirkten? Aber wie konnte er das denn ändern? Mit ihr auf Reisen gehen, ihr etwas bieten? Der Betrieb hier brauchte ihn doch, er konnte nicht in der Welt herumvagabundieren.

Die Uhr an der Wand schlug die Mittagsstunde, er saß immer noch da und grübelte. Es klopfte. Er hatte noch nicht »Herein« gerufen, als sich schon die Tür öffnete und Rosalie sich mit einem großen Henkelkorb am Arm in die Stube schob. »Ich bring das Essen, gnä' Herr«, sagte sie halb keck, halb verlegen. »Ist alles noch warm, weil ich die Töpf in Heu gepackt hab. Schweinernes und Kraut und Knödl gibt's. Kann ich aufdecken, gnä' Herr?«

Ferdinand hatte seit gestern Abend nichts mehr gegessen, jetzt spürte er den Hunger. Sie holte Geschirr und Besteck aus dem Kasten, das Essen war wirklich noch warm.

»Hock dich her, Rosalie, iss mit.«

»Ich hab schon gegessen, gnä' Herr.«

»Wer nicht will, hat schon. Alsdann schau zu, wie's mir schmeckt.« Er bekreuzigte sich und langte tüchtig zu. Dann lehnte er sich zurück, betrachtete den Besuch und sagte schließlich: »Alsdann, Rosalie, wir zwei sind nicht oft allein. Jetzt erzählst du mir einmal ehrlich, was so die Leut über mich reden. Die machen doch einen rechten Blaubart aus mir, gelt?«

Sie sah ihn verständnislos an.

»Na ja, die Leut reden doch, dass ich ein Dutzend uneheliche Kinder hab, also, wie steht's damit? Red, Dirndl, sag die Wahrheit. Ich tu dir schon nichts.«

So hatte sich Rosalie eigentlich das Alleinsein mit dem Herrn nicht vorgestellt. Es hatte all ihrer Frechheit bedurft, Theres die Mahlzeit für den Herrn herauszulocken. »Das Essen bringt der Franz«, hatte die Köchin erklärt. Was sollte sie ihm denn jetzt sagen? Die Wahrheit, meinetwegen.

»Ich mein, gnä' Herr, die Wahrheit ist, dass es nicht stimmt, wenn die Dirndln sagen, ihr Uneheliches wär von dem gnä' Herrn. Das sagen s' nur, damit s' besser dastehn vor die Leut, und in Wahrheit sind's die Unehelichen von unseren Burschen. Ja, das mein ich.«

»Du, Rosalie, du meinst das vielleicht, weil du ein bisserl gescheiter bist als die andern und mich besser kennst. Aber in der Stadt, da reden s' anders«, erwiderte er düster.

»Machen Sie sich nichts draus, gnä' Herr. Ich kann's beschwörn, die Leut bei uns herin haben den gnä' Herrn gern.« Sie knöpfte langsam ihre Bluse auf. »Ich auch, gnä' Herr.«

Auf dem Heimweg trällerte sie vor sich hin: »Zwoa schneeweiße Täuberl fliagn über mein Haus, meinen herzliebsten Buam lass i gar nimmer aus ...«

Und sie hielt sich eifrig an diese ihre grundsätzliche Meinung. »Gnä' Herr sind heut wieder so traurig, darf ich zu Ihnen kommen?«

Manchmal durfte sie, viel öfter nicht. In ihren Armen

fand Ferdinand ein wenig Lebensfreude. Sie sagte sich trotzig: »Treiben's die andern auch nicht anders.« Er sagte sich – wenn auch nicht trotzig: Es hat's der Herr Goethe mit seiner Christiane auch so gehalten, und die Leute haben es dulden müssen.

Da die Buchenauer nichts von der Liebschaft zwischen Zimmermädchen und Hüttenherrn wussten, gab es aber nichts »zu dulden«. Denn die Rosalie war klug. Es dauerte fast zwei Jahre, ehe man allmählich zu munkeln begann.

In diesen zwei Jahren ereignete sich nicht viel. Der Marei wurde vom Bruder die Heiratsgenehmigung immer noch vorenthalten, der Peter arbeitete wieder in der Buchenauer Hütte und spielte nach wie vor im Musiksalon mit der gnädigen Frau Duos. Was er lieber hätte bleiben lassen sollen, denn das steigerte sein Ansehen in den Augen des Hüttenherrn keinesfalls.

Juliane verweigerte ihrem Mann immer noch das Besuchsrecht im Kinderzimmer – was ihn freilich wenig störte. Aber eines war inzwischen passiert: Die alte gnädige Frau, für die junge immer noch so etwas wie eine Respektsperson, war 1899 gestorben, unerwartet, ohne Aufsehen, ganz still und ruhig.

Beim Begräbnis wurde von den Eheleuten Ferdinand und Juliane wieder gutes Familienleben geheuchelt. Man saß einträchtig mit der Verwandtschaft bei Tisch, während die täglichen Mahlzeiten im Schloss längst getrennt eingenommen wurden, man unterhielt sich gedämpft, bis Ferdinand sein Glas leicht hob und Juliane zuprostete, ganz ungezwungen. Sie erwiderte mit einem Kopfnicken und starrer Miene.

Später trat sein Bruder Karl zu Ferdinand, sagte leise: »Geh, Ferdl, was gibst denn du dir solche Mühe, uns was vorzumachen?« Karl von Poschinger, Königlich Bayerischer Oberamtsrichter, hatte das innigste Verständnis für die Situation des Bruders, war er selbst doch erst vor kurzem geschieden worden – seine Freundschaft mit der jungen Engländerin Mary Poynton war unter den Poschingern jahrelang Familiengespräch gewesen.

Jetzt war Karl mit ihr verheiratet. Ferdinand hatte die neue Schwägerin in München kennen gelernt. »Eine reizende Person«, war sein Kommentar. Gleich alt wie Karl, aber durch ihr Temperament zwanzig Jahre jünger wirkend, war sie dem ernsthaften Bruder ein lebhafter Gegenpol.

»Ferdl, wir wissen doch alle von deiner unglücklichen Ehe, Mary ist deshalb nicht mitgekommen. Sie sagte: ›Ich kann nicht sehen Ferdls trauriges Gesicht. Ich möchte es immer küssen, damit es lustig wird.‹ Aber da hätte ich natürlich etwas dagegen gehabt. Wie machst du es bloß, dass dir alle Frauenherzen zufliegen?«

Ferdinand spürte Karls Bemühen, ihn zu trösten wegen des Verlustes der Mutter, aber auch wegen Juliane.

»Ich habe gestern Juliane gesagt, sie soll sich nicht verpflichtet fühlen, uns, die Poschinger-Sippe, zu empfangen. Deine Gesellschaft würde uns genügen.« Er schlug Ferdinand auf die Schulter: »Kopf hoch, Ritter!« Und Ferdinand erinnerte sich der wilden Bubenspiele im Buchenauer Forst.

Ferdinand, Reichsritter von Poschinger auf Buchenau, Ferdinand II.! Und drüben im Kinderzimmer spielte der dritte Ferdinand, wenn er auch Günther gerufen wurde.

Einmal mehr spürte Ferdinand die Verantwortung und auch das Glück, Vater eines Stammhalters zu sein. Er verdankte das Glück Juliane. Nur dieses Bewusstsein ließ ihn ihr gegenüber mild und großzügig sein. Er hätte es in der Hand gehabt, die geldlichen Zügel straffer zu ziehen. Er tat es nicht. Ihr Privatkapital, das er ihr bei der Heirat überschrieben hatte, wuchs mit jedem Jahr; Juliane, in materiell beschränkten Verhältnissen aufgewachsen, war jetzt eine wohlhabende Frau, die ihr Kapital eisern zusammenhielt. Sie war sparsam, wie sie es von daheim gewöhnt war, doch ihrem Personal gegenüber zeigte sie sich großzügig. Sie erkaufte sich dessen Devotheit mit Geschenken. Das war auch der Grund, weshalb ihr Rosalie nach außen hin die Treue hielt ...

Peter, der hervorragende böhmische Glasbläser, war zwar beim Hüttenherrn immer noch in Ungnade, was den Poschinger aber nicht verleitete, ihn etwa ungerecht zu behandeln. So wusste er von Peters »Freizeitbeschäftigung« in der Spiegelhütte, wusste, dass der Peter im Rahmen des üblichen Deputats für sich selbst Gläser herstellte. Was er nicht wusste, war, dass diese Gläser von hoher künstlerischer Qualität waren und dass Peter einen Abnehmer hatte, der ihm für seine Jugendstilgläser hohe Preise zahlte. Da es für Deputatglas kein Verkaufsverbot durch den Hüttenherrn gab, sah auch Direktor Theodor Schwarzenfeld keinen Grund zum Einschreiten, im Gegenteil, er lieferte Peter Entwürfe seiner Frau Betty.

Es waren zwei Freunde Peters, die, durchaus wohlmeinend, den Herrn auf Peters schöne Deputat-Gläser schließlich aufmerksam machten. Er rief Peter zu sich, nicht in der Absicht, ihn zu rügen, er wollte nur Näheres über diese Gläser erfahren. Da wickelte Peter einen Kelch aus einem Stück Papier. Er war nicht groß, von wunderbarem Überfangrot, übersät mit durchsichtigen Blüten in Lilienform. Ein herrliches, kostbares Glas, Ferdinand sah es mit einem Blick. »Und dergleichen arbeitest du schwarz, Peter Fischer«, knurrte er. »Ich sollte dich sofort feuern. Ist das ein Bierkrügel, wie meine Leute sie sonst machen dürfen?«

»Ich schenk's euch, Herr, hab nicht gewusst, dass ihr eine Musterordnung für Deputatglas aufgestellt habt. Ich kann meine ›Bierkrügeln‹ auch in der Frauenauer Hütte blasen.«

Damit hatte der Widerborstige dem Herrn zu verstehen gegeben, dass er auf ihn nicht angewiesen sei: Ich brauch dich nicht, du aber brauchst mich.

Ferdinand war klug genug, das selbst einzusehen. Er antwortete nicht, zog seinen Geldbeutel und blätterte Peter drei Hunderter hin. »Ich lass mir nichts schenken«, sagte er schroff.

»Und ich nehm nichts bezahlt, wenn ich nicht will. Behaltet es, trinkt Bier daraus oder gebt's Eurem Sohn zum Spielen, mir ist's gleich. Kann ich gehen, Herr?«

Die Buchenauer waren lebensharte und fromme Leute, wobei das Erste durch ihre mühevolle Arbeit bedingt war, das Zweite durch die Hoffnung auf ein besseres Leben im Jenseitigen. Beides ergänzte sich und ergab jenen Menschenschlag, dem man Heimatliebe und Treue, Verlässlichkeit und Bescheidenheit nachsagte. Und dass der Weiler Waldhäuser vor drei Jahrhunderten von Sträflingen gerodet und besiedelt worden war, das brachte die Waldler zusätzlich in den Ruf der Ruchlosigkeit und Gewaltbereitschaft, was sie den Fremden gegenüber »interessant« machte. Dabei waren jene Sträflinge weder Mörder noch Räuber gewesen, die hätte man nicht frei herumlaufen lassen, es waren, heute würde man sagen

»politische« Straftäter, Aufsässige, Männer, die gegen die Obrigkeit aufgestanden waren, gegen die kirchliche wie die weltliche. Vermutlich Leute wie der Fischer Peter, der seinen Widerspruchsgeist nicht bändigen konnte, auch wenn Marei immer wieder, wie jetzt, lamentierte:

»Warum bist denn du gar so hoffärtig und unbotmäßig! Du versündigst dich ja, Peter. Man soll der Obrigkeit geben, was ihr zukommt.«

Peter grinste: »Hab ich meiner Obrigkeit nicht mein schönstes Glas gegeben? Was willst denn noch mehr, Dirndl?«

Ferdinand betrachtete das Rubinglas lange, dann packte er es behutsam in sein Taschentuch und trug es zu Betty hinüber. Die erschrak: Peters Lilienglas in Ferdinands Händen! Die Lilien trugen ja ihre Handschrift, der Entwurf stammte von ihr. Stumm sah sie den Freund an. »Was sagst du dazu?«, fragte er.

»Ein wunderschönes Glas. Ich kenne es, Peter Fischer hat es gemacht.«

»So, das weißt du?«

»Aber ja, Theodor bat mich, für ihn einen Entwurf zu zeichnen. Er möchte Peter mit der Herstellung solcher Gläser betrauen, er möchte, dass er wieder in der Spiegelhütte arbeitet. Solche Gläser sind jetzt sehr modern. Soviel ich weiß, wäre der Absatz günstig.«

»Warum hat Theodor mit mir nicht darüber gesprochen?«

»Er wollte dir die Fakten auf den Tisch legen. Hat es einen Sinn, über etwas zu sprechen, was noch nicht konkret ist? Erst wollte dir Theodor beweisen, dass der Peter bei ihm gewinnbringender arbeiten würde als bei dir am Tafelglas. Und ist nicht Theodor allein und selbstständig für die Hütte verantwortlich?«

Natürlich, das war er. Theodor hatte als neuer Leiter mehr als das Doppelte wie früher erwirtschaftet.

Das wusste Ferdinand, das wusste Betty. Sie strich über seinen schon grau gewordenen Scheitel: »Ärgere dich nicht, Ferdl. Der Theodor hat dir zum Nutzen in Peter eine großartige Begabung entdeckt. Du solltest die Aversion gegen ihn aufgeben.«

»Er ist ein frecher, renitenter Bursche, ein Günstling Julianes.«

Über den Ausdruck »Günstling« musste Betty lachen. »Glaubst du etwa, er hätte Chancen bei ihr?«, fragte sie frivol.

Wieder wunderte sich Ferdinand über Bettys Geschick, ihn aus einer Missstimmung, einer Depression zu erlösen und ihn zum Lachen zu bringen.

6

Aber wer ist der Vater? – Die Mär vom Glashimmel – Eine Gaudi – Feuerwehrfest – »Derf er denn dös?«

Das kleine Annerl, natürlich Peters besonderer Liebling, stapfte auf kurzen, stämmigen Beinen durchs Gras und auf die Gasse. Sie gedachte, die Stadler-Nachbarin zu besuchen, die immer etwas für sie bereit hatte, einen Apfel, eine Schmalznudel, ein gekochtes Ei. Diesmal hatte die Stadlerin schon Besuch, Rosalie hockte auf der Ofenbank. Sie hob die Kleine in die Höhe und herzte sie.

»So ein Kindl, wenn ich hätt«, seufzte sie. »Ein Mannsbild bräucht ich nicht, aber so ein Dirndl, Großmutter, möcht ich halt gern.«

»Tu nicht so scheinheilig! Glaubst, ich wüsst es nicht, dass du schwanger bist?«

Die Rosalie wurde wahrhaftig rot. »O mei, du hörst halt wirklich das Gras wachsen! Weiß ich's doch selber noch gar nicht genau, ob's wirklich was ist oder nicht.«

»Na, dann weißt du's jetzt von mir. Aber wer ist der Vater? Das musst schon du mir sagen.«

»Tu ich aber nicht. Das geht niemand etwas an, gar niemand!«

Die Stadlerin sah die Enkelin aus rot geränderten Augen ruhig an. »Nachher kannst ja den Glashimmel aufs Fensterbrett stellen, damit ihn auch jeder sieht.«

Rosalie hob stolz ihren hübschen, eigenwilligen Kopf. »Alsdann, meinetwegen, von mir aus kann's jeder wissen, dass ich einem kleinen Glashüttenherrn ins Leben verhelf! Der Herr soll mehr Freud an ihm haben als am Günther, seinem ehelichen Buam!«

Sie schenkte tatsächlich einem niedlichen Buben das Leben. Unter heftigen Tränen gestand sie der Schlossherrin, ein windiger Rauchfangkehrer hätte sie trunken gemacht und da sei es halt passiert.

Juliane war zwar zunächst empört und sprachlos, doch dann verzieh sie ihrem Zimmermädchen, die ihr dafür dankbar die Hände küsste. Die Rauchfangkehrerversion wurde Rosalie nur von der Herrin abgenommen. Im Dorf war man sich einig, ebenso im Schloss: Wieder einmal hatte ein Uneheliches vom Herrn das Licht der Welt erblickt.

Betty erfuhr von dem Malheur durch Ferdinand selbst. Er stand vor ihr und kam sich hässlich und schäbig vor. Betty verehrte er, liebte er – das andere aber war eben manchmal übermächtig. Betty reagierte nach seinem Geständnis anders als Frau von Stein Herrn Goethe gegenüber im Zusammenhang mit dessen »Bettschatz« Christiane (Goethe war Ferdinands Lieblingsdichter). Charlotte von Stein hatte ihre Rivalin, die junge Christiane Vulpius, unerbittlich mit ihrem Hass verfolgt – Betty aber sagte:

»Nimm's als Gottesgeschenk, Ferdl. Und lass die Rosalie es nicht entgelten.«

Betty Schwarzenfeld, was für eine Frau! Seit jener Auseinandersetzung mit Juliane hatte sie ihr »Verhältnis« zu Ferdinand gelassen und warmherzig in geordnete Bahnen gebracht, war sie es gewesen, die seine stürmische Werbung liebevoll zurückwies und diese Freundschaft in ihr eigenes Leben, in die eigene Ehe einordnete.

»Ich liebe dich, Ferdl, das sollst du wissen. Aber es darf zwischen uns niemals etwas geben, was mich nicht frei und offen in Theodors Augen blicken ließe, niemals! Das musst du akzeptieren.«

Er akzeptierte es – was blieb ihm auch anderes übrig? Er gab ihr später einen Band mit Goethes Briefen an Frau von Stein, seiner platonischen Geliebten. Betty las die angekreuzten Stellen am nächsten Tag:

»*Wenn du nicht wärst, hätte ich längst alles abgeschüttelt. Du bist der Anker meines Schiffleins. Ich bitte dich fußfällig, mache mich gut.*«

Und eine andere Stelle: »*Du bist meine liebe Seelenführerin, die einzige Sicherheit meines Lebens. Alle meine Schwächen habe ich an dich angelehnt, weiß meine weichen Seiten durch dich geschützt, meine Lücken durch dich ausgefüllt. Du bist mir Schirm und Schild.*«

Betty ließ das Buch sinken, ihr war weh zumute.

Als ob ihre Gedanken ihn gerufen hätten, stand Ferdinand plötzlich in der Tür, sah den Goetheband in ihrem Schoß, kam näher und beugte sich über sie, so tief, dass sein Haar ihre Stirn streifte. Sie umfasste seinen Kopf und küsste das Haar auf seiner Stirn. Er nahm das Buch auf, blätterte darin und las: »*Mein inneres Leben ist immer bei dir und mein Reich ist nicht von dieser Welt.*«

Da wusste sie, dass er sie verstand. Er zog einen Schemel heran und saß nun sehr nahe bei ihr.

»*Die Frauen sind silberne Schalen, in die wir goldene Äpfel legen*«, las er leise.

Da Betty die Mär von den Glashimmeln wusste, lächelte sie, halb weh, halb spöttisch: »Oder einen gläsernen Himmel für ›Besonderes‹? Aber du weißt, dass es für uns dieses Besondere nie und nimmer geben wird.«

Er tätschelte väterlich ihre Wange. »Ich weiß es, mein Liebling, sei unbesorgt.«

Und so schufen sich diese beiden Menschen, mit Theodor als Drittem im Bunde, ein Paradies auf Erden – soweit sich ein solches hier überhaupt verwirklichen lässt. Ferdinand war ständiger Gast im Beamtenhaus, besprach Geschäftliches mit Theodor und spielte mit ihm Schach, scherzte mit Bettys Töchtern, die ihn Onkel nannten, und beschenkte sie. Den eigenen Sohn sah er immer noch meist heimlich – er wollte keine Szene mit dessen Mutter ...

In der Haslinger-Stube wurde jetzt mehr gelüftet. Tobias hatte keine Lust, sich mit dem schwarzen Peter anzulegen, der in der Glashütte als Erster Glasmacher jetzt wieder das Sagen hatte. Also wurden die kleinen Fenster häufig aufgetan, und in ihrer Nähe saß Marei an einem sonderbaren Gerät. Es war ein Stickrahmen, den ihr die Schlossherrin geschenkt hatte. Damit hatte es seine Bewandtnis.

Man war schon vor einem Jahr an Juliane mit der Bitte herangetreten, sie möge die einstimmige Wahl der Buchenauer Feuerwehr zur neuen Fahnenmutter annehmen, »da doch die selige Schlossfrau Amalie verstorben ist«. Sie sollte also die Nachfolge antreten. Und was niemand recht geglaubt hatte: Juliane willigte ein. Nun war aber mit so einer Auszeichnung das Stiften einer Fahne verbunden, die alte war schon brüchig. Leutselig erbot sich die Schlossherrin, selbst einen Teil zu sticken. Sie hätte es kaum getan, wenn sie gewusst hätte, dass der Entwurf zu dem Bild auf dem Stoff – ein heiliger Florian mit einer Feuersbrunst – Bettys Werk war. Die Mannen der Feuerwehr wussten schon, wie sie am billigsten zu Fahne und Ehre kamen. Juliane hatte die Stickerei bald satt. Sie stellte Marei dazu an, die sich als sehr gelehrig und geschickt erwies – ein wenig Unterricht unter Julianes Aufsicht hatte genügt. Und so band sie keine Besen mehr, sondern stickte, auch, für Zwieseler Bräute, die Monogramme in feine Aussteuerwäsche und Bordüren für Altartücher. Ihr Annerl saß ihr zu Füßen, verlangte auch nach Nadel und Faden und »stickte« mit.

»Ja, was soll denn das sein!«, fuhr der Peter die Marei an, »eine Zweijährige mit einer Nadel!«

»Ach Peter, wenn sich das Dirndl das erste Mal gestochen hat, wird sie nicht mehr nach einer Nadel schreien und mir die Ohren volllamentieren.«

Ja, die Kleine hatte weniger Mareis Sanftmut denn Peters Eigensinn geerbt, was dem Vater jedoch nur ein stolzes Schmunzeln entlockte. »Dem Annerl wird ein Tobias nicht so auf der Nase herumtanzen wie dir.«

Der Bruder war unleidlicher denn je. Eine Witwe aus Bernried hatte ihm einen Korb gegeben, nachdem sie schon halb ja gesagt hatte – und Marei hatte innerlich schon jubiliert und schon vom Hausierer eine Kerze kaufen wollen, sie der Heiligen Jungfrau aus Dankbarkeit zu stiften.

»Musst ihr halt ein bissl mehr um den Bart gehen«, hatte sie dem Bruder geraten. »So eine saubere Person wie die Emerenz Weber hat natürlich noch andere Bewerber.« Wahrscheinlich hatte der Tobias das »Um-den-Bart-Gehen« nicht fertiggebracht, die Witwe ließ ihn abblitzen. Verdrossen sah er seine Schwester am Fenster sitzen und sticken. Diese Arbeit machte ihr Spaß – und Geld brachte sie auch ein. Ein Lob der Schlossherrin aber war ihr ebenso viel wert wie die klingende Münze in ihrem Geldbeutel. Ja, in ihrem, denn mit dem Abliefern an Tobias war es auch vorbei.

»Hast deine Schwester lang genug ausgenützt, Geld kriegst nur noch, wenn du ihr die Heiratserlaubnis gibst«, hatte der Peter geschrien.

»Eher verreck ich!«, war die unhöfliche Antwort des Tobias gewesen. Ach, und dann trat etwas ein, was den Tobias wie ein wütendes Rumpelstilzchen in der Stube herumtoben ließ. Die Vorgeschichte war die:

Hüttendirektor Schwarzenfeld präsentierte Ferdinand eine Serie schönster Gläser im neuen Jugendstil und sagte: »Die hat der Fischer Peter gemacht. Darüber könnte ich mit dem Prinzregenten ein Geschäft für 4 000 Mark abschließen. Den Fischer Peter sollte man jetzt für die Spiegelhütte freistellen.«

Der Peter aber lehnte ab, er mache lieber Tafelglas. Es sei denn ... ja, es sei denn, der Herr komme auch ihm entgegen und wirke auf den Tobias ein, endlich mit der Heiratserlaubnis herauszurücken ...

Im Augenblick war der Peter guter Laune, was man ihm in seiner Verschlossenheit freilich nicht ansah. Er saß mit seinen Kumpeln im Hüttenwirtshaus, trank sparsam, die andern nicht. Ein Holzhauer aus Kärnten, bekannt für sein loses Mundwerk, erhob sich plötzlich und starrte den Peter mit schon glasigen Augen an. Dann begann er zu singen, und es klang gar nicht so übel:

>»Mei Dirndl is pumpert
>und kann sich net rühren, geh,
>leih mir das deine zum Umaflaniern.«

Der Kärntner sah Peters Zornesader schwellen und beeilte sich mit der zweiten Strophe:

>»Das Dirndlausleihen,
>dös bringt ja kein Guat,

*weil man's nimmer so z'ruckkriegt,
wie man's ausleihen tuat.«*

Ob der Bursche wusste, dass Marei wieder schwanger war? Das war eher unwahrscheinlich. Peter aber erhob sich so energisch, dass der Bierkrug umkippte, und sprang dem erschrockenen Holzfäller an die Kehle. Erfreut grinsten die Zechkumpanen. Das würde jetzt eine Gaudi geben! Hatte man sowieso schon lange nicht mehr im Wirtshaus gerauft. Der Peter hatte den Kärntner im »Schwitzkasten«, presste dessen Hals so hart zwischen seinen Rippen und dem Ellenbogen, dass dem fidelen Sänger die Augen heraustraten, und er nach Luft rang.

»Erstickst ihn ja!«, schrie der Wirt von der Theke her erschrocken. »Lass ihn aus, Peter!«

Da tat sich die Tür auf, der Herr trat ein, übersah mit einem Blick die Situation. Peter lockerte seinen Griff, ließ seinen Kontrahenten aber nicht frei. Der schnappte nach Luft und verrenkte Kopf und Hals, um freizukommen. Peter starrte Ferdinand frech an, als wollte er drohen: Misch dich ja nicht ein!

Und das tat der Hüttenherr auch nicht. Er stapfte, als ginge ihn die Rauferei nichts an, zur Theke, und in die eingetretene Stille hörten die Zecher:

»Du kriegst bald eine Hochzeit auszurichten, Wirt. Tu dich rechtzeitig deswegen um. Das heißt, es könnt auch sein, dass der Bräutigam vorher hinter Schloss und Riegel kommt wegen schwerer Körperverletzung, wenn er den Kärntner nicht bald auslässt.« Schneller als die Umstehenden begriff der Peter. Er ließ den schmächtigen Burschen los, schüttelte ihn ein bisschen zurecht und sagte dann:

»Kauf dir eine Maß oder zwei oder meinetwegen drei, damit deine malträtierte Gurgel geschmiert wird.« Und wandte sich dann an den Herrn, der mit dem Wirt wegen der Holztäfelung der Wirtsstube verhandelte.

»Hab ich es eben richtig verstanden, gnä' Herr, dass die Marei und ich –«

Ferdinand wandte sich um und meinte: »Es hat schon seine Richtigkeit, Fischer Peter. Und die Hochzeit richte ich auch aus, als Schmerzensgeld sozusagen, weil die Marei so lange warten musste.«

Als der Peter in die Stube bei der Stadlerin heimkam, nicht gerade nüchtern, singend: »Mei Dirndl is pumpert und kann sich net rührn –«, da setzte sich Marei erschrocken aufrecht – so kannte sie ihn ja gar nicht! Er aber kniete am Bettrand nieder, fasste nach ihr, umhalste und küsste sie stürmisch und sagte an ihrem Ohr mit schwerer Zunge, während seine Augen leuchteten:

»Wir können heiraten, Marei, der Herr hat's heut gesagt.«

In diesem Augenblick erst erkannte Marei, wie sehr er unter den unguten Zuständen gelitten hatte, so gleichmütig und selbstsicher er sich auch gegeben hatte, so patzig er auch auf sanfte Vorhaltungen der Stadlerin reagiert hatte. Als sie dann einmal derber geworden war: »Meinst, ich lass mich wegen deinem schlamperten Verhältnis als Kupplerin einsperren?« – da hatte er sie hart um die Schultern gefasst und seine schwarzen Augen hatten geglüht: »Warum nicht? Ich bring dir ins Gefängnis jeden Sonntag Schweinernes und Kraut!«

Doch da jeder im Dorf wusste, dass Marei und er es »ehelich« miteinander meinten – wie so manche andere Liebespaare auch, die aus vielerlei Gründen nicht heiraten konnten oder durften –, fand sich niemand, der zum Pfarrer oder Richter gelaufen wäre, das »schlamperte Verhältnis« anzuzeigen. Jetzt aber war auf einmal alles anders, jetzt lagen sich die Liebenden in den Armen, und es war ihnen fast, als seien sie schon Mann und Frau. Wie zärtlich konnte der schwarze Peter sein, wie behutsam und liebevoll! Der Druck war von ihm gewichen, nur noch zukunftsfrohe Liebe stand in seinem dunklen Blick. Sie hatte den Leuchter in der Kammer entzündet, sie mussten sich nicht mehr in den Schutz der Dunkelheit flüchten, nicht mehr Angst haben, die Stadlerin könnte sie überraschen. Bald mussten sie nicht mehr fremd tun, wenn sie unter Leuten waren, nicht mehr Hochwürdens strenges und eindringliches Beichtgebot befürchten, künftig nicht mehr in Unkeuschheit zu sündigen ...

»Jetzt brauchst dich auch nimmer zu schnüren, Marei. Jeder kann's jetzt sehen, dass du in der Hoffnung bist. Ja, in der Hoffnung«, setzte er leise hinzu.

Es wurde schon hell im Fensterviereck, die Sterne verblassten, und Mareis Gesicht tauchte langsam klarer und deutlicher aus dem Dämmern auf. Peter schien, es sei in seiner Ebenmäßigkeit und Blässe nie schöner gewesen. Ihr Haar ringelte sich auf dem blau gewürfelten Kopfkissen und wirkte wie ein Rahmen um ein Bild. Seine Finger strichen ihr über Nase und Stirn, und dann lag sein Mund wieder auf dem ihren. Er küsste sie nicht mehr wie früher, wie ein Verdurstender, sondern wie einer, der voll innerer Ruhe viel Zeit hat; bedächtig, genussvoll, sanft und doch besitzergreifend. Ach, das Leben war schön!

Den Eindruck hatte der Tobias freilich nicht. Er tobte in der Stube und hätte vor Wut beinahe den Milchtopf zerschlagen, hätte er nicht rechtzeitig bedacht, dass ein neuer Topf Geld kostet. So begnügte er sich mit einem gewaltigen Fußtritt gegen den Melkeimer, dass es nur so schepperte.

Nach ein paar Tagen aber besserte sich seine miserable Laune, und Marei entdeckte auch den Grund. In einer Ecke des Schuppens lagerten unter zwei alten Säcken jene 200 Fichtenpflanzen, noch original verpackt, nach denen der Gendarm auf Grund einer Anzeige des Försters im Dorf suchte.

Entsetzt machte Marei dem Bruder Vorhaltungen. Er sah sie gelassen an:

»Was willst denn? Hab ich's doch am Samstag eh gebeichtet und die Buße abgebetet. Jetzt gehören sie mir, die Bäumerln. Und was ich damit mach, das geht keinen was an.«

Er schmuggelte sie über die Grenze ins österreichische Böhmen und der Förster von Markt Eisenstein zahlte ihm den Preis, den er verlangte. Als dieser Forstmann später von den gestohlenen Fichterln erfuhr, waren die schon im böhmischen Erdreich fest verwurzelt ...

»Morgen wird's regnen«, unkte die Philomena. »Hat's bisher noch zu jedem Feuerwehrfest auch von oben ein Wasser 'geben.«

Die Stadlerin machte eine wegwerfende Handbewegung. »Was du nur immer im Voraus weißt! Hat's jetzt drei Wochen nicht geregnet, wird's grad morgen anfangen.«

Doch die Philomena sollte Recht behalten. Gerade hatte der Pfarrer die neue Fahne gesegnet, da grollte es sacht vom Hirschberg her und die Weiberleut überlegten, ob ihre Unterkittel sauber genug waren, dass man sich den Rock über den Kopf schlagen konnte – weit genug war er dazu. Sie trugen heute fast alle ihr Festgewand, den dunklen, weiten gefältelten Rock mit dem schwarzen Spenzer über dem Blusenoberteil. Nur die Rosalie hatte sich städtisch herausgeputzt, hatte ihr Wickelkind ungeniert auf dem Arm und machte ein hochmütiges Gesicht. Sie stand ganz vorn, hinter der gnädigen Frau, die mit gequälter Miene die feierliche Handlung über sich ergehen ließ. Jetzt sprach der Feuerwehrhauptmann, brachte ein Hoch auf den Herrn und die Frau aus. Sie standen wieder einmal nebeneinander, die Herrschaften, sie, eine immer noch sehr schöne Frau im eleganten Spitzenkleid, er in seinem Jagdanzug, dessen Duplikat der Peter trug.

Der hielt Marei am Arm, und das Annerl wuselte zwischen den Festgästen eilfertig herum. Sie war erst drei, sprach aber schon alles verständlich nach, besonders des Tobias Flüche und Schimpfworte.

Jetzt hatte sie sich zum Trompeter durchgedrängt und zupfte ihn am Rock. Sie begehrte in das Loch der Trompete zu gucken. Und der bückte sich gutmütig, ihr den Wunsch zu erfüllen. Dann aber musste er wieder in die Trompete blasen, und ihr greller Ton erschreckte das Dirndl so, dass es weinend zurück zu den Eltern floh.

Die Standlleut waren bemüht, ihre Ware so schnell wie möglich an den Mann zu bringen, bevor das Gewitter sie wusch, und traten unruhig von einem Fuß auf den anderen, weil auf dem Podium immer noch jemand redete. Der Hüttenherr hatte ein Einsehen und machte es kurz. »Alsdann, ihr Leut, mein Jubiläumsgeschenk wird ein neues Spritzenhaus sein!«

Der Jubel der Buchenauer war groß und lautstark. Juliane hörte ihn mit Missbehagen. Sie hatte die teure Fahne gestiftet, doch der Dank hierfür ging unter im Applaus für das Spritzenhaus. Als ob er das nicht in erster Linie sich selbst stiftete! Seine Häuser waren es doch, seine Glashütte, die vor Feuer geschützt werden mussten.

Die Philomena neigte sich der Stadlerin zu. »Hast es g'sehn, die gnä' Frau und die Frau Hüttendirektor, die sitzen ja nicht beieinand so wie voriges Jahr. Und eins schaut das andere nicht an. Du, die sind sich ja spinnefeind, das sieht man doch, des sieht ein Blinder!«

Juliane saß am Tisch der Honoratioren. Dahin hätte auch Betty gehört, aber die hatte es vorgezogen, zwischen den Leuten spazieren zu gehen, mit dem einen ein paar Worte zu reden und mit dem anderen freundlich zu lachen – sie war eben leutselig, die Frau Hüttendirektor, wie ihr Mann auch. Und wie der gnä' Herr. Und wie die gnä' Frau nicht.

Der Peter und die Marei saßen einträchtig auf einer der grob gezimmerten Bänke neben der Philomena, die sich jetzt zur Marei neigte und auch der die Neuigkeit von der Feindschaft der beiden Buchenauer Damen zuflüsterte.

»Pack schlägt sich, Pack verträgt sich!«, sagte der Peter mit der lauten Stimme des Berauschten.

»Bist staad!«, rief Marei empört und sah sich ängstlich um. Aber niemand kümmerte sich um den Ausspruch des renitenten Peter, jeder war mit seinem Maßkrug vollauf beschäftigt, sah höchstens prüfend nach dem Wetter: Wann wird's regnen?

Doch der Himmel hatte ein Einsehen. Die Buchenauer und ihre Gäste hatten noch Zeit, ihre Maß zu trinken und ihre Würste zu verzehren, bevor das Unwetter losbrach. Jetzt rannte alles den Häusern zu und suchte Unterstand und Schutz. Rosalie brachte ihr Kind in Sicherheit, Juliane wurde von ihrem Mann in das nächstgelegene Haus geführt. »Ich lass dir gleich einen Schirm holen«, sagte er und verließ sie in unhöflicher Eile.

Im Insthaus des Stefan Probst wurde der gnä' Frau ein Stuhl angeboten, nicht ohne dass die Probstin erst einmal schnell mit der Schürze über die Sitzfläche gefahren wäre. Juliane setzte sich, wusste nicht, was sie sagen sollte. Die Kinder der Probstin näherten sich ihr zutraulich. Als aber eines nach ihrer Hand fassen wollte, zuckte sie zurück. Die Probstin am Herd sah es wohl – sie zog das Kind zu sich und warf einen zornigen Blick auf die Herrin. Dann sagte sie maliziös lächelnd: »Der Mali ihre Taufpatin war die selige gnä' Frau. Die ist oft zu uns kommen und hat die Mali auf den Schoß g'nommen. Ja, ja, der Herr gib ihr die ewige Ruh, und das ewige Licht leuchte ihr, amen.«

Wütend dachte Juliane: Wo bleibt denn Ferdinand und der Schirm? Das ist Absicht, dass er mich hier bei diesen Leuten in der ungesunden Stubenluft warten lässt!

Die Probstin kam heran und stellte dem Gast eine Schüssel voll Ziegenmilch hin. »Trinkt nur, sie ist frisch. Und ist das Beste gegen Brustkrankheit.« Angeekelt wandte sich Juliane ab.

Endlich erschien die Rosalie mit einem überdimensionalen Schirm, und durch den aufgeweichten Boden schritt Juliane dem Schloss zu. Die Leute vor den Häusern grüßten verlegen, sie sahen die Herrin nur selten zu Fuß auf der Dorfgasse. Sie fuhr entweder in der Kutsche oder ritt hoch zu Ross an ihnen vorbei ...

Das Feuerwehrfest hatte noch ein Nachspiel. Die Köchin Theres, ihrer Herrin Juliane ganz besonders ergeben, hatte eine schlaflose Nacht, was selten vorkam. Grund hierfür war das provozierende Auftreten der Rosalie an der Seite der Herrschaft. Was dachte sich denn diese Person! Dass sie mit ihrem Bankert, den ehrbaren Leuten von Buchenau zum Hohn, sich aufführte, als gehöre sie zur Familie? Monatelang hatte die Theres aus christlicher Nächstenliebe heraus – liebet eure Feinde – dem »schlecht' Mensch« Rosalie nichts in den Weg gelegt, im Gegenteil, sie hatte der Person Kindswäsche von ihrer Schwägerin geschenkt, und jetzt so etwas!

Die Theres hatte ihre Absicht zunächst einmal, wie es sich gehörte, überschlafen, dann aber stand es für sie fest: Die gnädige Frau musste erfahren, was die freche Rosalie für eine ist, was es mit dem Rauchfangkehrer für eine Bewandtnis hat: »Das Kind ist vom gnädigen Herrn, gnä' Frau. Das weiß jeder im Dorf.«

Erst verstand Juliane das Gestotter der Köchin nicht, dann begriff sie, erkannte den ganzen Umfang des schimpflichen Verrats. Nein, sie wollte dieses Mädchen nie mehr sehen. Rosalie wurde vom Verwalter persönlich gekündigt.

Er sagte bekümmert – denn das hübsche, stets heitere Mädchen tat ihm leid –: »Warum stellst denn du dich auch vor allen Leuten mit deinem Bankert neben die Herrschaft? Hast dir denn nicht denken können, dass das böses Blut gibt?«

Die Rosalie fuhr auf: »Aber wenn's mir doch die gnä' Frau angeschafft hat, damit ich da bin, wenn s' etwas braucht!«

Freilich, dass das Zimmermädchen mit ihrem Kind im Wickeltuch auftauchen würde, das hatte Juliane nicht erwartet. »Hat's mir niemand hüten wollen, gnä' Frau, erst hat's meine Großmutter tun wolln, weil s' das Reißen im Knie gehabt hat. Aber dasselbe war in der Früh wieder weg. Also hat s' auch aufs Fest gehn wolln.«

Und so war eigentlich das Reißen der Stadlerin daran schuld, dass die Rosalie ihres schönen Postens verlustig ging. Sie lief zu Ferdinand, klagte ihm schluchzend die Ungerechtigkeit der gnä' Frau und die Bosheit der Theres, denn dass sie es war, die sie »verraten« hatte, das hatte ihr die Küchendirn zugetragen. Unbehaglich musterte Ferdinand das hübsche heulende Elend in seinem Clubsessel, dann fasste er einen Entschluss.

»Du packst deine Sachen« – Rosalie hatte eine Kammer in der Nähe des Schlafzimmers der Herrin im Damentrakt – »und ziehst um zur Theres« – deren Behausung lag in der Nähe der Küche im Herrentrakt. Die Rosalie schrie erschrocken auf: »Ich zur Theres! Lieber geh ich ins Wasser.« Aber sie ging nicht ins Wasser, sie übersiedelte in das relativ große Zimmer der Köchin, die wegen der Einquartierung nicht weniger entsetzt war.

»Und dass mir keine von euch mit der Sache die gnädige Frau behelligt!«, drohte der Herr. »Und dass du, Rosalie, mir keinen Fuß in den Damentrakt setzt!«

Ferdinand lachte sich hinter den beiden ins Fäustchen, beide Weiberleut hatten so gleicherweise ihr Fett abbekommen.

Die Köchin und das Zimmermädchen hausten schon nach kurzer Zeit recht friedlich zusammen. Der Waschkorb mit dem Kind stand zwischen beiden Betten, so lange, bis Rosalie abgestillt hatte. Dann würde das Kind, wie so viele andere Uneheliche, »in Pflege« kommen ...

Juliane hatte Rosalies Falschheit tief verletzt. Wie war es nur möglich, dass das immer freundliche und gefällige Ding sich so verstellen konnte! Sie hatte sich in ihrer Gegenwart wohl gefühlt, über ihre lustigen Keckheiten gelacht, sie hatte Rosalie gern gehabt, einfach gern gehabt. Julianes kummervolle Trauer galt der Treulosen, ihr Zorn und Hass aber Ferdinand, der diese Unschuld verführt hatte.

Rosalie zeigte sich nie mehr im Damentrakt, darin befolgte sie strikt Ferdinands Gebot, doch im Garten arbeiten sah Juliane sie oft. Denn der Herr hatte sie dem Gärtner Fritz zugeteilt, dessen Frau vor ein paar Monaten gestorben war. Fritz hatte das mürrisch zur Kenntnis genommen, doch schon bald erwies sich die anstellige Dirn als eine echte Hilfe.

Rosalie hatte ja auch den jetzt fast vierjährigen Günther betreut, für ihn musste ein neues Kindermädchen gesucht werden. Julianes Wahl traf Marei. Überraschenderweise war Ferdinand damit einverstanden, der Peter freilich sträubte sich energisch. So wie er es nicht gewünscht hatte, dass Marei Küchendirn blieb, so war er jetzt dagegen, dass sie »Kindsdirn« wurde. Bis ihm der Herr erklärte, für seinen Sohn sei nur die beste Erzieherin gut genug. Und so eine sei Marei. Natürlich hatte er dabei einen Hintergedanken – war vorher Rosalie diejenige gewesen, die ihm hinter dem Rücken seiner Frau zum Zusammensein mit seinem Sohn verhalf, so würde das sicher ohne Schwierigkeiten auch Marei tun. Er irrte sich nicht.

Doktor Brenner hatte dem Kind weite Spaziergänge verordnet, das sei für Günther wichtig und gesund. Also wanderte Marei mit dem »Bübsche« in die Umgebung, und die Umgebung war halt überall Wald. Juliane aber fürchtete sich vor der Waldeinsamkeit, fürchtete die Gefahren des Waldes und suchte diese Ausflüge, allerdings ohne Erfolg, zu verhindern. »Ihr Sohn braucht für seine Bronchien die Waldluft«, war Doktor Brenners Meinung und kategorische Verordnung.

In Buchenau gab es schon elektrisches Licht zu einer Zeit, als noch nicht einmal der Markt Zwiesel elektrifiziert war. Die reißenden Bergbäche speisten ein kleines Elektrizitätswerk, das Ferdinand hatte bauen lassen. Der von Poschinger war ein Hüttengutsherr von großem Format, gefürchtet und doch beliebt in seinem Dorf, geachtet und beneidet von der Gesellschaft, von den anderen Hüttenherren. Der Besitz seiner Familie, die schon seit dem 15. Jahrhundert nachweislich in dieser Gegend hauste, war größer als der der anderen Gutsbesitzer. Riesige Wälder dehnten sich bis zum Grenzkamm gegen das österreichische Südböhmen mit seinen bewaldeten Bergen hin, an denen sich der böhmische Wind brach, doch trotzdem immer noch scharf genug ins Buchenauer Tal brauste. Dessen Besiedlung ging zurück bis ins Jahr 1640, als sich Holzfäller, Köhler und Aschenbrenner niederließen, doch schon bald auch Glashüttenleute, denn im jetzigen Buchenau entstand um 1640 die Preißlerhütte, die später in Hilzenhütte umbenannt wurde. Sie stand in großer Waldabgeschiedenheit, nur schlechte Pfade verbanden sie mit der Außenwelt, zum Teil Knüppeldämme, die sogenannten Ochsenklaviere, über moorigem Grund. Man musste die Erzeugnisse der Hütte, die Butzenscheiben und Glastafeln, zum Verkauf im Kraxenkorb aus der Wildnis tragen. Schon damals gehörte die Hütte der Poschinger-Sippe, denn die Ehefrau des Hüttenherrn war eine geborene von Poschinger und stammte vom benachbarten Hüttengut Oberzwieselau. Erst Ferdinands Vater, Ferdinand I., taufte die Hilzenhütte in Buchenauerhütte um, brachte sie zu Ansehen und Wohlstand. Sein Sohn Ferdinand II. setzte des Vaters Lebenswerk mit Glück und Geschick fort, nur – in seinem eigenen Leben fehlten Geschick und das Glück, jedenfalls so lange, bis er Betty Schwarzenfeld begegnete ...

Sie war es auch, die wieder einmal vermittelnd zwischen dem Hüttenherrn und dem Glasmacher Peter eingriff. Ferdinand hatte schon vor einiger Zeit in Spiegelhütte ein neues Insthäusl bauen lassen, das der Peter beziehen sollte. »Dort hast du's bequemer als hier, die Marei kann hier im Herrenhaus wohnen.«

Der Peter fuhr auf. »Nein, Herr« – schon seit einiger Zeit ließ er das »gnädig« weg –, »ich bleib in Buchenau. Wenn Euch das nicht passt, dann geh ich.«

Der Herr tat gelassen: »Dass du mir aus Dankbarkeit für das neue Haus einen Kniefall machst, das hab ich zwar nicht erwartet, aber dass du mir gleich so kommst – überleg es dir, Peter! Hier geschieht immer noch, was ich sage, verstehst?«

Marei jammerte und lief zur Frau Hüttendirektor. Im Dorf wusste man, sie hatte großen Einfluss auf den Herrn. Übrigens ohne dass man das Verhältnis der beiden mit einer Liebschaft in Verbindung brachte, zu selbstverständlich war allen der Kontakt zwischen dem Herrn und seinem Direktor. Und dass dessen Ehefrau in diesen Kontakt miteinbezogen wurde, das war den Leuten auch selbstverständlich.

Betty sagte: »Aber Ferdinand, du kannst doch die Eheleute nicht trennen!«

»Warum denn nicht? Hat doch der Fischer ein Pferd, der kann leicht hinunter zur Marei reiten, wenn es ihn danach gelüstet!«

»Warum soll er denn partout nach Spiegelhütte?«

»Ich hab oben ein neues Haus für ihn gebaut. Aber bitte, wenn er weiterhin beim Tobias hausen will – ich hab nichts dagegen«, knurrte Ferdinand schließlich unwillig.

Ein paar Tage später erschien Josef Hasenkopf, drehte in seinen geschickten Glasmacherhänden verlegen seine Mütze und erbat mit einigem Stottern die Erlaubnis, des Fischer Peters Haus auf Spiegelhütte beziehen zu dürfen, »derweil derselbe tät in unser Insthaus mit gnädiger Erlaubnis vom gnädigen Herrn einziehen. Weil uns halt das Spiegelhütter Häusl sehr kommod wär, ich hab's im Kreuz und müsst nicht mehr hinaufmarschieren.«

»Aha, so läuft der Hase. Nichts da, Hasenkopf, meinst du, ich lass mir von euch auf der Nase rumtanzen? Wenn der Peter nicht nach Spiegelhütte will, bleibt er beim Tobias im Haus!«

Es war wieder Betty, die vermittelte: »Ferdinand, nicht der Peter ist auf dich angewiesen – der wird in der Frauenauer Hütte jederzeit eingestellt –, du bist auf ihn angewiesen, das weißt du doch.«

Natürlich wusste er das, aber nach der Pfeife eines Glasmachers tanzen? Das fiel Ferdinand außerordentlich schwer. Doch was blieb ihm anderes übrig?

Der Peter richtete seine Wohnung, die Hälfte eines großen Insthauses, mit viel Geschick her. Marei pflanzte Fuchsien und Sonnenblumen an die Hauswand. Und als krönenden Abschluss nagelte der Peter im Herbst zwei Zwölfender-Geweihstangen, fast wie ein Jagdherr, über die Haustür.

Ferdinand stutzte: »Wo hast du das Geweih her?«

»Gefunden im Latschenfilz.«

»Dass du's im Forsthaus abgeben musst, das weißt du doch?«

Peter schaute frech. »Dann trag ich's lieber wieder hinauf, wenn's dem Herrn besser im Filz gefällt.«

»Du bringst es zum Förster!«

»Ich trag's zurück, wo ich's gefunden hab!«

Ferdinand juckte es im Handgelenk zuzuschlagen. Aber er beherrschte sich.

Der Peter montierte sein Geweih ab, trug es zum Trödler nach Zwiesel, der ihm siebzig Mark dafür bezahlte und es als Hutrechen zunächst einmal in sein Gewölbe hängte.

Der Jagdgehilfe wollte vom Peter wissen, wo er die Geweihstangen deponiert habe.

»Im Schachtenhaus. Dort kann sie der Herr Hüttendirektor bewundern.« Mit dieser frechen Antwort aber hatte der schwarze Peter ein Gerücht in die Welt gesetzt, das die Philomena sogleich begierig aufnahm: »Hast es du schon g'hört ...«

An jedem Sonntagmorgen fuhr der Herr mit der Kutsche zur Kirche nach Frauenau. Nicht immer begleitete ihn Juliane, doch wenn sie es tat, saßen beide nach kaltem Gruß, jedes in eine Ecke gedrückt, im breiten Wagenfond. Gesprochen wurde nichts. Dann saßen sie wieder nebeneinander im Herrschaftsgestühl und die Philomena flüsterte ihrer Freundin zu:

»O mei, des wenn der Herr Pfarrer wüsst, wie Feind sich die Herrschaften sind!« Aber Hochwürden wusste es eben nicht, niemand trug es ihm zu. Kam er ins Schloss, etwa wegen einer Spende, wurde er von beiden empfangen. Es sprach zwar nur der Herr, aber so war es ja allgemein Sitte im Land. Auch heute legte Hochwürden beiden Ehegatten während der Kommunion die Hostie in den Mund.

»Derf er denn dös?«, wisperte die Philomena aufgeregt. »Wo s' doch alle zwei gegen das Gebot verstoßen

›Liebet eure Feinde‹.«

Die Stadlerin ließ ihre rot geränderten Augen funkeln: »Du, wenn du was dem Pfarrer steckst, nachher ist's aus mit unserer Freundschaft!«

»A wo, werd denn ich! Könnt's ja herauskommen, und dann hätt ich alle zwei auf dem Hals.« Schließlich erhielt sie vom Herrn die Pension und von der Frau anderweitige Unterstützung und ein Weihnachtspaket.

So kam es, dass der Herr Pfarrer immer wieder das vorbildlich christliche Herrschaftspaar lobte, das so freigebig war und stets ein so offenes Herz hatte für die Nöte der Armen.

Auf so einer Heimfahrt von der Kirche begann Ferdinand plötzlich, gegen seine Gewohnheit, zu sprechen.

»Unser Sohn ist jetzt alt genug, dass er mit in die Kirche fahren könnte.«

Sofort wehrte sie sich. »Willst du, dass er krank wird? Weißt du nicht, wie viele Bazillen in der Kirche herumschwirren? Es ist schon Opfer genug, dass *ich* mitfahre, das Bübsche lass ich nicht.«

»Meinetwegen«, lenkte er ein. »Aber lass mich um etwas anderes bitten: Ich möchte, dass mein Bub mich öfter besucht, das wirst du doch einsehen, das ist doch mein Recht.«

Scharf erwiderte sie: »Dieses Recht hast du durch dein Benehmen verwirkt. Sei froh, dass ich mit Günther überhaupt noch hierbleibe.«

Was wollte sie damit sagen? Ferdinand hatte plötzlich die vage und längst aufgegebene Hoffnung, sie würde nun doch in eine Trennung einwilligen. Er schwieg.

7

Die schönste Zeit im Waldgebirg – Unheil abwenden – Lichtmess – Im Schachtenhaus spukt's wieder bei der Nacht – Eine Hochzeit

Es war die schönste Zeit im Jahr, auch im Waldgebirge. Betty und ihr Mann waren zum Schachtenhaus vorausgegangen – beide wanderten gern –, Ferdinand wollte später zu Pferd nachkommen. Betty lag im hohen Gras, sah den ziehenden Wolken nach, hörte den werbenden Ruf des Kuckucks und zählte – viele Male ließ der muntere Gesell sein Kuckuck erschallen, bis ihn anderes Vogelgeschrei unterbrach. Es waren die Krähen, die düsteren Gesellen, die man im Waldland sogar besang, die jetzt lauthals Gefahr meldeten. Und da sah Betty auch schon den Habicht. Hoch im Blau stand er starr und unbeweglich, bis er wie ein Pfeil heruntersürzte. Er schlug ein Rebhuhn ganz in Bettys Nähe – ihr erschreckter Aufschrei störte ihn nicht – und flog, das Opfer in den Fängen, mit schwerem Flügelschlag davon. Betty war aufgesprungen, dem Habicht nachgelaufen, aber ihr Gewehr war im Haus und Theodor mit dem seinen unterwegs zum Latschensee. Der gefiederte Räuber entkam ungeschoren. Unschlüssig und bedrückt ging sie hinüber zum Haus. Da aber hörte sie ein jämmerliches, Hilfe suchendes Piepsen und sah im Gras die Kükenschar der entführten Rebhuhnmutter. Verzweifelt irrten die Winzlinge umher und ließen sich eins ums andere von Betty in die Dirndlschürze einfangen. Sie setzte sich, und die Waislein drängten sich in ihrem warmen Schoß.

So traf sie Ferdinand. Sie sah ihn nicht, der moosige Wiesenboden dämpfte seinen Stiefeltritt. Er sah ein Bild, das er nie in seinem Leben vergessen sollte: die Geliebte im Wiesengras, unbewegt stille Mittagsluft, Bienensummen, ein ferner Kuckucksruf – und in Bettys Schoß die braunen Küken, die sich in und unter ihre Hand drängten wie unter die Federn der Glucke. Es war ein so friedliches, frommes Bild, dass es dem Beschauer, was sonst kein Ereignis zuwege brachte, die Tränen in die Augen trieb. Er stand lange unbeweglich, konnte sich von dem Anblick nicht trennen, empfand ein Glücksgefühl, wie er es bisher in seinem Leben noch nicht gekannt hatte ...

Später, als Betty mit ihrer Schürze voller Küken in die Küche kam, die Jungen fütterte und in einem Korb verstaute, sagte Ferdinand: »Ich gäb mein halbes Leben darum, wenn ich erreichen könnte, dass du meine Frau wirst.«

Sie sah ihn erschrocken an. »Ist denn in dieser Beziehung zwischen uns nicht schon längst alles geklärt?«

»Geklärt?« Ferdinands Stimme bebte. »Betty, ich kann ohne dich nicht leben, was hilft mir da unsere ›Dreieinigkeit‹. Ich brauche dich als meine Frau – meine geliebte Frau.«

Sie erschrak noch mehr, wandte sich von ihm ab. »Dann muss ich gehen, Ferdl.«

»Du nicht, Betty, du nicht. Auf dich wartet ja Theodor.« Er stürmte davon, die Tür fiel hinter ihm mit einem lauten Knall ins Schloss. Dann sah sie ihn davonreiten.

Da kam Theodor, der seine Frau verwundert fragte: »Was hatte denn der Ferdl? Er ist wie der Teufel an mir vorbeigeritten.«

Stockend berichtete sie von dem Vorfall. »Das Beste wäre, wenn ich eine Zeit lang verreiste. Solange die Ferien dauern, werde ich mit den Kindern nach Elisenhain gehen. Mama hat die Kinder sowieso schon fast ein Jahr nicht mehr gesehen. Und dich bitte ich, mich zum Wochenende zu besuchen, an jedem Wochenende, mein Schatz.«

Die Eheleute sprachen noch lange miteinander. Ihr Gespräch drehte sich im Kreis. Theodor war bemüht, sie seine Verzweiflung nicht merken zu lassen. Sie selbst gab sich gelassen: »Vertrau mir, Theodor, es kommt sicher wieder alles ins Lot.«

Nun wanderten sie durch den stillen Sommerabend heimwärts. »Du brauchst nicht sprechen, mein Lieber, lassen wir die friedliche Stille auf uns wirken.«

Später lag sie an seiner Seite, das Mondlicht flutete hell genug ins Zimmer, dass er in Umrissen ihr Gesicht erkennen konnte. In der Dunkelheit war es für ihn leichter zu sprechen. Es brach aus ihm heraus:

»Findest du nicht, dass es von euch zu viel verlangt ist, wenn ich weiterhin den störenden Dritten spielen muss?«

»Du weißt, dass es nicht so ist. Ich liebe dich, Theodor.«

»Hast du das Gleiche nicht auch ihm gesagt?«

»Ja. Ihn aber liebe ich anders als dich. Du wirst es nicht begreifen, aber Ferdinand liebe ich wie eine Mutter ihr schwieriges Kind. Er braucht mich, ich weiß es, er braucht mich sicher mehr als du. Ich -«

»Woher willst du das wissen? Weißt du, wie es in meinem Inneren aussieht?«

Er dachte: Sie hat ja keine Ahnung, wie ich unter den Zuständen leide. Und sie dachte: Er muss doch spüren, dass wir beide, er und ich, eins sind. Wie kann er da nur von einem störenden Dritten sprechen? Es ist schimpfliches Misstrauen, das er da zeigt. War nicht bisher zwischen ihnen alles einfach und klar und so friedlich gewesen, ohne den geringsten Schatten? Ferdl war Theodor gegenüber doch geradezu liebenswürdig und offensichtlich auch dankbar. Und dankbar war auch sie für sein, Theodors, Verständnis, seine Großzügigkeit und seine Freundschaft Ferdinand gegenüber. Und jetzt? Wie sollte sie ihn überzeugen, dass sie sich durchaus imstande fühlte, Ferdinands Liebe zu zügeln?

Sie schmiegte sich in Theodors Arm. »Was kommt dir plötzlich in den Sinn, mein Lieber? Warum bist du so traurig?«

Sie lag brav und fügsam wie ein Kind so nahe bei ihm, dass ihn ihr Haar kitzelte. Er dachte: Eigentlich gibt es doch wirklich nichts Bedenkliches zwischen uns, nichts, das man ernst nehmen müsste. Sie ist mir treu und wird es bleiben.

Er spürte ihre warme Brust unter dem dünnen Stoff des Nachthemds, empfing ihre kleinen, zarten Küsse und dachte weiter: Ich bin es ja, der unzufrieden ist, ich allein, statt jeden Tag dem Schicksal zu danken, dass es mir so eine Frau beschert hat. Ich muss mich ihrer Führung anvertrauen. Nur sie ist in der Lage, Unheil abzuwenden.

Sie streichelte ihn sanft. Und sie hatte kein schlechtes Gewissen, dass auch Ferdinand dieses sanfte, beruhigende Streicheln kannte, wenn er in einer Sache verzweifelt Trost bei ihr suchte.

Theodor erwiderte ihre Küsse jetzt stürmischer, und sie schlief später ruhig in seinen Armen ein. In ihm aber kehrten die nagenden Zweifel zurück und waren noch da, als sich Betty am nächsten Tag von ihm verabschiedete. Sie reiste mit ihren Kindern nach Elisenhain.

Ferdinand war bedrückt, ein ersticktes Empfinden schnürte ihm plötzlich die Kehle zu, als ihm Theodor gleichmütig von Bettys Abreise berichtete. Er wagte nicht zu fragen, wie lange sie fortbleiben würde.

Tobias hatte seine Heiratsabsichten aufgegeben, er hatte auch gar keine Zeit mehr, auf Brautschau zu gehen. Haus und Stall und die Arbeit in der Hütte füllten seine Zeit restlos aus, nun, da er keine Marei als Magd mehr besaß. Nur in Viehgeschäften ging er zeitweise noch über Land, wenn er den Eindruck hatte, sein Einsatz würde sich lohnen.

So war er auch vor einem halben Jahr um Lichtmess unterwegs gewesen. Es war ein sonniger Spätwintertag, die Südhänge waren schon aper, der »Auswärts« war am Werk, blies mit warmem Wind über die sanften Bergkuppen des Waldgebirgs.

Tobias hatte seine prächtige Pelzmütze abgesetzt, seinem Schädel war es warm genug, doch setzte er sie wieder auf, als er vor sich eine stramme Dirn wandern sah. Sie zog einen primitiven Schlitten, der an den aperen Stellen des Wegs schlecht vorankam, so dass sie sich kräftig ins Zeug legen musste.

»Wär ein Schubkarren besser gewesen«, meinte Tobias und schob seine schöne Pelzmütze ein wenig aus der Stirn.

»Deine Ratschläge, die brauch ich net«, meinte das Mädchen. »Pack lieber mit an, gleich kommen wir in den Wald, da läuft sich's besser.«

Der Tobias zog kräftig. Sie sollte nur merken, was für ein starker Kerl er war. Auf dem Schlitten stand der hölzerne Koffer, den die Dienstmägde als einziges Möbelstück besaßen und in dem sie all ihr Hab und Gut untergebracht hatten. So zog man mittels Schlitten oder Karren dahin, wenn man den Dienst wechselte, wie es um Lichtmess oft der Brauch war.

Die Magd war mitteilsam. Sie war unterwegs zum Beihof, wo sie morgen einstehen sollte. Der Tobias betrachtete sie von der Seite: Sie war mittelgroß, drall und fest um die Brust herum, die strammen Wadeln konnte man zur Hälfte sehen. Ihr Gesicht war rund und rot wie ein Apfel, das Haar, das unter dem Kopftuch nicht sehr ordentlich hervorsah, blond mit einem Stich ins Rötliche. Ein Madl wie ein Baum, dachte der Tobias. Sie gefiel ihm sehr. Thekla hieß sie, ein recht gewöhnlicher Name im Waldland.

»Hast schon einen Schatz?«, fragte er lauernd.

»Ein Uneheliches hab ich«, kam ihre gleichmütige Antwort, mehr nicht. »Und du?«

Nun, der Tobias stellte sein Licht nicht unter den Scheffel. Erzählte, dass er Glasmacher und Hofbauer sei. »Könnt eine Dirn wie dich brauchen, weil meine Schwester geheiratet hat.«

»Also ein Glasmacher bist. Und zwei Küh hast im Stall. Und für die zwei brauchst du eine Magd wie mich? Ich bin's aber gewöhnt, mit Stucker zwanzig umzugehen. Was soll ich denn mit der übrigen Zeit tun?«

»Ins Holz gehen oder in die Poschingerhütte. Arbeit gibt's genug bei uns herin.«

»Bist du vielleicht bei dem Poschinger in der Arbeit, der die vielen Liebschaften hat? Wenn den ein Dirndl rumkriegt, sagen s' bei uns in Bernried, dann hat selbiges fürs Leben ausgesorgt – so viel zahlt der Poschinger für sein Uneheliches.«

»Ist alles ein rechter Schmatz. Ich weiß von keinem Bankert, für den der Herr aufkommt«, knurrte der Tobias.

»Wird der Herr es dir grad auf die Nasn binden. Aber wenn du's ernst meinst, dann steh ich bei dir ein. Was zahlst denn nachher als Handgeld, Tobias?«

Nachdem er schweren Herzens ein Angebot gemacht und sie noch eine Draufgabe ausgehandelt hatte, war man sich einig.

»Musst nicht noch in den Beihof und dort Bescheid geben?«

»Nein. Haben die mir eh den Lohn drücken wollen, solln sich jetzt einen anderen Deppen suchen.«

Dumpf kam dem Tobias der Verdacht: Die ist aber eine Hantige. Doch Theklas prächtig breite Hüften benebelten seine Vorsicht und seinen Eigennutz. Das war ein Weib!

Ähnliches, wenn auch nicht so bewundernd, dachte Ferdinand, als die Thekla ein halbes Jahr später um eine Nebenarbeit, oder, wie man im Wald sagt »Bröselarbeit«, in der Hütte bat.

»Warum willst nicht als Pflanzdirn zum Förster?«

»Hab gemeint, ich könnt in der Hüttn etwas kriegen, eine Bröselarbeit halt, weil ich beim Haslinger Tobias eingestanden bin, als Magd, muss dort ja auch Dienst tun.«

»Was kannst denn?«

»Alles! Kühe melken, Ausmisten, Buttern, Viehfutter kochen.«

»Kannst auch etwas anderes kochen?«

»Freilich«, und sie zählte spöttisch alle waldlerischen Gerichte auf. »Und putzen kann ich besser als ein Stubenmadl.«

»Wie steht's mit Bettenmachen?«

»Alles, wie's dem Herrn gefällig ist.«

»Dann probieren wir's halt mit dir. Da ist der Schlüssel zum Schachtenhaus. Wie du hinaufkommst, sagt dir der Tobias. Mach oben sauber, vergiss nicht aufs Fensterputzen. Ich komm gegen Abend und kontrolliere das.«

Die Thekla frohlockte. Der Herr gefiel ihr. Zum Ziel zu kommen, schien ihr nicht schwer, auch nicht unangenehm.

Sie kam tatsächlich zum Ziel. Ferdinands guter Geist, Betty, war nicht da, der Sommer stand in voller Reife und die Thekla auch. Der Jäger Loisl brachte es unter die Dorfleute: »Im Schachtenhaus spukt's wieder bei der Nacht.«

Eine Hochzeit im Walddorf war immer etwas Besonderes. Die Einwohnerzahl war klein, allzu viele Hochzeiten gab es nicht zu feiern. Wenn auch Marei wieder schwanger war und man ihr den sündhaften Lebenswandel ansah, weil sie sich nicht mehr schnürte, gab es doch ein Fest, wie es sich gehörte. Einen Schleier wagte die Braut nicht zu tragen, wohl aber einen Schleierhut, den die gnädige Frau ihr großzügig geschenkt hatte. War er doch schon längst unmodern.

Statt einem Brautkranz blühten nun auf dem Hut der Marei wächserne Rosen so naturgetreu, dass das Annerl sie pflücken wollte.

Die »Schenkhochzeit« – dem Brautpaar wurde in Umschlägen Geld präsentiert – erbrachte eine hohe Summe. Julianes Betrag war der höchste. Zur Hochzeit aber war sie nicht erschienen, weil sie wusste, Ferdinand würde da sein. Und er kam auch mit seinem Söhnchen Günther an der Hand.

Das gleichaltrige Annerl, Günthers Milchschwester, betrachtete ihn interessiert, dann zupfte sie an den

Bändern seiner Matrosenmütze. Als er sich umdrehte und sie vorwurfsvoll anstarrte, zupfte sie noch einmal und so stark, dass sie plötzlich die Mütze in der Hand hielt.

»Gib her«, sagte der brave kleine Prinz friedlich. Sie aber setzte sich das Ding aufs Haupt und rannte davon. Günther stand unschlüssig, bis der Vater ungeduldig rief: »Lauf ihr doch nach und nimm ihr deine Mütze weg.« Langsam schlenderte der Bub durch den Saal, entdeckte seine Widersacherin, wie sie gerade seine schöne weiße Mütze dem Wirtshund auf den zottigen Schädel drückte. Er sagte vorwurfsvoll: »Die Mütze gehört doch dem Güntherle.«

»Hol s' dir doch!«, jubelte das freche Dirndl.

Das Güntherle machte kehrt und ging zurück zu seinem Vater. »Wo hast denn deine Mütze?«

Günterle oder Bübsche, wie seine Mutter ihn nannte, schüttelte den Lockenkopf. Er fand die Dinge, die ihm hier passierten, merkwürdig und unbegreiflich. Da aber tauchte das Annerl wieder auf, stülpte ihm die Mütze verkehrt herum über die Ohren und kletterte schnell Schutz suchend auf des Vaters Schoß. »Bist ein schlimmes Dirndl«, sagte der Peter und streichelte sie.

Ferdinand tanzte mit Marei den Brauttanz, wie es Sitte und jeder dörflichen Braut auch eine Ehre war.

Selten erinnert sich ein Ehemann an einen Teil der Garderobe, die seine Frau vor siebzehn Jahren trug, doch an den Rosenhut Julianes auf Mareis Kopf erinnerte sich Ferdinand sofort. Er sah sich mit ihr auf der Yacht eines Freundes den Rhein abwärts fahren. Die kleine Ausflugsgesellschaft des Schiffseigners war übermütig guter Laune gewesen, Juliane jedoch zurückhaltend scheu – eine Eigenschaft, die er damals an ihr noch schätzte.

Da kam eine steife Brise, und ein Windstoß wehte Julianes kreisrunden weißen Hut mit dem Kranz aus Rosen ins Wasser. Sie schrie auf, er lachte: »Lass Vater Rhein sein Opfer, ein Opfer für unser zukünftiges Glück.«

»Aber nein, was meinst du denn, dass der Hut gekostet hat? Man muss ihn mir wieder beschaffen«, jammerte sie. Sein Freund, der Kapitän, befahl nun einem kleinen Schiffsjungen, ins Wasser zu springen und nach dem sonderbaren Fisch zu angeln. Die Frau des Kapitäns widersprach: »Das kannst du doch nicht, wegen so einer Lächerlichkeit den Jungen ins kalte Wasser jagen!«

Juliane verstummte empört, der Junge sprang. Er sprang nicht sehr glücklich, beinahe hätte ihn die Schiffsschraube erwischt. Triumphierend hielt er in der Bubenfaust den Hut in die Höhe und brachte ihn an Bord.

Julianes Reaktion war: »Aber wie hältst du ihn denn! Du zerdrückst ihn mir ja ganz!«

Doch das Ding war tatsächlich widerstandsfähig, die Wachsrosen ebenso. Er hatte dem Kind fünfzig Mark in die Hand gedrückt, Juliane dabei zornig fixierend. Und schon damals stieg die Befürchtung in ihm auf, dass seine Erwählte, trotz Liebreiz und Schönheit, vielleicht doch nicht die richtige Lebensgefährtin für ihn war.

Der Tanz war zu Ende. »Einen hübschen Hut hast du auf, Marei«, sagte Ferdinand. Sie erwiderte stolz: »Das ist der Brauthut der gnä' Frau.« Das war er zwar bestimmt nicht – Juliane wurde von Ferdinand in Schleier und Jungfernkranz zum Altar geführt –, doch was tat's! Auf der Hochzeitsreise jedenfalls hatte sie ihn getragen.

Auch Julianes Gedanken hatten sich in der Vergangenheit bewegt, als sie Marei den Rosenhut übergeben hatte. Sie sah sich als junges Mädchen zusammen mit ihrer jüngeren Schwester und hörte sie rufen: »Madame Humpelding, Madame Humpelding!« Ein junger, schüchterner Schüler des Vaters machte ihr den Hof. Natürlich ahnte damals kein Mensch, dass Monsieur Engelbert Humperdinck einmal so berühmt werden würde. Dann war der junge Herr von Poschinger aufgetaucht, Gutsbesitzer und Glasfabrikant. Über ihn spottete die Schwester milder: »Da schau, Schwesterherz, hat sich dein Warten doch gelohnt. Er ist zwar kein Prinz, aber immerhin ein Ritter ohne Furcht und Tadel.« Es war Liebe auf den ersten Blick gewesen. Auf den zweiten Blick war es schon nicht mehr die reine Liebe. Sie erkannte, dass ihr junger Ritter ein weites Herz hatte und seelenruhig auch mit ihrer Schwester flirtete, und mit ihrer, Julianes, bester Freundin während der Hochzeitsfeier mehr tanzte als mit ihr, der Braut. Und er beichtete ihr, nicht mehr ganz nüchtern, in der Hochzeitsnacht, als Student ein Verhältnis mit einer kleinen Modistin in München gehabt zu haben. Er sang in beschwingten Tönen:

»Wenn du auch nicht die Erste bist, das musst du schon verzeihn, doch liebst du mich, so wie ich dich, kannst du die Letzte sein.«

Etwas verkrampfte sich in ihrem Inneren. Sie verzieh ihm nicht, wie er es im Lied erbeten hatte. Eifersucht und Enttäuschung saßen in ihr wie ein Stachel, den er freilich nicht erkannte. Er ging mit ihr um, wie er wohl auch mit jener Modistin umgegangen war, forderte mit unbekümmerter Selbstverständlichkeit, wann immer es ihm passte, das, was er als sein eheliches Recht betrachtete. Und sie, sie dachte nicht daran ihm zu Willen zu sein. Und war nicht Keuschheit eine Tugend? Jene kleine Modistin besuchte ihn sogar einmal auf Schloss

Buchenau, wollte es jedenfalls, aber Juliane wies dem Mädchen die Tür. Er hatte über ihre Empörung nur gelacht.

»Mein Gott, Juliane, das hat sie nicht verdient. Man hätte sie wenigstens zur Poststation bringen sollen.«

Der Hut! Juliane war er trotz allem ein liebes Erinnerungsstück, er bedeutete Jugend, Tanz, Gesellschaften in ihrem heiteren Mainz, Blumenkorso, Konzerte, Applaus, Bewunderung für ihr Spiel ... Vorbei. Einsamkeit inmitten von hohen Buchen und Fichten, stummen Dorfleuten, Kälte im Winter und so viel Regen im Sommer, dass die Rosen im Schlossgarten im Mehltau ersticken würden, wenn sie der Gärtner nicht so sorgfältig behandelte. An die vielen herrlichen, herbfrischen Sommertage dachte sie nicht, und dass Ferdinand diesen Rosengarten ihr zuliebe hatte anlegen lassen, ihr zuliebe fremde, ausländische Hölzer und Sträucher im Park heimisch gemacht hatte, ihr zuliebe einen erfahrenen Gärtner angestellt hatte, der imstande war, diesen Park mit dem exotischen Bewuchs im rauen Waldland fachgerecht zu pflegen. Ihre Märtyrerrolle war ihr schon so in Fleisch und Blut übergegangen, dass sie ein Stück ihrer Persönlichkeit geworden war.

Als der Herr gegangen war, wurde es noch einmal lustig auf Mareis Hochzeit. Er hatte gemahnt, um elf die Blasmusik einzustellen, und so stand jetzt der Bräutigam auf dem Podest und ließ seine Geige singen und jauchzen. Alle spürten, wie erleichtert und glücklich der raue Fischer Peter jetzt war. Dann spazierte er wie ein fiedelnder Zigeuner durch den Saal hin zur Braut, pflanzte sich vor ihr auf und spielte und sang dazu, was er damals auf der Fahrt zum Teufelstisch gesungen hatte:

»Jetzt möcht ich halt wissen,
soll ich dableibn, soll ich gehn.
Mei Dirndl is so liebli
und die Welt is so schön!«

Marei saß da, mit dem schlaftrunkenen Annerl auf dem Schoß, und ihr Mann dachte demütig: Schön ist sie, schön wie eine Madonna. Er nahm ihr das Kind vom Schoß und schmunzelte: »Heut weiß ich's, Marei, ich möcht lieber gehn als dableiben, lieber heimgehen ...«

Die Glashütte Elisenhain im Böhmerwald war der Besitz von Bettys Bruder, der sie freundlich, wenn auch überrascht empfing. An sich war geplant gewesen, dass er mit seiner Frau an Kirchweih nach Buchenau kommen würde.

»Ich brauch halt ein bisserl Luftveränderung«, sagte Betty schnell, »ehrlicher gesagt, wir haben uns mit dem Ferdinand gestritten, und da soll ein wenig Gras über die Sache wachsen.«

Gern hätte Heinrich Kranach mehr über den Streit erfahren. Ihn wurmte immer noch, dass der tüchtige Schwager nicht nach Elisenhain, sondern nach Buchenau gegangen war. Er hätte auch einen Hüttenmeister gebraucht, einen Hüttenmeister, doch keinen Hüttendirektor wie der Buchenauer, dazu war seine Hütte zu klein.

Es hätten schöne, erholsame Tage in Bettys Elternhaus werden können, wenn nicht die Sorge um Ferdinand gewesen wäre. Sie kannte ihn, wusste von seiner Verletzbarkeit, seiner Sehnsucht nach Harmonie. Am liebsten hätte sie ihm geschrieben, doch das schien ihr unfair Theodor gegenüber. Sie war abgereist, um Ferdinand eine Lektion zu erteilen, er sollte wissen, dass er sich an ihre Abmachung halten musste. Sie würde nicht dulden, dass ihre Gefühle für ihn in eine heimliche Liebschaft abglitten. Er musste lernen zu begreifen, dass für sie Treue und Tugend eben nicht nur leere, veraltete Worte waren. Sie beide hatten bis zu der Szene im Schachtenhaus nie ein unbeherrschtes Wort gewechselt, auch vor unerwünschten Vertraulichkeiten hatte sie sich bisher sicher gefühlt.

Es war freilich auch ihr klar, dass es in ihrer Beziehung zu Ferdinand keine ständige Sonntagsstimmung geben konnte, sie waren Menschen und keine Engel. Hatte sie sich ihm zu geduldig in allem gefügt? Hatte das ihn »mutig« gemacht, seine Eroberungsgelüste angestachelt? Er war ein Mann, ganz würde eine Frau wohl nie die Psyche eines Mannes verstehen. Aber war es nicht vielleicht doch nur eine Augenblicksstimmung gewesen, also eine Kleinigkeit, auf die sie zu ernsthaft reagiert hatte? Vielleicht war es auch nur ein Versuch gewesen, eine kleine Provokation?

Sie tröstete sich schließlich. Wenn er wirklich in so hohem Maß auf ihre Freundschaft angewiesen war, wie er immer schwor, würde sich alles von selbst wieder einrenken ...

»Betty, du siehst bedrückt aus, gefällt es dir bei uns nicht?«, fragte Heinrich.

»Aber natürlich. Ich hab nur ein bisschen Migräne, das geht vorbei.«

Die trübe Stimmung war tatsächlich vorbei, als Theodor zum Wochenende auf Besuch kam und sie beide spürten, wie eng sie zusammengehörten. Sie beide waren die Stärkeren, die vom Glück Begünstigten. Sie waren im Überfluss, und wenn Ferdinand ein wenig von diesem Überfluss abbekommen wollte – war das nicht verständlich? »Ich werde ihn von dir grüßen, mein Schatz«, sagte Theodor dann beim Abschied und lächelte dabei verschmitzt ...

Bettys Töchter hockten mit der Frau des Hauses, der Küchenmagd und der Köchin vor den Johannisbeersträuchern im Kranachschen Garten und zupften die Träublein in die Körbe. Betty stand mit hochroten Wangen am Herd und kochte den Erntesegen ein. In flachen Reinen dampfte und köchelte es duftend vor sich hin, Betty rührte und rührte und ließ probeweise den roten Saft über den Löffel rinnen.

»Wann geliert denn das endlich?«, rief sie ungeduldig in den Garten hinaus.

Mitten in dem großen Augenblick »Es geliert, es geliert!« stand plötzlich jemand im Rahmen der Küchentür.

»Ferdl!« Der Rührlöffel rutschte in die heiße Marmelade und Ferdinand rief: »Lass, Betty, lass ihn drin, du verbrennst dich.« Und dann fischte er geschickt mit Hilfe einer Gabel den Löffel heraus.

»Es tut mir leid, Ferdl, ich hab im Moment keine Zeit, es geliert gerade.«

»Lass dich nicht stören, ich helfe dir.«

Mit seiner Hilfe war es nicht weit her – er hatte Angst vor dem brodelnden Inhalt der Pfannen. Doch begleitete er Bettys Tätigkeit mit sinnigen Kommentaren: »Wer einkocht, hat mehr vom Leben« und »Überfluss tut selten gut«, grinste er, als die Marmelade über den Glasrand schwappte. »Seid nicht so aufgeregt, Mamsell Betty.«

Aber aufgeregt war er selbst. Als er sich nach sechs Wochen Einsamkeit entschlossen hatte, sie hier aufzusuchen, war er noch unsicher gewesen, ob er sich ihr überhaupt zeigen sollte. Er sagte sich, es würde ihm genügen, sie nur von weitem zu sehen, etwa hinter einem Baum versteckt – nur sehen wollte er sie, wenn sie bei diesem schönen Wetter vielleicht im Liegestuhl im Garten lag. Der Garten war zwar vom Geschnatter weiblicher Stimmen erfüllt gewesen, aber ihre war nicht darunter gewesen. Er war erschrocken. Oh Himmel, war sie vielleicht gar nicht da, war sie verreist? Dann war er am Fenster der Souterrainküche gestanden und hatte sie gesehen.

Er war lange dagestanden, hatte es aber nicht gewagt einzutreten, es aber schließlich doch getan, nur leider im ungeeigneten Moment. Er hatte sich die Begegnung anders vorgestellt – im Falle, dass er dazu den Mut aufbrächte. Er wollte sie einfach in die Arme nehmen und ihr einen vorsichtigen Begrüßungskuss geben. Duldete sie den, würde ihm das ein gutes Zeichen sein. Dieses gute Zeichen aber stand noch aus, also – sie füllte immer noch Marmelade in eine Unzahl von Gläsern – trat er vor sie hin, umarmte sie schnell, trotz ihres Warnschreies, und küsste sie: »Grüß Gott, liebe Betty, endlich vereint!« Sie wehrte sich nicht, lachte und betrachtete seine weiße Jacke mit dem Marmeladefleck: »Das hast du nun davon!«

»Ich werde nie mehr dummes Zeug reden«, versicherte er zerknirscht.

»Aber du hast doch Recht: Überfluss tut selten gut.«
»O Betty!«

Ferdinand war wieder heimgekehrt. Die Sehnsucht nach Betty spürte er nicht mehr so weh und wild. Dem Tobias hatte er den Lohn erhöht, denn an der Thekla hatte er ein wenig Freude gehabt ...

Tobias kam die Lohnerhöhung sehr gelegen. Er überlegte gerade, ob er seine Magd nicht heiraten sollte. Das freilich wäre ein harter Entschluss gewesen. Einerseits brauchte er ein Weiberleut für die Arbeit. Er hatte eines, aber er musste ihr zu Lichtmess schönes, bares Geld in die Hand legen, Geld, das er aus seiner Schatztruhe nehmen musste. Der käme es zugute, wenn er die Thekla heiratete. Aber eine windige Dienstmagd ohne Sach, nur mit einem Bankert behangen? Ja, das war eben der große Zwiespalt, in dem der Tobias lebte.

Die warmen Sommernächte waren vorbei, die Stoppelfelder dehnten sich. Der Herbst war da. Die Hagebutten färbten sich rot, am Himmel zeigten sich die ersten Nebelschleier, sie standen über dem Grünblau der Bergkämme fast unbeweglich. Zwischen dem Gesträuch spann der Altweibersommer seine Fäden. In den Laubkronen verfing sich der Wind, als probierte er, wie standhaft sich die Blätter noch zeigten, ehe er sie zur Erde wehte.

Tobias holte die Erdäpfel aus den Furchen, Thekla sammelte sie in Körbe. Thekla hatte sie im Frühjahr gelegt, nicht zu weit und nicht zu eng, auch wenn der Tobias gemahnt hatte: »Net so weit auseinander, sonst tragen s' zu wenig.«

Aber sie trugen viel, es war ein gutes Jahr gewesen. Tobias rechnete sich in Gedanken den Gewinn aus, Thekla hatte andere Gedanken, obgleich auch sie mit »Gewinn« zusammenhingen. Die Gerüchte über die angeblichen Zahlungen des Herrn für seine uneheliche Nachkommenschaft hatten sie veranlasst, dem Herrn einige Male zu Willen zu sein. Aber ihre Rechnung war nicht aufgegangen, sie war vom Herrn nicht schwanger geworden. Also hatte sie es mit dem verliebten Tobias probiert und sogleich mit durchschlagendem Erfolg. Und heute Abend würde sie ins Schloss gehen.

Sie stand vor Ferdinand, innerlich triumphierend, doch jammernd und demütig: »Es ist halt was passiert, gnä' Herr. Ich krieg ein Kind.«

»Dann gratulier ich dir und dem Tobias.«

Sie begann zu stottern: »Ist's aber net vom Tobias, es ist halt vom gnä' Herrn.«

Ferdinand sah sie an, unter diesem Blick wurde sie langsam rot.

»Hinaus!«, sagte er kurz, und wiederholte lauter: »Hinaus, aber schnell!«

Thekla ging und schrie zornbebend zurück: »Und jetzt geh ich zur gnä' Frau. Wenn Ihr fürs Kindl net sorgen wollt, dann muss sie's!«

Juliane hörte sich Theklas Lamento an, wurde blass vor Ärger und Scham und sagte heiser:

»Geh zum hochwürdigen Herrn nach Frauenau zum Beichten, er wird dir raten, was du tun sollst.« Thekla ging und Juliane sah ihr nach: ein kräftiges Mädchen, ein schönes Mädchen, genauso vulgär und gesund, wie es Ferdinand liebte. Das Mädchen ging barfüßig über den Vorplatz, obgleich dort am Morgen schon der Reif geglänzt hatte. Juliane fühlte sich wehr- und hilflos, zugleich aber empfand sie eine Art Genugtuung – es war richtig, dass sie diesem Menschen den Sohn vorenthielt und weiterhin vorenthalten würde!

Der Philomena blieb nichts verborgen. Sie kam schon bald zur Stadlerin: »Hast es du schon g'hört ...«

»Das wenn ich schon hör! Du glaubst wirklich jeden Schmarrn, Philomena. So wie du das vom Marerl geglaubt hast, bis der Schorsch es selber eing'standen hat, dass er der Vater ist. Und die Kathi vom Kolberhof? Die hat sich im Rausch verplappert und verraten, dass das ihre vom Kolberhofbauern stammt.«

Die Stadlerin ließ auf den Herrn nichts kommen. Es gab nur ein Kind im Dorf, von dem sie wusste, dass es dem Hüttenherrn anzurechnen war – nämlich das ihrer Enkelin Rosalie.

Diesem Kind hatte er einen sehr großzügigen Tauftaler geschenkt, einen weit großzügigeren als üblich. Und die Rosalie hatte erzählt, dass der Herr ihr befohlen habe, das Kind in die Bibliothek zu bringen. Dort habe er es lange angesehen ...

Während Tobias noch im Zwiespalt war, kam Theklas Mitteilung, sie erwarte ein Kind von ihm. Das machte allem Spekulieren ein Ende.

Der Tobias heiratete. Thekla war eine schöne Braut, im schwarzen Seidenkleid mit kurzem weißen Schleier. Einige Weiberleut nahmen ihr den Brautschleier übel. Hieß es denn nicht, sie sei schwanger?

Die Thekla verhob sich beim Schleppen eines Kartoffelsackes und erlitt eine Fehlgeburt. Das tat ihr leid, denn sie liebte Kinder und hatte oft Sehnsucht nach ihrem Buben, der in Pflege war. Auch Mareis Annerl hatte sie gern, und das Kind fand immer wieder den Weg zum Onkel Tobias. Aber der schaute sie kaum an, erstens war sie ja nur ein Dirndl, und zweitens musste er ja schaffen und raffen. Seine Frau aber nahm sich Zeit für das schwarzäugige Annerl. Vom Peter hatte sie die dunklen Haare und Augen, von der Mutter die Schönheit.

Marei sah ihrer schweren Stunde ohne Angst entgegen. War es nicht das erste Mal ganz glattgegangen?

Doch diesmal ging es nicht glatt. Marei war von der Stadlerin in deren eigenes Bett einquartiert worden und die hatte sich ihr Strohlager neben der Bettstatt eingerichtet, als ahnte sie von Anfang an, dass es eine schlimme Sache, eine auf Leben und Tod, werden würde.

Das Leben auf dem Dorf dreht sich um nur wenige Dinge: um die Geburten, die Liebe, um das tägliche Brot und um Krankheit und Tod. Jeder weiß von jedem, was ihn bedrückt, ihm das Leben schwer macht, weiß auch vom Lustigsein, von heimlichen Liebschaften, von den Schwächen des anderen und davon, wenn dem einen oder anderen »das Glück ins Haus steht«.

Im Fall der Marei ging es wie ein Lauffeuer durchs Dorf: »Um die Marei steht's schlecht.« Die Philomena hastete von Haus zu Haus: »Leut, wenn ich euch schön bitten tät, betets für die Haslinger Marei, betets, Leut!«

Auch Juliane betete für die Kinderfrau ihres Sohnes, das Annerl neben ihr auch. Sie hatte das Mädchen sofort zu sich kommen lassen, als sie hörte, Marei liege in den Wehen. Annerl verstand nicht ganz das Benehmen der gnä' Frau und hörte mit großer Verwunderung, wie die gnädige Frau zur Theres sagte: »Wenn der Marei etwas zustößt, dann nehme ich das Annerl zu mir.«

In seinem ganzen Leben hatte der Peter noch keine so grässliche Angst ausgestanden. Er lag im Herrgottswinkel der Stadlerin auf den Knien, mit grauweißem Gesicht, und betete immer dasselbe: »Net wegnehmen, Herrgott, net wegnehmen darfst sie mir, das tät ich net derpacken!«

Der Herrgott hatte ein Einsehen, die Stadlerin wankte in die Stube: »Einen Buben hast, Peter. Und die Marei bringen wir auch durch.«

Er sah das zappelnde Kind auf dem Tisch in der Ecke nicht an, stürzte zum Bett und umfing die halb Bewusstlose so heftig, dass die Stadlerin ärgerlich rief: »Tust ihr ja weh, Peter!« Marei war selbst zum Lächeln zu schwach. Und die Stadlerin scheuchte den Kindsvater aus der Schlafstube: »Trink ein Bier, da hast was zu tun.«

Aber er ging nicht ins Wirtshaus, er ging hinüber zum Schloss. Unterwegs traf er die Philomena, die mit der Freudenbotschaft schon unterwegs war: »Einen Buben hat s' kriegt. Und sie wird wieder.«

Seine Tochter fand er in Günthers Kinderzimmer. Dort spielte sie und sah zu ihm auf. »Ist der Mutter was passiert, Vater?«

»Einen Buben haben wir 'kriegt, und passiert ist ihr nichts.«

»Dann kann ich wieder heim, Vater? Dann brauch ich net hierbleiben im Schloss?« Als er die Zusammenhänge mehr ahnte als durch Annerls Geplapper erfuhr, nahm er seine Tochter in die Arme, was er immer noch öfter tat. »Hätt dich doch nie im Schloss gelassen, mei Dirndl, nie! Was denkst denn du von deinem Vater!«

In den folgenden Tagen sah er seinen Stammhalter kaum an. Die Stadlerin hatte gesagt: »So einen Buben, so einen großen, schönen, hab ich überhaupt noch net auf die Welt gebracht.« Ja, er war wohl ein bisserl zu groß und prächtig und hätte deshalb der schmächtigen Marei fast das Leben gekostet ...

Das Jahr war vergangen mit Schnee, viel Schnee, Eis und Kälte und dem scharfen Ostwind vom Böhmerwald her. Jetzt war der »Auswärts« wieder im Land. Die Waldarbeiterinnen standen in Reih und Glied in der Lichtung und pflanzten Fichtensetzlinge. Die dichten Buchenwälder, die dem Glasmacherdorf den Namen gegeben hatten, brauchten dazwischen die Geld bringenden Fichtenbestände.

Der Frühlingstag war warm, die geflickten Strickjacken der Pflanzarbeiterinnen lagen im Heidekraut. Auch die Thekla tat ihre Arbeit im Wald: Ein Spatenstich öffnete den Moosboden einen Spalt breit, in den wurde der Setzling geschoben. Mit dem Fuß drückte man mehr oder weniger behutsam die Wunde im Waldboden wieder zu: »Wachs, Bäumerl, oder stirb.« Sie saßen dicht genug, die Fichterln, dass auch einige von ihnen absterben konnten.

Die Frauen wussten genau, wessen Setzlinge nicht »angingen«, wer schludrig arbeitete und wer nicht.

Thekla bereitete ihren Setzlingen ein sorgsames Pflanzbett. Sie liebte ja Kinder, junge Tiere und eben auch junge Pflanzen. Das Annerl begleitete sie gern in den Wald, und die Marei hatte nichts dagegen. Die Frauensleut aber hatten diesmal eine Aufgabe für das Dirndl.

Gegen Mittag wurde Brotzeit, eine genüsslich lange Brotzeit, gemacht. Dann saßen die Frauen in der warmen Sonne auf ihrem alten Sack, kauten ihr Speckbrot und schwatzten. Die meisten hatten ihren Strickstrumpf dabei und strickten ein paar Runden. Begreiflicherweise wollten sie bei solchem Tun nicht durch den Förster gestört werden. Also musste eines ihrer Kinder den Aufpasser spielen. Diesmal hatte sich das Annerl zu dieser Spähaufgabe gedrängt.

Ferdinand ritt den Waldweg entlang. Er hatte derlei Reitwege überall in seinem Forst anlegen lassen, auch einige breitere zum Holzziehen. Wie er sich um seine Glashütten, um das Gut, um das Elektrizitätswerk, die neue Dampfsäge kümmerte, so auch um die Arbeit der Waldarbeiterinnen. Taten die sorgsam ihre Pflicht, wuchs ein gesunder Wald heran, seinen Erben zum Nutzen.

Welchen Erben?, fragte er sich trübe. Günther fürchtete sich vor dem Wald, vor dem Wolf, der bösen Hexe, den verzauberten Rehen, alles im Wald flößte ihm Furcht ein ...

Da hörte Ferdinand schrill den Kuckuck schreien. Ein wenig sonderbar, dieser Kuckucksruf, fand er. Es klang eher wie eine Kuckucksuhr. Er hielt das Pferd an und schaute zu einer Fichte hinauf.

»Komm herunter, Kuckuck, komm herunter, rotes Kopftüchl!«

Erschrocken rutschte das Annerl vor seine Füße. Er erwischte es am Strickjackl und schritt zur Lichtung. Dort standen die Weiber brav in Reih und Glied, auch die Thekla stand da, tief gebückt, dass er ihre braunen Waden und sogar die weißen Kniekehlen sehen konnte.

»Da habts euren Kuckuck! Und wenn ich den noch einmal erwisch, dann dreh ich ihm den Kragen um!«

Das Annerl sah sehr erschrocken drein. Da fasste der Herr den vorderen Rand des Kopftüchls und zog es ihr über die schwarzen Augen. »Holst dir morgen ein Kuckucksei im Kontor«, sagte er leise.

Das Annerl kannte sich im Schloss aus, durfte es doch Marei fast täglich besuchen und mit dem Bübsche spielen. Das Güntherle war ein sanftes Kind, tat alles, was seine Spielgefährtin befahl, und war glücklich, wenn sie kam. Sie war sein einziger Umgang, denn die Mama fürchtete nichts mehr als Kinderkrankheiten, die sich ihr Herzblatt beim Umgang mit Dorfkindern zuziehen könne.

Das Kuckucksei, das sich das Annerl aus dem Kontor abholte, war ein Glashimmel, in dem es wunderbarerweise schneite. Annerl knickste beglückt und begab sich mit dem Geschenk zur Mutter, die es bewunderte. Dann zeigte sie es dem Günther. Der hatte derlei noch nicht gesehen, betrachtete die Kugel von allen Seiten, suchte eine Öffnung. Irgendwie mussten doch der Schnee und die Engel in diese Kugel gekommen sein! Bei dieser gründlichen Untersuchung entglitt ihm das Ding, fiel auf den Steinboden und zersprang. Das Annerl schrie empört auf und schimpfte in den höchsten Tönen. Das Güntherle schaute verdutzt drein, aber noch mehr als Annerls Schimpfworte interessierten ihn die Scherben auf dem Boden, die er zu untersuchen begann.

Da stieß ihn das Annerl mit den Füßen: »Du g'scherter Hammel, du Mistbub du!« Oh, es kamen noch deftigere waldlerische Schimpfworte aus dem zarten Mädchenmund – man glaubte den Tobias zu hören.

Dann verstummte das Annerl, denn die gnädige Frau tauchte auf. Es bedurfte keiner besonderen Erklärung – das Malheur war ja augenscheinlich. Und da tat das Mutterherz etwas, was sie schon jahrelang nicht mehr getan hatte: Sie ging hinüber in das Reich ihres Mannes, um aus dem Schrank im Wohnzimmer einen neuen Glashimmel zu holen.

Anton sah sie kommen und verständigte seinen Herrn. Er traf seine Frau im Wohnzimmer.

»Ein seltener Besuch«, sagte er spröde. »Womit kann ich dir behilflich sein?«

Sie hätte gern überlegen gewirkt, wirkte aber nun verlegen, ertappt. Warum musste er nur gerade heute zu Hause sein und gerade jetzt ins Wohnzimmer kommen! Sie bat um einen Glashimmel.

Er sah sie an. Alles in ihrem Äußeren und Wesen bewirkte in ihm ein tiefes Unbehagen.

Sie bemerkte diesen kalten, geringschätzigen Blick und sagte spitz: »Wie geht es übrigens dieser Thekla, der Mutter deines Kindes?«

Sein Selbstbewusstsein fiel in sich zusammen wie ein Kartenhaus, heiser sagte er: »Es ist nicht mein Kind, Juliane, die Person hat dich belogen. Das musst du mir glauben.«

»Muss ich das? Ja, das traue ich dir zu, dass du mir auch noch vorschreibst, was ich zu denken habe.«

Er antwortete nicht, legte ihr gleich vier Glaskugeln in den Arm, so dass sie sie kaum wegtragen konnte.

Da war aber plötzlich Rosalie zur Stelle und nahm ihr die zerbrechlichen Stücke ab. Ferdinand ging, Juliane hatte sich wieder in der Gewalt. Streng sah sie ihr ehemaliges Zimmermädchen an: »Hast du mir nichts zu sagen, Rosalie? Nachdem du mich so belogen und betrogen hast?«

Rosalie gelang es, ein paar Tränen zu vergießen. »Leid tut es mir, und wie, gnä' Frau! Aber es war der gnä' Herr oft so traurig, und da hab ich halt gedacht …«

»Was hast du dir gedacht?«

Rosalie zuckte die Schultern. Durfte man ihr sagen: Wenn schon sie, die gnä' Frau, den Herrn nicht trösten wollte, da musste halt sie, das Zimmermädchen, es tun?

Im Dorf ging nach dem Vorfall sogleich das Gerücht um, der gnädige Herr und die gnädige Frau hätten sich versöhnt.

Einige Zeit später überschritt auch Ferdinand die imaginäre Grenze zu ihrem Reich.

Er traf sie im Musikzimmer. Sie unterbrach ihr Spiel und sah ihn an. Steif wiederholte sie seine Worte:

»Ein seltener Besuch. Womit kann ich dir behilflich sein?«

»Es ist leider nicht nur ein gläserner Himmel, um den ich dich bitten möchte. Können wir uns setzen?«

Er breitete auf dem Tisch einige Pläne aus, Baupläne zu einer Villa, und begann zu reden und zu erklären und sie zu bitten, einzuwilligen, dass er ihr »in Mainz oder irgendwo, wo du es haben möchtest« dieses Haus bauen dürfe.

Sie warf einen kurzen Blick auf das Papier mit der Zeichnung, die ein imposantes, schlossartiges Gebäude zeigte. Da sagte Juliane schon: »Was denkst du dir eigentlich? Dass ich von hier freiwillig weggehe? Hier zu bleiben ist meine Pflicht.«

»Von wem auferlegt, Juliane?«

»Von meinem Gewissen, von Gott, nenne es wie du willst. Solange ich lebe, bleibe ich deine Frau und du mein Mann, solange ich lebe, halte ich an der Ehe fest.«

Er fuhr auf: »Bin ich dein Sklave? Ist das eine Ehe, die wir führen?«

»Daran bist nur du schuld.« Sie fasste nach der Klingel, läutete und Marei erschien.

»Der Herr möchte gehen, Marei, bitte begleite ihn.«

Plötzlich stürzte Günther ins Zimmer. »Wo ist der Papa? Er war doch hier.«

Juliane erschrak, sie zog das Bübsche zu sich. »Der Papa hat wenig Zeit, das weißt du doch.«

»Wird er wiederkommen?«

»Ich weiß es nicht, aber jetzt, jetzt müssen wir üben.«

Dann saß sie mit dem Sohn am Klavier und er spielte Tonleitern, geduldig und mit ungeschickten Fingern. Sie war von Günthers großer Begabung überzeugt – erst Humperdinck blieb es vorbehalten, ihr Jahre später diese Illusion zu nehmen.

Marei hatte eine glückliche Hand im Umgang mit Günther, ihrem Pflegebefohlenen. Als er weinend klagte, Papa und Mama seien bös aufeinander und der Papa komme nie zu ihm und der Mama, erklärte sie für ihn verständlich, dass der Papa arbeiten müsse, genau wie ihr Mann, und dass das Annerl ihren Papa auch nur selten sehe.

Peter war tatsächlich sehr beschäftigt. Wenn er Feierabend hatte, ging er meist ins Schloss und Juliane hatte an dem jungen, begabten Geiger ihre Freude. Freilich kam es oft genug vor, dass der Peter plötzlich die Geige niederlegte und kurz erklärte: »Ich muss heim, gnä' Frau.« Obgleich sie klagte: »Wir haben doch eben erst angefangen«, bettete Peter die Geige in ein wollenes Tüchlein, das Marei liebevoll bestickt hatte, nahm das Instrument unter den Arm und ging. Er kam und ging, wie es ihm passte, nie auf den speziellen Wunsch der gnädigen Frau. Sie musste sich den eigenwilligen Gewohnheiten ihres Partners fügen.

Davon erzählte Rosalie Ferdinand, dem sie neben der Gartenarbeit wieder die Zimmer richtete. Das stimmte ihn ein wenig milder seinem besten und widerspenstigsten Glasmacher gegenüber ...

8

Das Spiegelhütter Schlössl – »Hat ihn eine Kreuzotter gebissen!« – Ein Ochs als Reittier – »Das darf er net, der Lump!« – Nicht der Wassermann, der Schutzengel

Ferdinand rollte in seinem Kontor die Pläne jenes Hauses, das er für Juliane gedacht hatte, zusammen und legte sie später in Bettys Hände. Die betrachtete sie mit Sachverstand und sagte: »Ein schönes Haus. Wo willst du es bauen?«

»Irgendwohin für dich und mich«, erwiderte er vage.

Sie sah ihn an. »Gibst du mir ein Rätsel auf?«

»Nein, warte, ich löse es sofort. Also: Würde es dir gefallen, in so einem Haus zu wohnen?«

Sie zögerte, sagte dann: »Aber ja, warum nicht?«

»Das ist gut, Betty. Das hier sind die Pläne zum neuen Hüttendirektorhaus in Spiegelhütte. Was sagst du nun?«

Sie sagte zunächst gar nichts, dann begann sie unsicher: »Man wird in der Gegend darüber klatschen, ist dir das klar?«

»Lass sie doch. Die Gutwilligen werden sagen: Warum sollte er kein Dienstgebäude nach Spiegelhütte bauen? Und was die Böswilligen sagen, interessiert mich nicht. Dich vielleicht?«

»Ja, mich schon. Ich möchte nicht gern ins Gerede kommen.«

Er antwortete nicht. Als wenig später Theodor kam und sogleich dankbar begeistert seine Zustimmung gab: »Aber das wäre ja herrlich, Ferdl. Es wäre auch viel bequemer für mich«, da war es beschlossene Sache, dass jenes Haus gebaut werden würde.

Jenes Haus steht heute noch und jeder Fremde betrachtet es mit Begeisterung, doch auch mit Verwunderung, weil es in seiner prächtigen Jugendstilschönheit mitten in der großen hügeligen Bergwiese so fremd wirkt. Es wurde schon während des Bauens von den Dörflern das »Spiegelhütter Schlössl« genannt. Andere nannten es aber »die Schwarzenfeldvilla«, mit dem gewissen Unterton.

Betty saß in einiger Entfernung von der Baustelle am Rand eines Gebüschs. Von hier aus konnte man die große Villa, ihren winkeligen Dachstuhl mit den beiden Turmkuppeln, gut sehen. Es war ein Sonntag, niemand arbeitete. Obgleich Mai war, blies der Ostwind recht frisch über die grüne Matte der Wiese und Betty zog das Lodencape enger um sich. Sie wartete auf Ferdinand, der sie einiges fragen wollte im Zusammenhang mit dem Bau. Es ist schon etwas Eigenes, sagte sie sich, wenn man beobachten kann, wie aus dem Nichts, aus einem Stück Wiese, plötzlich etwas emporwächst mit viel größerer Geschwindigkeit als beispielsweise ein Baum, etwas, das dastehen wird, wenn man längst schon nicht mehr ist. Wer wird in hundert Jahren in diesem Haus leben? Wird man sich an die erinnern, die das Haus planten, jeden Winkel darin, jedes Fenster? Nach allen Himmelsrichtungen wird es Fenster haben, hohe, große Fenster, und zierliche Balkone. Zu jeder Stunde des Tages werde ich in diesem Haus in der Sonne sitzen können ...

»Ach, da bist du ja«, sagte Ferdinand hinter ihr. »Ich dachte, du wärst im Bau.«

»Das Haus ist von hier ein so hübscher Anblick. Aber es ist ein Fremdkörper hier in dieser Gegend, allerdings ein sehr schöner. In irgendeine liebliche parkähnliche Landschaft würde dein Haus besser passen.«

Die Bemerkung veranlasste Ferdinand, ihr von seinem ursprünglichen Vorhaben mit diesem Haus zu berichten. Er schloss: »Du kannst es nicht wissen, wie es ist, mit einem Menschen, dessen Hass man geradezu körperlich spürt, unter einem Dach leben zu müssen.«

»Wenn das Haus fertig ist, wirst du es leichter haben.«

In dem neuen Dienstwohnhaus entstand neben dem Kontor auch ein Wohnraum für Ferdinand, und so würde er, mehr als vorher, in die Schwarzenfeld-Familie integriert werden können. Betty hatte, als darauf die Rede kam, mit einem Blick zu Theodor zugestimmt. Außerdem fühlte sie sich immer noch stark genug, die Situation im Griff zu behalten. Sie war eine kluge Frau und wusste: Die Gewöhnung ist das beste Heilmittel gegen die Sehnsucht.

Beide Eheleute, der Peter und die Marei, gingen im Schloss ein und aus, freilich nur im »Damenflügel«. Und beide fühlten sich dort nicht wohl. Es knisterte dort geradezu von heimlichem Hass und tiefer Verbitterung. Nur Annerls Lachen drang manchmal aus dem Kinderzimmer, der kleine Erbe lachte selten oder nie. Trotzdem verstanden sich die Kinder. Günther, der oft sehnsüchtig am Fenster stand und hinunter auf den Hüttenplatz schaute, sah die Dorfkinder spielen und sich balgen. Er wäre gern unter ihnen gewesen, aber: »Du hast doch das Annerl«, war stets Mamas vorwurfsvolle Antwort. Und da an der wilden Kleinen drei Buben verloren gegangen waren, wie die Marei stets seufzte, hatte Juliane nicht allzu Unrecht.

Es waren wilde Spiele, die das Dorfkind zu spielen begehrte. Sie kletterte wie ein kleiner Affe in den Parkbäumen herum und er stand unten und traute sich nicht.

»Komm doch«, lockte sie, aber er hatte Angst, hatte die Lebensangst der Mutter geerbt, und Peter, der mit der Mama so schön musizierte, hatte einmal gemurmelt: »Hoffentlich hast du auch was vom Alten geerbt, sonst seh ich schwarz für Buchenau.«

Es war dem jetzt siebenjährigen Günther zwar nicht erlaubt, in den an den Park angrenzenden Wald zu gehen, doch das Annerl drängte: »Komm mit, die Thekla-Tant ist im Pflanzgarten, dort zeig ich dir etwas.« Wenn auch gleich alt, betreute Annerl das Bübsche wie ein Mütterchen. Sie zog ihn an der Hand tiefer in den Wald, einen Reitpfad entlang bis zum Pflanzgarten. Die Weiber guckten neugierig, ein paar ihrer kleinen Kinder kamen rotznasig und neugierig näher, betrachteten stumm das Herrensöhnchen. Das war seinerseits insgeheim selig.

»Schau«, sagte das Annerl, »den Seppi und das Finerl und die andern, die hab ich dir zeigen wollen. Und jetzt spielen wir.«

Es war ein munteres Räuberspiel, das Annerl zerrte Günther hinter sich her in das Versteck. Hier war's dämmrig, kühl, Walddickicht umgab sie.

»Mein Anzügl ist schmutzig«, klagte das Bübsche. »Macht's dir die Thekla-Tant schon sauber, grein nur net!«, rief das Annerl ungeduldig.

Plötzlich schrie das Bübsche auf und das Annerl damit – eine Schlange!

»Sie hat mich gebissen, sie hat mich gebissen!«

Wie der Blitz war das Annerl bei der Thekla, holte sie zum Herrenkind. »Hat ihn eine Kreuzotter gebissen«, flüsterte sie. »Aber sagst es ihm net.«

Thekla holte ihr Brotzeitmesser aus der Schürzentasche, leckte es gründlich ab und befahl Günther den Kopf wegzudrehen. Mit festem Griff ritzte sie die sichtbaren Bissstellen, bückte sich dann tief und saugte das Blut aus der Wunde, spuckte und saugte.

Günther blickte weit nach links und lachte über Annerls Faxen. »Sagst fei nichts deiner Mama«, schärfte sie ihm später ein, als sie dem Schloss zutrabten. »Sonst darf ich nimmer zu dir zum Spielen kommen.«

Günther überstand den Schlangenbiss ohne Komplikationen. Vielleicht hatte er doch so einiges von der Konstitution seines Vaters, des Jägers und Waldmenschen, geerbt.

Die Thekla Haslinger hatte einen Kummer – es stellte sich kein Nachwuchs mehr ein. Mürrisch schob das ihr Ehemann auf ihren unmoralischen vorehelichen Lebenswandel und das glaubte die Thekla bald selbst: Das war die Strafe dafür, dass sie aus Gewinnsucht vom Herrn hatte ein Kind wollen, aus Gewinnsucht und Bequemlichkeit. Die Mär von Ferdinands hohen Alimenten? »Nichts ist wahr dran!«, murrte die Thekla. »Leutgeschwätz, nichts als Leutgeschwätz.« Die Stadler-Witwe mit ihrem »Blick ins Inwendige« riet der Thekla, ihr Uneheliches, den zehnjährigen Edwin, auf das Haslinger-Anwesen zu holen. »Ich werd schon mit dem Tobias reden.«

»Der Bub ist schon groß«, sagte die Stadlerin dem Haslinger, »und wird dir schon bald eine rechte Hilfe sein. Hol ihn her, braucht doch die Thekla dann auch kein Kostgeld mehr zu zahlen.«

Letzteres leuchtete Tobias ein. Nur das eine mit dem Kostgeld. Der Bub kam, ein großer Bengel mit einem hübschen schmalen Gesicht, Sommersprossen auf der Nase und einem Mund, immer bereit zum Lachen. Er war gutmütig, fleißig und geschickt, spaltete mit Wucht das Kleinholz, und das Annerl verlangte: »Gib 's Hackerl her. Ich möcht auch Holz hacken.« Sie schlug mit aller Kraft zu, doch das trockene Holz widerstand.

»Musst noch ein bisserl warten, bald bist so stark wie ich«, tröstete Edwin, so hatte ihn die uneheliche Mutter taufen lassen. Ob sein Vater so hieß, fragte der Tobias. Sie wies diese Vermutung weit von sich. »Der war ein Lump, derselbige. Hat mir 's Heiraten versprochen und hat mich sitzen lassen mit dem Kind.«

Die Welt ist voller Zufälle. Da der Tobias ja jetzt ein zwar eigenwilliges, doch auch tüchtiges Weib hatte, verlegte er sich im Nebenerwerb wieder mehr auf den Viehhandel. Also führte ihn der Weg eines Tages in den Lallinger Winkel. Dorthin gedachte er, ein »Wald-Stierl«, einen guten jungen Zugochsen, zu verkaufen. Das Stierl war ihm recht billig gekommen, es hatte sich über die Grenze »verlaufen«, war also ein böhmischer Ochse, den die Neugierde in bayerische Gefilde verschlagen hatte.

Tobias führte das Tier am Strick und zog mit ihm dahin. Auf abgelegenen Wegen saß er auf – das war bequemer, doch absolut unüblich. Einen Ochsen als Reittier zu verwenden war unter aller bäuerlichen Würde.

Auf dem Markt bot er den Lallingern seinen Ochsen feil. Ein Jungbauer interessierte sich für ihn. Der Mann kam dem Tobias bekannt vor, bis er wusste, woher diese »Bekanntschaft« rührte: Theklas Sohn sah diesem Käufer ähnlich, sehr ähnlich. Daheim würde man sagen: »Wie aus dem Gesicht gerissen.« Wie üblich bei einem Handel, gab zunächst ein Wort das andere. Vom Wetter kam man auf die Herkunftsgegend des Verkäufers.

»Aus Buchenau bist?«, fragte der Bauer. »Das ist net weit vom Beihof. Kennst die dortige Magd, die Thekla?«

»Was ist denn mit der?«

»War einmal bei uns im Dienst.«

»Und warum ist s' wieder von euch fort?«

»Gestohlen hat s', wird sie es im Beihof net anders machen.«

»Gestohlen? Was denn? Vielleicht dein Herz?«

Der junge Bauer wurde stutzig. »Was soll's?«, fragte er unsicher. »Was willst damit sagen? Kennst sie denn?«

»Ja. Und den Buben auch. Er ist dir wie aus dem Gesicht gerissen.«

»Bist vielleicht du jetzt ihr Liebhaber? Sie ist gut im Bett«, grinste der Jungbauer.

Den Tobias juckte es in seinen Fäusten, gar zu selbstsicher stand der Verflossene seiner Frau vor ihm.

Doch da kam ein anderer Kaufinteressent und lenkte Tobias ab. Und der Bauer ärgerte sich anschließend grün und blau, dass der Hinterwäldler dem anderen Käufer den Ochsen verkaufte. Offensichtlich hatte dieser Viehhändler keine Ahnung, was so ein gesundes, junges Rind wert war. Der Preis, den der Mensch nannte, war so niedrig, dass der andere natürlich sofort zugriff und gleich noch zwei weitere Öchslein bestellte.

Wieder zu Hause, sagte Tobias zu Thekla, sie scharf fixierend: »Ich hab deinen Edwin zu Lalling auf dem Markt kennen gelernt. Er sagt, dass du gestohlen hast.«

Sie tat gleichmütig. »Gestohlen? Ja, das Meinige. Ein Kostgeld für mein Kind, das er ja nicht hat ehrlich machen wollen. Ich hab ihm einen Zettel ins Ladl gelegt, die Rechnung für fünf Jahre Kostgeld im Voraus. Hätt er ja die Polizei holen können, wenn ihm was net gepasst hätt.«

»Und warum hast denn deinen Buben Edwin taufen lassen?«, bohrte er misstrauisch weiter.

Sie wurde wütend: »Darum, weil ich allerweil noch geglaubt hab, der Hundling heiratet mich.«

»Und du tätst ihn wohl heut noch nehmen, wenn ich net wär?«, fragte er lauernd.

Sie gab keine Antwort, holte sich ein Katzenjunges von der Ofenbank auf den Arm und streichelte es. Und den Tobias beschlich ein ungutes Gefühl. Er hatte sich an sie gewöhnt. Wenn ihm ein anderer ins Gehege käme, es wär ihm nicht recht, ganz und gar nicht!

Der Bauer Edwin Zitzelsberger beschloss einige Zeit später eine kleine Reise nach Zwiesel. Er kam hoch zu Ross dort an in der Hoffnung, ein günstiges Rind zu erstehen. Die Enttäuschung war groß, als er erkannte, dass die Tiere auf dem Zwiesler Markt im Hinteren Wald genauso teuer waren wie in Lalling. Bevor er aber verdrossen wieder seine Heimreise antrat, gedachte er noch der Thekla einen Besuch abzustatten.

Auf dem Beihof fand er sie nicht – er hatte immer genau gewusst, wo die uneheliche Mutter als Dienstmagd eingestanden war –, dort sagte man ihm aber, sie sei nach Buchenau verheiratet. An einen Bauern? Nein, dort gebe es nur Glasmacher und Häuslleut.

Er trat ihr im Stall entgegen. »Zwei Kühe?«, spottete er. »Da hast dir aber einen notigen Bauern ausg'sucht.«

Sie stand vom Melkschemel auf. »Verschwinde! Sofort! Gleich kommt der Mann.«

»Man wird sich wohl noch den eigenen Buben anschaun können, der einen so viel Geld gekostet hat! Selbiger Diebstahl ist noch nicht verjährt.«

Ihr Zorn wich der Unsicherheit. »Der Bub ist in der Schul«, erwiderte sie zögernd. »Kannst ihn dort sehen. Dann aber verschwindest, du Lotter!«

Der Jungbauer Ewald sagte, seine nicht mehr blanken Stiefel betrachtend: »Einen Dreck hast in deinem Stall, dass man sich nur wundern muss. So etwas hast bei uns net gelernt.«

»Aber etwas anderes!«, funkelte sie ihn an. »Wie man einem scheinheiligen Burschen auf den Leim geht und wie einen einer nachher sitzen lässt im Elend. Pack dich!«

Er ging, doch nicht ohne vorher verächtlich mit einem sauberen Milchseihtuch seine Stiefel geputzt zu haben. Sie riss ihm das Seihtuch aus der Hand und spuckte ihn an. Er lachte schallend.

Vor der Schule wartete er dann auf seinen Sohn. Dass er ihn erkennen würde, war er sicher. Als die Kinder dem Schultor entströmten, wunderte er sich, dass es so ohne Lärm geschah. Sie schwatzten zwar und lachten, doch der laute, gellende Übermut der Kinder seines Heimatdorfes fehlte.

Er erkannte seinen Sohn tatsächlich sofort, ging auf ihn zu und sagte: »Grüß Gott, Edwin, du bist doch der Thekla ihr Bub?« Das Annerl kam heran und guckte neugierig, dem Buben Edwin verschlug es die Sprache. Also redete das Annerl für ihn:

»Freilich ist er's. Er ist noch net lang bei uns, aber jetzt bleibt er immer da.«

Als wäre dies das Stichwort des Schicksals, entschloss sich der Lallinger Edwin Zitzelsberger von einem Augenblick zum anderen, seinen Sohn mitzunehmen. Später behauptete er, es hätte eben die Stimme des Blutes gesprochen, laut und deutlich.

»Ich bin dein Vater«, sagte er salbungsvoll, »und ein reicher Mann bin ich. Ich hab zwei Rösser im Stall. Eines kannst sehn, es steht beim Haslinger. Ich bin gekommen dich abzuholen.«

»Geht net!«, schrie das Annerl erschrocken und wandte sich dann an den Fremden. »Es geht ganz gewiss net! Der Edwin g'hört uns, den geben wir net her.« Ihre dünne Stimme kippte über, und der Jungbauer brummte:

»Halt 's Maul, Dirndl! Es hat dich niemand gefragt, verstehst mich?«

Natürlich hatte sie den Mann mit dem grünen Hut, auf dem ein Gamsbart wippte, und den gewichsten Stiefeln verstanden, aber sie schrie wie am Spieß, so dass der Edwin seine Meinung über die »stillen Waldlerkinder« flugs zurücknahm. Sie schrie, dass sich alles nach dem Mann mit den zwei Dorfkindern umdrehte:

»Er will den Edwin, den Edwin will er rauben! Das ist ein Räuber, ein Räuber!«

Drei, vier Frauen kamen aus den Häusern auf die Dorfstraße, schauten zu der Gruppe hin. Das zitternde Dirndl ging dem Jungbauern Edwin mit hämmernden kleinen Fäusten zu Leibe.

»Das Dirndl spinnt!«, rief er erbost den Frauen zu. »Bin denn ich jetzt in einem Narrenhaus? Das ist mein Bub. Ich bin der Vater vom Edwin. Ich werd wohl mein eigenes Kind heimholen können?«

Edwin junior stand mit hängenden Armen und staunte. Da stand sein Vater, der Lump, wie ihn die Mutter stets tituliert hatte, vor ihm, hatte zwei Rösser und war ein reicher Mann.

»Ich geh schon mit dir«, sagte er leise, »wenn ich deine Rösser kutschieren darf.«

»Ja freilich darfst des. Geh nur ein Stück auf der Straße voraus, ich komm mit meinem Ross nach.«

Das Annerl war von rascher Auffassungsgabe. Sie lief zum Haslinger-Anwesen, schrie nach der Thekla und berichtete das Vorgefallene. Da kam auch schon die Philomena.

»Ist's wahr, dass dem Edwin sein Vater den Buben holen 'kommen ist? Gibst ihn denn her?«

»Naa!«, schrie die Thekla und knüpfte sich das Kopftuch um. »Ich renn jetzt zum gnädigen Herrn. Das darf er net, der Lump, mir mein Kind wegnehmen.«

Flüche ausstoßend lief sie zur Glashütte.

Der Tobias in der Hütte war beunruhigt, so aufgeregt hatte er sein Weib noch nie gesehen. »Wo ist denn der Herr?«, fragte sie atemlos. Er war nicht da, er war im Revier. Sie schluchzte trocken auf. Ohne den Herrn war alles verloren. Er war Richter und Ankläger, Patriarch und Patron, Helfer in der Not und unbestechlicher Verfechter und Schützer der seiner Meinung nach gerechten Ordnung in seinem Reich, er war alles in einer Person.

So kam der Jungbauer Edwin Zitzelsberger, beheimatet im Vorderen Wald, ungeschoren in Lalling an und brachte seinen verdutzten Eltern statt einem billigen Waldstier – aufgewachsen in der Rauheit des Waldgebirgs und deshalb besonders widerstandsfähig – einen Buben mit, einen, der Edwin hieß und dem Sohn »wie aus dem Gesicht gerissen« ähnlich sah. Da die Zitzelsbergerleute – alteingesessen und allseits geachtet – eine fromme Familie waren, nahmen sie das Enkelkind mit Freundlichkeit auf, insbesondere, weil ihnen ihr Sohn wahrheitswidrig von dem elenden Leben des armen Kindes im Hause eines unguten Stiefvaters berichtete. Außerdem drückte die Alten denn doch das Gewissen, dass sie sich seinerzeit einer Heirat des Sohnes mit der »blutarmen Dirn« mit aller Bauernhartnäckigkeit widersetzt hatten. Sie waren dem Edwin damals für seine Fügsamkeit dankbar gewesen.

»Sach muss zu Sach kommen«, das hatte er eingesehen, das war der Grundsatz, nach dem man sich zu richten hatte. Die Kleinmagd oder Großmagd zum Vergnügen, wenn's schon sein musste, die reiche Bauerntochter zur Hausfrau, so war's die harte Sitte, hier wie anderswo.

Der Bub hatte es also »gut getroffen«, wie die Thekla sich persönlich nach vierzehn Tagen überzeugen konnte. Sie war von den Zitzelsbergern zwar reserviert, doch nicht unhöflich begrüßt worden – etwa wie man leidige arme Verwandtschaft zu begrüßen pflegte: »Hock dich hin, wir haben vom Mittag noch Schmalznudeln im Rohr.« Gelassen holte die Bäuerin die Rein heran und legte auf, wie es sich gehörte. Und wie es sich gehörte, so griff die Thekla bescheiden zu, schob auch dem Edwin eine Nudel hin, der aber lehnte ab:

»Hab eh zum Mittag zehne 'gessen, Mutter, jetzt kann ich net mehr.«

Das Gespräch zog sich zäh in die Länge.

Thekla wollte im Guten versuchen, ihren Sohn wieder heimzuholen. Als das aber der junge Edwin spannte, wurde der ungewohnt lebhaft:

»Ich bleib da, Mutter. Wir kriegen nächstens ein Fohlen, das gehört dann mir.«

»Und das Annerl daheim? Das plärrt nach dir, es ist mir bis zur Pocher-Mühle nachgerannt.«

Der Edwin rutschte unbehaglich auf seinem Stuhl hin und her. Nach dem Annerl hatte er wirklich Zeitlang und Sehnsucht, aber das Fohlen war denn doch wichtiger. »Soll s' mich halt nachher besuchen kommen, das Annerl«, fiel ihm zu seiner Erleichterung ein.

Die Thekla erhob sich so rasch und unwirsch, dass ihr Stuhl nach rückwärts kippte.

»Hätt ich mir die Fahrt sparen können«, sagte sie verdrossen. Und erkannte beschämt, dass der gnä' Herr Recht gehabt hatte. »Zuerst schaust du, was dein Bub zu der ganzen Geschichte sagt. Will er hcim zu dir, so kommt er auch, dafür sorge ich schon. Will er aber bei seinem Vater bleiben, so soll er es. Du hast ihn zehn Jahre nicht vermisst, so wirst auch weiterhin ohne ihn auskommen.«

Wehleidig hatte sie gejammert: »Hab ja den Buben in Kost geben müssen, weil ich ihn im Dienst doch hab net brauchen können. Hätt mich ja sonst niemand eingestellt.«

»Red keinen Schmarrn. Wenn du das Kind hättest bei dir haben wollen, wäre dir dazu schon etwas eingefallen. Aber du wolltest deine Freiheit haben, du hast in zehn Jahren siebenmal den Dienst gewechselt.«

Was der Herr nicht alles weiß, hatte sie erschrocken gedacht. Der hatte natürlich, bevor er diesen Fall von Kindsentführung »amtlich« behandelte, Erkundigungen eingezogen. Und das Leumundszeugnis der Thekla ließ allerlei zu wünschen übrig ...

Sie war also gefahren und saß nun, wie vor zehn Jahren, am Tisch der Zitzelsbergerleut und der Jungbauer saß ihr gegenüber, auch wie vor zehn Jahren. Später sagte er leise: »Bleib doch über Nacht bei uns, Thekla! Gibt ja noch viel zu bereden.«

»Ja, im Bett, gelt? Aber da bleibt dir der Schnabel sauber.«

»Warum bist denn so grantig, Thekerl. Schau, ich hab wegen deiner bis jetzt net geheiratet – war keine wie du. Jetzt hat uns unser Sohn wieder zusammengebracht. Ist des net Gottes Fügung?«

»Gottes Fügung war, dass ich den Tobias geheiratet hab.«

»So einen Deppen heiraten, so einen Deppen! Der einen Ochsen zum halben Preis verkauft!«

»Vielleicht hat er ihn billig eingehandelt und wollt nach den Zehn Geboten kein Wucherer sein? Mir ist der Depp recht.«

Das war Theklas letztes Wort.

Zwar ihr letztes Wort, aber ihre Gedanken schwirrten als Irrwische in ihrem Kopf herum. Bäuerin auf dem größten Hof in der Gegend! In einer Gegend, wo nicht nur Fichten und Buchen wuchsen, wo das herrlichste Obst gedieh und warm die Sonne schien, wenn zu Buchenau der Böhmwind durchs Dorf fegte. Doch die Irrwische in ihrem Kopf erloschen wieder, als sie den Jähzorn ihres Mannes bedachte. Er hatte seinerzeit, als die Sache mit dem Hüttenherrn Wirbel ausgelöst hatte, gedroht: »Wenn du noch einmal in ein fremdes Bett steigst, dann erschlag ich dich. Na, erschlagen net, aber deine scheinheilige Larve wirst im Spiegel net mehr wieder erkennen.« Und das glaubte sie dem Jähzornigen aufs Wort.

Die Thekla kehrte also unverrichteter Dinge wieder heim und sagte dem gnä' Herrn wider besseres Wissen: »Mein Sohn wird einmal der Bauer auf dem Zitzelsberger-Hof werden. Da wär's net recht gewesen, wenn ich ihn von dort hätt weggeholt.«

Dem Herrn einzugestehen, dass des Buben Sohnesliebe nicht ausreichte, zur Mutter zurückzukehren, das brachte sie nicht übers Herz.

»Ist schon recht, Thekla«, erwiderte Ferdinand zerstreut und wandte sich wieder seinen Papieren zu.

Es waren Rechnungen, den Neubau in Spiegelhütte betreffend, die er zufrieden durchsah. Das große Haus mit seinen siebzehn Räumen würde billiger kommen, als er gerechnet hatte. Einfach weil er zwei Glashüttenleute, die sich aufs Mauern verstanden, einstellen konnte, das Bauholz aus dem eigenen Wald stammte und er im Betrieb einen eigenen Zimmermeister beschäftigte. Das alles war mit ein Grund, weshalb Ferdinand seiner Bauleidenschaft so ausgiebig frönen konnte und in fast jedem Jahr irgendein neues Gebäude entstand – vor ein paar Jahren die geräumige Schule in Buchenau, dann die kleinere in Spiegelhütte, neue Wirtschaftsgebäude –, alles trug seine, Ferdinands, Handschrift, die des von ihm so geschätzten Jugendstils. Auf dem Forsthaus zu Buchenau blinken heute noch die bunten Emaillemosaiken, die Betty vor achtzig Jahren entworfen hatte, von den Mauern des Gebäudes.

In der Spiegelhütter Villa gingen zwar immer noch Handwerker aus und ein, doch ein Ende war abzusehen. Wenn Betty kam, konnte sie schon über Marmorstufen in ihr zukünftiges Reich gehen, an den Fenstern stehen und in die Sonne schauen.

Auch jetzt stand sie an einem Westfenster und sah Ferdinand entgegen. Sie waren in diesen Monaten mehr zusammen als je zuvor. Jede Tapete, jede Farbe, jeden Vorhang und Teppich suchte Betty persönlich aus.

Da kam Ferdinand den durch die Bauleute ruinierten Wiesenweg entlang auf das Haus zu. Er war noch drüben in der Hütte gewesen, Peter Fischers Riesenvase zu begutachten, die er zusammen mit seinem Spezl, dem Grassl Josef, geblasen, graviert und geschliffen hatte – nach Bettys herrlichen Entwürfen. Dieses Prunkstück war für die Weltausstellung gedacht. Er war schon ein Teufelskerl, der Fischer Peter, er und sein Freund, der Grassl Sepp, das musste ihnen der Neid lassen.

Frech war der Peter immer noch. Ferdinand hatte er eben einen »Freundschaftsbecher« in die Hand gelegt:

»Für die Frau Betty«, hatte er gesagt. Es war keine Respektlosigkeit der Dörfler, wenn sie die Frau des Hüttendirektors so nannten. Es geschah aus Zuneigung, das wusste auch Ferdinand. Dem Fischer Peter aber verwies er die Anrede: »Für dich ist die Frau Hüttendirektor immer noch die Frau Hüttendirektor.«

»Zerbrecht's nicht«, war des Peters Antwort gewesen, womit er das Glas zu meinen schien, und dazu anzüglich grinste.

Auf dem Becher schlangen sich zwei plastisch aufgesetzte Blätterranken zu zwei grünen Herzen – eine Produktion, zu der Betty sicher nicht den Entwurf geliefert hatte. Aber sie waren jetzt hoch in Mode, diese Geschenkgläser, in Peters Bläulichrot geblasen, mit Ornamenten verarbeitet.

Ferdinand legte den Becher in Bettys Hand.

Sie schmunzelte: »Was für ein sinniger Einfall, mein Lieber.«

»Ich gestehe, es war Peter Fischers Einfall.«

»Lieb von ihm, er hat Fantasie.«

Wenn sie über sich selbst sprachen, zog er ihre Beziehung gern ins Ironische. Das war Betty durchaus recht, selbst wenn sie das unterschwellig Bedrückte spürte. Er sagte:

»Wir sind schon zwei, wir beide! Kein Mensch glaubt uns doch, dass wir eine Josephsehe führen.«

»Wir führen keine Ehe, mein Lieber, weder eine mit Joseph als Vorbild noch sonst eine. Wir sind uns gut, wir lieben uns wie –«

»Aha! Wir lieben uns, aber selbst einen Kuss in Ehren willst du mir verwehren. Warum bist du so hart?«

»Dein Bart kitzelt.«

»Du, ich komme morgen glatt rasiert.«

»Untersteh dich! Kein Mensch würde dich erkennen. Und du wärst dann auch nur halb so schön.« Sie umfasste sein bärtiges Gesicht und küsste ihn leicht auf den Mund. »Du hast wieder geraucht!«

»Ist das alles, was du mir zu sagen hast?«

»Nein, aber etwas Wichtiges. Ich möchte, dass wir beide sehr alt werden, und Rauchen ist ungesund, das weißt du doch.«

Von der Tür her, die noch nicht in den Angeln saß, kam Theodors Stimme. »Das ist recht, dass sie auch dir einmal die Leviten liest, Ferdl.«

Theodor trat näher, sah den Freundschaftsbecher in ihrer Hand, und sie sagte schnell:

»Er stammt nicht von Ferdinand, Herr Peter Fischer hat ihn mir verehrt!«

»Soso, auch der! Bettyschatz, treib's nicht zu arg.«

Sie fiel ihrem Mann um den Hals: »Nein, nein.«

Ferdinand wandte sich ab und ein leises Knistern heimlicher Spannung zwar zwischen diesen drei sich Liebenden.

Bevor das Haus seine kirchliche Weihe empfing, übergab es Ferdinand seiner Betty. Nicht notarisch, das hatte sie nicht gewollt, doch jetzt empfing er sie am Fuß der kleinen, schmalen Freitreppe, geleitete sie in die Halle, legte den Arm um sie und sagte: »Willkommen im Haus Zuflucht. Vergiss es nie, meine Liebe, wie sehr du mir Halt und Zuflucht bist.«

Es kam der Tag, an dem die Villa auf der Bergwiese die kirchliche Weihe bekommen sollte. Es war ein milder Herbsttag, die Berge mit dem Arber im Hintergrund zeichneten sich klar gegen den porzellanblauen Himmel ab. Auf der Wiese um die Villa herum war das Grummet geschnitten worden, jetzt wirkte das Gras wie ein grüner, festlicher Teppich, in seiner Mitte das prächtige Gebäude mit seinen zwei Turm-Erkern, deren Kupferdächer wie rötliches Gold glänzten.

»Wie eine Prinzessin steht es da«, meinte der Herr Landrat, der viel Sinn für Poesie hatte, »inmitten der Insthäuser. Wie Schneewittchen zwischen den sieben Zwergen.«

Die Blaskapelle spielte das Böhmerwaldlied, die Dorfkinder sangen: »Vogerl im Tannawald, singt ja so schön«, eine Wurstbude verströmte ihren Duft, während man sich zur feierlichen Handlung des Pfarrers aufstellte, der mit heller Stimme diesem Haus Gottes Segen und seinen Bewohnern Frieden, Gesundheit und ein langes Leben wünschte. Dann ging er mit den Ministranten Weihwasser sprengend durch alle Räume, ohne seinen Blick nach rechts oder links abschweifen zu lassen. Sein Gesicht war verschlossen, seine Miene merkwürdig ernst.

Zum Glück hinderte ihn das später nicht, freundlichgelassen dem Besitzer und den späteren Bewohnern zuzuprosten. Bettys Töchter kamen in diesem Augenblick mit Blumensträußen und sagten im Wechsel ein Gedicht auf, das der Spiegelhütter Lehrer geschrieben hatte. In ihm war von fleißigen Handwerksleuten die Rede, vom Wettergott, von der Güte des Herrn von Poschinger, dank der die wenigen Spiegelhütter Kinder ein eigenes Schulhaus bekommen hatten, und immer wieder von der Freude über den Entschluss der Herrschaften, hier in der Waldeinsamkeit unter ihnen, den kleinen Leuten, wohnen zu wollen.

Das lange Gedicht fand ungeteilten Beifall. Ferdinand umarmte Bettys Töchter und flüsterte ihnen zu:

»Ihr dürft euch was wünschen, egal was!«

Beide wünschten sich in großer Bescheidenheit ein Pony, »weil es doch die Mama absolut nicht erlauben will.«

»Aha, ein Pony. Ich dachte eigentlich mehr an ein Puppenhaus oder einen Puppenwagen – aber bitte schön, versprochen ist versprochen.« Schon zwei Tage später erschien ein Stallknecht bei den Schwarzenfelds und führte ein zotteliges Islandpony am Zügel.

Die Mädchen jubelten, die Mama allerdings nicht.

Ferdinand erschien und die Mädchen fielen ihm um den Hals. Die Jüngere sagte: »Wenn du auf mich wartest, Onkel Ferdinand, dann heirate ich dich.«

Er gab ihr einen Kuss.

Später sagte die größere Schwester überlegen: »Wie kannst du ihn heiraten? Er ist doch schon verheiratet.«

»Aber nicht richtig. Er wird sich sicher einmal scheiden lassen.«

»Pah, das kann er nicht. Frau von Poschinger erlaubt's ja nicht.«

»Die Schullehrer-Leni hat gesagt, in sieben Jahren scheidet es sich ganz von selbst, ob sie will oder nicht.«

Betty, die dieses Zwiegespräch mitgehört hatte, dachte mit gemischten Gefühlen: Eigentlich ist es rührend, was man für einen Anteil nimmt an Ferdinands Ehe. Ich muss es ihm sagen, ihm, der zwar stets behauptet, die Meinung der Leute sei ihm völlig gleichgültig, und der im Grunde genommen doch auf unfreundlichen Klatsch so überaus empfindlich reagiert.

An die Einweihung der Villa erinnerte sich Ferdinand stets gern, waren doch nicht nur seine speziellen Freunde gekommen, auch alle Honoratioren der Gegend, obgleich sie wussten – durch das Fehlen der Unterschrift auf der Einladung –, dass diesmal, gegen die Gepflogenheiten des Hauses Poschinger, Juliane nicht anwesend sein würde. Sie hatte durch eine Indiskretion des Architekten erfahren, dass die Spiegelhütter Villa nach jenen Plänen gebaut wurde, die der Architekt für sie entworfen hatte. In ihrem Groll gegen die ehemalige Freundin Betty wucherten Hass, Eifersucht und Neid.

Juliane hatte als kleine Rache dem Pfarrer während der Beichte zu verstehen gegeben, dass Ferdinand die Villa für seine Geliebte gebaut hätte, und gehofft, Hochwürden werde es unter solchen Umständen ablehnen dieses Sündenhaus einzuweihen. Dass er es dennoch tat, verstimmte sie tief.

Immerhin lud sich Hochwürden einige Tage später selbst zum Tee ein und erklärte ihr, er befolge mit der Einweihung lediglich Gottes Gebot, der Obrigkeit zu geben, was der Obrigkeit zustehe: »Ein geistlicher Hirte muss objektiv sein. Ihr Gatte ist ein gerechter und mildtätiger Herr, liebe Tochter. Und ich werde dafür beten, dass er auch Ihnen gegenüber gerechter und milder wird.«

Juliane blickte auf die Teekanne und goss Hochwürden noch einmal ein. »Das gebe Gott«, sagte sie.

Es war ein strahlend schöner Sonntagmorgen. Betty erwachte und erkannte, dass sie verschlafen hatte – die Sonne stand schon hoch am Sommerhimmel. Also waren Theodor und Ferdinand ohne sie zur Kirche gefahren. Um Juliane nicht begegnen zu müssen, besuchten die Schwarzenfelds und Ferdinand die Kirche in Lindberg.

Betty nahm ein Bad. Es war gestern eine lange Nacht geworden. Ein Geschäftsfreund aus Irland war der Gast gewesen, den, wie Ferdinand feststellte, nicht nur der neue Gläserkatalog interessierte, sondern ebenso die charmante Gastgeberin im Spiegelhütter Schlössl. Er war ein trinkfester Bursche, der Herr aus Dublin, der stets seinen eigenen Getränkevorrat mitbrachte – die Pfälzer Weine seines Gastgebers behagten ihm nicht.

Betty Schwarzenfeld amüsierte der lange, drahtige rothaarige Mensch, sein drolliges Kauderwelsch, mit dem er ihr unverschämte Komplimente machte. Bei ihm war ihr nie klar, waren es Sprachschwierigkeiten oder bewusste Eindeutigkeiten, die er ihr mit einem Handkuss zuflüsterte. Handküsse waren seine Spezialität, sozusagen irische Handküsse, feuchte, derbe. Dass Betty sie ihm mit einem Nasenstüber zurückgab, störte ihn offenbar nicht. Nun, einmal im Jahr musste man halt, um des guten Geschäfts willen, dergleichen ertragen.

Das Bad vertrieb den schalen Nachgeschmack der gestrigen Festivität.

Als sie ins Esszimmer kam, hatte das Mädchen für sie schon gedeckt. Auf dem Frühstücksteller lag eine Karte von Ferdinand. Er wünschte ihr einen guten Morgen, darunter stand ein Eichendorff-Gedicht. Immer noch gab es zwischen ihnen kleine, freundliche Zettelbriefe, wenn es die Situation erforderte.

Betty lächelte und in diesem Lächeln stand alle Zuneigung, die sie für Ferdinand empfand ...

Thekla wartete immer noch vergebens auf Nachwuchs. Dass Peters Sohn Franzl ihr sozusagen als Pflegekind anvertraut war, tröstete sie über ihre enttäuschten Hoffnungen ein wenig hinweg. Franzl wuchs also im Haslinger-Hof auf, und sogar sein Onkel Tobias hatte Freude an dem kleinen Kerl, nahm ihn nach Feierabend mit aufs Feld und ärgerte sich, dass nicht er der Vater war, sondern der eingebildete Peter, der sich um den Sohn so gut wie gar nicht kümmerte.

Einer wie der Tobias konnte nicht ahnen, was der Grund hierfür war. Im Unterbewusstsein verzieh Peter dem Buben die grässliche Angst nicht, die er seinetwegen um seine Frau ausgestanden hatte. Und Marei war, wenn auch unfreiwillig, eine berufstätige Frau, die sich um ein fremdes Kind, das Bübsche, mehr kümmern musste als um das eigene. Das Annerl war sehr selbstständig und als Günthers Spielgefährtin sowieso meist bei der Mutter. Da die Marei wusste, mit welcher Liebe ihre Schwägerin an Franzl hing, war ihr die Regelung recht. Nur dass ihr Mann zwar mit fast abgöttischer Liebe an dem Annerl hing, seinen Sohn aber kaum zur Kenntnis nahm, das war ihr nicht recht.

Da aber trat ein Ereignis ein, das alles änderte.

Franzl schloss sich gern den größeren Dorfbuben an, folgte ihnen, wenn sie spielten, wie ein Hündchen, stand beiseite oder wurde von einem großmütigen Älteren mit ins Spiel einbezogen. Es waren keine wilden, lauten Spiele. So wie die Eltern waren die Kinder von ruhiger Art. Im Niederholz suchten sie nach Haselnüssen, im Hirschbachl fingen sie Forellen, sie zupften die schwarzen Vogelkirschen von den Bäumen und schmierten sich die kleinen Gesichter furchterregend mit Kirschsaft an, spielten auch mit gläsernen »Springkugeln«, den Murmeln, und tauschten die tönernen gegen herrlich schillernde Glaskugeln ein, die die Väter ihnen geformt hatten. Gerade diese Glaskugeln aber waren Franzls besondere »Stärke«. Der Tobias machte sie ihm und er verlor sie im Spiel gegen die Größeren. Und das war der Grund, weshalb der kleine Tollpatsch ein so begehrter Spielgenosse war. Er weinte den verlorenen Kügelchen nicht nach, der Tobias-Onkel würde ihm ja neue machen.

»Jetzt fangen wir Fisch!«, erklärte der Anführer der Kinder. Und dann standen sie stocksteif im Wasser des Hirschbachls und warteten auf die Forellen. Das Wasser war eiskalt. Den Franzl fror, dass es ihn schüttelte, aber um nichts in der Welt wäre er abseits am Ufer gestanden. Die Buben stapften nun im Wasser bachaufwärts. Franzl folgte ihnen mit seinen kurzen Beinen. Plötzlich aber geriet er in ein Loch, in eine tiefe Stelle. Er schrie auf, doch schon gurgelte ihm Wasser in den aufgerissenen kleinen Mund. Er ging unter, kam wieder hoch, schrie, und dann riss ihn das Wasser fort.

»Wo ist denn der Franzl?«, fragte einer. Da sah man sich um und sah weiter unten den blauen Kittel im Wasser treiben. Die Bubenhorde schrie und stürzte dem Spielgefährten nach. Eine Frau im Vorgarten erkannte die Gefahr, stieg geistesgegenwärtig in den Bach und fasste den Kittel. Leblos hing der Bub in ihrem Arm. »Hilfe!«, schrie sie. »Kommts helfen, Leut!«

Mit schreckgeweiteten Augen schüttelte der Schmied das Körperchen, aber da war auch schon die Thekla zur Stelle, riss ihm das Kind aus dem Arm und tat das Richtige. Sie legte ihn bäuchlings über ihr Knie, presste das Wasser aus seinem Mund, schüttelte den Buben zwischendurch, wobei sie ihn an den Beinen hielt. Während alledem betete Philomena laut. Immer noch regte sich der Kleine nicht. Da warf sich die Thekla über ihn, presste instinktiv ihre

Lippen auf den kleinen Mund und versuchte ihm verzweifelt Leben einzuhauchen. »Mach die Augen auf, Franzl – die Augen mach auf«, murmelte sie zwischendurch beschwörend. Und das Wunder geschah, das Kind begann sich zu bewegen, zu erbrechen, kam zu sich ...

Irgend jemand brachte dem Peter die Schreckensbotschaft in die Spiegelhütte, dass der Franzl im Hirschbachl ertrunken sei. Wie ein Irrer ritt der Peter hinunter ins Dorf. Mit einem Gesicht, wie es noch keiner an dem stolzen Mann gesehen hatte. Kalkweiß, mit flackernden Augen stürzte er in die Stube des Tobias. »Der Bub, mein Bub, wo ist er?«, schrie er die erschrockenen Frauen an Franzls Bett an. Die Stadlerin knurrte:

»Da schau her, hat er doch gemerkt, dass er einen Sohn hat.«

Die Thekla weinte vor sich hin. Der Peter fasste sie an den Schultern: »Was ist? Sag's um Gottes willen!«

»Er schläft jetzt. Wirst ihn doch net aufwecken«, wollte Thekla den Vater abwehren. Aber der hatte das Kind schon an sich gerissen. Er weinte. Und gleich darauf der schlaftrunkene Bub auch. »Ins Wasser g'fallen, hat mich der Wassermann derwischt«, schluchzte er entschuldigend.

»Nicht der Wassermann, der Schutzengel hat dich erwischt, mein Bub.«

Von dieser Stunde an kümmerte sich der Peter außer um seine Arbeit, die Marei und das Annerl auch um seinen kleinen Sohn. Die Thekla aber betrachtete ihn insgeheim als ihr Eigentum – hatte sie ihm doch auch das Leben geschenkt, genau wie die Marei.

»Hast es schon g'hört, Stadlerin?«, fragte Philomena die Freundin, »dass der böhmische Peter dem Herrn g'sagt hat, er sollt ihn ...«

»A geh, was redst denn du wieder für einen Schmarrn zusammen. Wird sich der Peter grad so was trauen –«

»Aber wann ich dir's doch sag! Hat's doch der Simandl genau gehört.«

Die Stadlerin lachte spöttisch: »Und hat er's getan, der Herr? Hat er ihn ...«

»O mei, du hast keinen sittlichen Ernst, Stadlerin, ich sag's ja immer!«

Am Abend fragte die Stadlerin den Peter, ob es stimme, was man sich im Dorf erzählt.

Auch der Peter lachte: »Freilich stimmt's!«

»Und da hat dich der Herr net hinausg'schmissen?«, fragte sie entsetzt. »Ja, was bist denn du für einer, der gar keinen Respekt vor der Obrigkeit hat? Weißt denn du net, dass das eine Sünd ist, die wo man beichten muss? Dann kannst gleich anfangen und dein Bündel packen. Es wird gleich einer vom Schloss da sein und dir den Laufpass gebn.«

Peter beschwichtigte die Aufgeregte: »Er hat's ja net gehört, Stadlermutter.«

Ferdinand hatte die unverschämte Einladung sehr wohl gehört, auch wenn sie der Peter leise vorgebracht hatte, doch Konsequenzen zog er keine. Erstens scheute er den Tratsch und Spott der Konkurrenz und zweitens brauchte er den schwarzen Peter noch.

Peters Zornesausbruch war ein heftiger Disput vorausgegangen. Der Herr hatte verlangt, sein Glasmacher solle eine Bodenvase für die Weltausstellung in einem kleineren Ausmaß, als Peter es wollte, blasen. Da dieses Ausstellungsstück neben der Herkunftshütte auch seinen Namen verzeichnen würde, setzte er allen Ehrgeiz darein, ein besonders großes und ausgefallenes Stück zu schaffen. Es war ihm zweimal misslungen, das Glas in der

Spannung gebrochen, und Ferdinand hatte nun kategorisch verfügt, er wünsche kleinere Maße, Punktum. Deshalb hatte sich Peter mit dem Götz-Zitat aus dem Kontor verabschiedet und noch drei solche voluminösen Gläser geblasen. Mit dem dritten war er schließlich zufrieden gewesen ...

Peters Unbotmäßigkeit hatte also keine Folgen. Sein nach Bettys Entwürfen herrlich graviertes Glas – der Grassl Josef hatte ihm treulich geholfen – erhielt bei der Weltausstellung den ersten Preis. Dies hatte zur Folge, dass sich ein Hüttenherr aus dem Oberpfälzischen bei Peter Fischer meldete und ihn dem Poschinger abwerben wollte.

Peters Antwort war ein Nein, und er begründete es so: »Eure Hütte ist mir zu klein. Allzu lang wird's nicht dauern und ich mach mich selbstständig, hab dann selber eine Hütte, wie Ihr eine habt.«

Das kam auch Ferdinand zu Ohren. Er rief Peter zu sich.

»Du willst also ein Hüttenherr werden, wie ich gehört hab, einer wie ich, Peter Fischer?«

»Wohl, wohl, aber keiner wie Ihr«, grinste der Peter.

»Soll das wieder eine Frechheit sein?«, grollte der Herr.

»Aber wie werd ich denn! Ein Herr wie Ihr, hochgeboren von alters her, so einer kann ich net werden, aber eine auslaufende Hütte, die billig zu haben ist, so eine trau ich mich schon zu führen.« Das war wieder einer von Peters einfallsreichen Winkelzügen, und er erreichte, was er wollte: Der Herr behandelte ihn künftig wie ein rohes Ei, was dem schwarzen Böhm' wohl gefiel.

Er ging nunmehr ohne die finsteren Blicke des Herrn mit der Geige unterm Arm zu Juliane aufs Schloss, wann und wie oft es ihm passte. Er hatte sich jetzt, wie auch anderwärts üblich, einen tüchtigen Gehilfen herangezogen, dazu einen »Eintrager«, einen Hilfsarbeiter, und war nun weitgehend unabhängig. Er besaß seinen eigenen »Hafen« mit dem flüssigen Glas und blies seine formschönen Gläser mit dem ihm eigenen Selbstbewusstsein. Veredelt wurden sie durch Bettys Jugendstil-Motive.

9

Die Beute aus den Fallen von drüben – Die Krähe – »Der Schutzengel für den gnä' Herrn« – Wandern über den Acker – »Haben s' dich hinausg'haut?«

Mareis Lebensumstände hatten sich geändert. War sie früher Juliane in vielerlei Beziehung unentbehrlich gewesen, hatte sie jetzt nur mehr untergeordnete Tätigkeiten zu verrichten. Die Schlossherrin stellte eine Gesellschaftsdame ein, ein ältliches Fräulein mit dem Namen Fröhlich. Es stammte wie Juliane aus Mainz, aber nichts im Wesen von Mademoiselle Fröhlich passte zu ihrem Namen und ihrer heiteren Geburtsstadt. Ihr Blick unter umschatteten Augenlidern war scharf, nicht viel anders als ihre Zunge.

Sie unterrichtete Günther in Französisch, während die übrigen Fächer ein Hauslehrer übernahm. Er war gegen Ferdinands Willen angestellt worden. Betty riet dem Freund zu schweigen. »Lass Juliane ihren Willen. Es geschieht ja nicht dir zum Trotz, sondern aus ihrer mütterlichen Angst heraus, Günther könnte sich in der Schule anstecken und krank werden.«

Ferdinand hatte diese Schule nach Günthers Geburt in der Hoffnung gebaut, dass auch sein Sohn sie besuchen würde, eine Schule, wie es im weiten Umkreis keine prächtigere gab ...

Jetzt war die Zeit des Krauteinstampfens. In jedem Haus schnitt man die Ernte aus dem Krautgartl mit dem Hobel zu »Zetteln«, zu groben Streifen, die im Krautfass eingesäuert wurden.

Rosalie stand mit geschürztem Rock in weißen Baumwollsocken im Krautfass und stampfte ein: eine Schicht Kraut, dann Salz und wieder Kraut, dazwischen die schwarzen Wacholderbeeren und Kümmel. »Mausdreckerln« nannte sie der Franzl, der dem Tanz der Rosalie im Krautfass interessiert zuschaute.

Sie drehte sich langsam und stampfte im Takt, zweimal mit dem rechten, einmal mit dem linken Fuß, einen »Zwiefachen« sozusagen. So sah sie der Tobias. Obwohl längst verheiratet, hatte er den Korb, den ihm die Rosalie gegeben hatte, immer noch nicht ganz verwunden.

»Hast denn du dir auch die Füß gewaschen?«, fragte er boshaft. Nicht überall zu Buchenau zog man Socken über die stampfenden Füße – sauber gewaschen genügte meist. »Zieh ich mir zum Nudelschneiden vielleicht Handschuh an?«, war das durchaus einleuchtende Argument der Waldlerinnen.

Die Rosalie tat, als hätte sie nicht gehört, und sang zu ihrem Tanz im Krautfass ein Spottlied:

»*Mei Vater, der tuat nix,*
mei Mutter pflegt die Ruh,
mei Schwester is die Faulste
und i schau ihr zu.«

Das war natürlich ein Gstanzl, das auf den Tobias ganz und gar nicht passte, eben darum ärgerte es den Ruhelosen. Er warf die schwere Kellertür zu und verschwand. Noch jemand kam, der Gärtner Fritz, der seine Gehilfin vermisste. Auch er sah sie als »Krauttänzerin«, sah ihre strammen Wadeln, das verwaschene Mieder, das ihr zu eng war – zum Krauteinstampfen zog man altes Zeug an – und hatte seine Freude an diesem Mädchen.

Das aber wollte zunächst nichts von ihm wissen – es ging immer noch manchmal den Weg hinauf ins Schachtenhaus, »nach dem Rechten zu schauen«.

Die Thekla war in ihrem bisherigen Leben keine Sparsame gewesen, ein Sparbüchl, wie so manche andere Dienstmagd, hatte sie nie besessen. Doch jetzt, in der Ehe mit dem Tobias, trat das Erstaunliche ein – sie wurde geizig wie ihr Mann, hielt das Geld überaus sorgfältig zusammen und freute sich wie er, wenn es in der Truhe langsam, aber stetig mehr wurde. Sie arbeitete und rackerte wie er, gönnte sich nicht einmal ein neues Kopftüchl. Sie nahm das »Kostgeld« vom Peter für den kleinen Franzl erfreut in Empfang und sah es als eine gute Fügung an, dass sie sich das ihre für den Edwin sparen konnte. Von den zwei Kühen im Stall zog sie die Kälber auf und verkaufte sie, von den Gänsen schlachtete sie keine einzige für sich selbst, die brachten ja Geld ein. Für Fleisch auf dem Tisch sorgte der Tobias und sie fragte nicht viel, woher es kam.

Aber er wilderte nicht im Revier des gnä' Herrn, er holte sich seine Fallenbeute »von drüben«, wo es übrigens auch mehr Wild gab, weil in den böhmischen Grenzwäldern nicht so viel gejagt wurde. Es konnte auch vorkommen, dass sein Rucksack von besonders großen Fleischstücken schwer war. »Hat sich ein Kaibl den Haxen gebrochen und ich hab mit dem Hirten geteilt.« Freilich, auf die bewussten zwanzigtausend Gulden – oder vielmehr 35 000 Mark – in der Truhe fehlte immer noch viel.

»In zehn Jahren haben wir's geschafft«, war jetzt des Tobias Rede. Dann würde man schon das Jahr 1922 schreiben ...

Das Annerl war ein fleißiges Dirndl, half der Thekla-Tant und tat es gern. Sie holte für die Ganserln Brennnesseln und schnitt sie ihnen zurecht, auch wenn ihr dabei die Finger brannten.

»Musst sie halt ganz fest anpacken, die Brennnesseln, nachher tun s' dich nimmer beißen«, riet die Thekla. Aber sie bissen doch, auch wenn man noch so energisch zufasste ...

Immer noch war das Annerl das einzige Kind, mit dem das »Bübsche«, der schon zwölfjährige Günther, verkehren durfte. Jetzt war er unterwegs, sie zu suchen, und fand sie auf der Koppel bei den Schafen. Sie saß auf der Wiese und hielt eines der Lämmchen im Arm.

»Das dumme Schaf hat Drillinge gekriegt, und jetzt will's das dritte net saugen lassen«, beschwerte sie sich. »Und dem Schäfer ist das egal, weißt, was der g'sagt hat: ›Aus dem Verreckerl wird eh nichts, das muss man hin machen‹?«

»Das wird er nicht!«, bestimmte der junge Herr und gab dem Schäfer einen diesbezüglichen Befehl.

»Du kannst mich!«, sagte der ruhig und schor an seinem Schaf weiter.

Empört lief Günther zur Mama. Die kam nun zornig und stellte den Alten zur Rede. Er schor weiter an seinem Schaf, gab keine Antwort, tat, als wäre die Gnädige Luft.

Erst der Verwalter, der sich stets mit Ferdinand und mit der Gnädigen gut stellte, brachte ihn zur Räson. »Wird's halt meine Tochter mit dem Zutzel aufziehen«, knurrte er mürrisch.

»Nein, ich!«, erklärte Annerl und nahm das Lamm mit nach Hause. Es zu besuchen, schloss sich Günther oft der Marei an, wenn sie heimging. Das geschah meist während Mamas abendlichen Übungsstunden.

Es war nicht das Ergehen des Lämmchens, das Günther in das Glasmacherhaus trieb, ihm war es wohl in Annerls Nähe. Ihre Streitgespräche brachten Abwechslung in sein eintöniges Bubenleben. Jetzt ereiferte er sich gerade wegen der Auerhahnjagd.

»Es gibt nur noch wenige in unserem Revier. Warum schießt sie denn der Papa? Ich hab mit dem Forstmeister geredet. Weißt du, was der gesagt hat: Was verstehen denn Sie vom edlen Waidwerk? Die Natur hilft sich stets selbst. Wird ein Auerhahn geschossen, wachsen im nächsten Jahr zwei nach. Glaubst du das, Annerl?«

»Ich weiß net«, sagte sie, »müsst's der Forstmeister ja eigentlich besser wissen als wir. Aber machen kannst eh nix, Günther. Oder willst deinem Papa die Büchs wegnehmen? Da kauft er sich halt eine neue. Weißt es du jetzt schon, dass ich net mehr mit dir spielen soll? Und weißt auch warum? Deine Mama hat Angst, ich könnt dich verführen.« Sie lachte hell auf.

Unbehaglich rutschte Günther auf der Ofenbank hin und her. Das Annerl war wirklich recht »robust«, wie die Mama das nannte. Über so etwas spricht man doch nicht! Er jedenfalls sprach über so etwas nicht.

Das Annerl meinte voll Spott: »Bist halt ein rechtes Mutterbüberl. Warum sagst denn du deiner Mama net auch einmal ein Nein, so wie ich meiner Mutter? Musst mehr Schneid haben, Günther!«

»Meine Mama ist nicht wie deine Mutter. Meine Mama hat so viel mitgemacht. Meine Mama hat der Papa durch einen Arzt umbringen lassen wollen und ...«

»Bist narrisch worden? Das glaubst doch du net wirklich!«

Das Annerl hatte vor Schreck das Lamm fallen lassen, und Günther sprach jetzt stockend über die Vorgänge während seiner Geburt – wie sie ihm die Mama geschildert hatte. Annerl wusste von der Sache nur beiläufig. Jetzt unterbrach sie ihn aufgeregt:

»Aber das ist ja alles net wahr, Günther! Das hat sich deine Mama ja nur eingebildet, das sagen s' alle im Dorf. Gelogen hat deine Mama net, das net. Aber wenn man vor Schmerzen net mehr ein und aus weiß, da kann man sich so etwas schon einbilden und meint dann, es ist wahr. Ja, ja, das gibt's, Günther.« Sie sprach jetzt sehr ruhig und ahnte, wie wichtig für Günther dieses Gespräch war, für ihn, der über dies alles sonst mit niemandem reden konnte und der in einer so vergifteten Ehesituation aufwachsen musste. »Du kannst ja deine Mama lieb haben, aber net nur sie. Es ist dein Papa ja auch noch da.«

»Ja, der die schönen Auerhähne erschießt.«

»Was hast denn immer mit den Auerhähnen und dem anderen Vogelzeug?«

»Was ich hab?«, erwiderte Günther nachdenklich. »Ich glaub, ich möcht vor allem draufkommen, warum die fliegen können und wir nicht.«

Später spielten beide Kinder im Schlosspark, und Albrecht, Günthers Landshuter Cousin, der hier die Herbstferien verbrachte, gesellte sich ihnen zu.

Da hörten sie schrilles Krähengeschrei über sich und dann stürzte einer der Vögel ins Gras. Alles, was Federn hatte, interessierte ja Günther brennend, also hob er die Krähe auf und untersuchte sie.

»Sie hat einen Flügel gebrochen, sie wurde angeschossen.«

»Geben Sie die Krähe her«, verlangte der Verwalter mit dem Gewehr in der Hand, »die kriegt jetzt der Tyras.«

»Nein, ich werde sie heilen«, antwortete der zukünftige Gutsherr ungewohnt fest.

Im Waschhaus wollte er den Flügel der Krähe schienen, doch die Spachtel aus der Hausapotheke verrutschte immer wieder unter der Bandage. »Man muss sie an den Knochen nageln«, erklärte Günther jetzt Juliane, die von Albrecht herbeigeholt worden war. Die Wäscherin wurde um Stecknadeln ins Haus geschickt und begegnete auf dem Rückweg Rosalie.

»Ja, willst du jetzt die Wasch mit Stecknadeln auf der Leine festnadeln?«, spottete die.

»Nein, aber der Günther braucht s' für einen Vogel«, erwiderte die Waschfrau und hastete davon. Rosalie schlich zum Waschküchenfenster – das interessierte sie. Und da sah sie wahrhaftig, wie dieser Günther einen lebendigen Vogel mit Stecknadeln stach!

Mit wehendem Rock rannte sie ins Kontor. »Gnä' Herr, gnä' Herr, der Günther quält einen Vogel ganz grauslich, er sticht ihn mit Stecknadeln, und die gnä' Frau schaut zu.«

Ferdinand sprang auf, rannte hinüber zum Waschhaus, sah seinen Sohn über den Vogel gebeugt und wahrhaftig mit Stecknadeln hantieren. Juliane stand daneben.

Außer sich vor Zorn riss er dem Buben den Vogel aus der Hand, schrie: »Du Sadist! Du vermaledeiter Sadist, dir werd ich's zeigen«, und hob die Hand zum Schlag.

Da warf sich Juliane zwischen beide: »Du rührst ihn nicht an! Hinaus! Hier hast du nichts zu suchen. Es geht dich nichts an, was Günther tut. Gib den Vogel her!«

Ferdinand warf die Krähe so weit als möglich von sich, schrie: »Auf meinem Grund und Boden wirst du kein Tier mehr quälen!«

Juliane kreischte zurück: »Mein Sohn kann tun und lassen, was er will. Das alles gehört ihm!«

»Nach meinem Tod, Gott sei's geklagt! Doch noch bin ich lebendig. Und das werdet ihr zwei noch zu spüren bekommen!«

Er stürzte davon, eine zornbebende Frau, seinen weinenden Sohn und zwei erschrockene Kinder, das Annerl und Albrecht, zurücklassend.

Dann saß er vor seinem Schreibtisch, den Kopf in die Hände vergraben. Großer Gott, dachte er, wohin führt das alles? Was nützte ihm der Reichtum, der immer mehr wuchs, wenn er so einen Sohn hatte! Wenn er eines Tages sein Lebenswerk einem Sadisten anvertrauen musste!

Da klopfte es an der Tür und sein Neffe Albrecht von Poschinger trat ein. Er hatte die Kappe in der Hand, kam furchtlos näher, ohne erst Ferdinands Weisung abzuwarten, und erhob kampflustig seine helle Bubenstimme:

»Onkel, du hast dem Günther Unrecht getan. Er hat nur den gebrochenen Flügel der Krähe mit einer Spachtel schienen wollen. Die Schnur ist immer heruntergerutscht und da hat er gedacht, man muss die Spachtel an den Flügel nageln.«

Ferdinand sah dem Neffen in das blasse Kindergesicht. Und ein Gedanke durchfuhr ihn in diesem Augenblick: Wäre doch Günther wie er, hätte Günther doch Albrechts Mut, sein aufrechtes Wesen.

»Ist das wahr?«, fragte er schließlich und wusste doch, dieser Bub vor ihm würde sich zu einer feigen Lüge nicht hergeben.

»Ja, Onkel Ferdinand. Und jetzt musst du dich beim Günther entschuldigen.«

Dazu aber entschied der Onkel sich nur schwer. Er war es nicht gewöhnt, jemanden um Verzeihung zu bitten – er hatte bisher dazu wenig Veranlassung gehabt. Und nun gar einem Kind gegenüber!

Er fuhr am nächsten Tag nach München zu seinem rechtskundigen Bruder. »Gut, ein Sadist ist er also nicht, trotzdem – du musst mir aus diesem Vertrag mit Juliane heraushelfen. Günther würde mein Lebenswerk zugrunde richten, ich weiß das. Und beide spekulieren nur auf meinen Tod.«

»Aber ich bitte dich! Günther ist doch noch ein Kind, und ein liebenswertes dazu. Er kommt jetzt in die Pubertät und ist vielleicht ein bisschen schwierig, außerdem ist da Juliane, die ihn beeinflusst, aber du darfst in ihm doch nicht deinen Feind sehen. Es ist der übliche Vater-Sohn-Konflikt, das gibt sich wieder. Er merkt doch inzwischen, wie beliebt du im Dorf bist –«

»Im Dorf, ja, vielleicht, aber ob im Umkreis, in Zwiesel und darüber hinaus?«

»Das hat dich doch bisher nie gestört. Ich dachte immer, du wärst über dergleichen hinaus, gingst einfach gradlinig deinen Weg. Habe ich mich darin geirrt? Das wäre schade. Denk nicht so viel an später, Ferdl, lebe im Heute. Freu dich an Betty, die dir das Schicksal als Trost über den Weg geschickt hat. Dafür sei dankbar. Vergiss Juliane und deinen Kummer um Günther. Am Vertrag mit Juliane lässt sich sowieso nichts ändern. Aber wer weiß schon, was die Zukunft bringt ...«

Einigermaßen ruhig fuhr Ferdinand wieder heim. Er wusste nicht, dass der Vorfall im Waschhaus längst Dorfgespräch war und sogar in die Dorfchronik eingehen würde, freilich mit Günther als Tierquäler und Sadisten ...

Betty saß im Wohnzimmer über einer Mappe von Entwürfen, als das Telefon klingelte und Ferdinand seine Rückkehr aus München meldete.

Als Ferdinand das schöne Haus auf der Bergwiese betrat, war ihm, als falle aller Ärger von ihm ab – es war eine Heimkehr in die friedliche Nähe Bettys, auch wenn Theodor in seinem Sessel am Clubtisch saß, in die Zeitung vertieft. Seine Hand ruhte auf dem Fell des großen Hundes. Jetzt stand das Tier auf, trottete hinüber zu Ferdinand und wartete, bis auch er ihm den Kopf streichelte.

Immer noch gab es zwischen diesen drei Menschen das große, vertrauensvolle Einverständnis. Seit sie unter einem Dach lebten – jedenfalls wurden die Abende gemeinsam verbracht –, war alles noch einfacher geworden. Bettys Töchter waren auf einem Internat und der verschwiegene Diener Anton versah seinen Dienst nun in Spiegelhütte. Wurde er bedrängt, über die Herrschaft zu reden, tat er es ehrlich und wohlmeinend: »Nein, der Herr und Frau Betty haben kein Verhältnis miteinander, das kann ich auf meinen Eid nehmen.« Und er versäumte nie, zu versichern: »Die Frau Betty ist der gute Schutzgeist für den gnä' Herrn und für uns alle, das ist ganz gewiss!«

Betty war es auch, die Ferdinand zu einer Aussprache mit dem Sohn drängte. »Du musst dich für das Missverständis entschuldigen«, beschwor sie ihn. »Damit gibst du dir doch keine Blöße. Du hast Günther Unrecht getan, und das muss wieder aus der Welt. Bitte, Ferdinand, begreife doch!«

Das fiel Ferdinand zwar schwer, doch er tat Betty den Gefallen, wie in fast allen Dingen, und vereinbarte mit der Marei ein Treffen im Wald, zu dem sie Günther mitbringen sollte.

Ferdinand schritt durch sein Revier und überlegte, was er seinem Sohn sagen würde. Als Erstes also die Entschuldigung für das Missverständnis mit der verletzten Krähe. Dann würde die Zukunft an die Reihe kommen. Man musste versuchen ihn aus Julianes Einfluss zu lösen. Ferdinand wusste, dass Günthers Hauslehrer mit ihm zufrieden war, er war ein guter Schüler. Das würde ihm den Übertritt auf ein Gymnasium in Landshut oder München, wo Verwandte lebten, erleichtern. Vielleicht hatte Günther auch Lust zum Eintritt in die Kadettenanstalt? Nun, man würde sehen, wie der Bub reagierte.

Günther saß mit der Marei auf einem Holzstamm. Als er den Vater kommen sah, reagierte er mit Panik – wie der Blitz verschwand er im Unterholz. Marei rief vergeblich nach ihm. »Lass sein!«, sagte der Herr voll Spott, während er zu ihr hintrat. »Mein Sohn ist halt ein Hasenfuß, ich werde mich damit abfinden müssen. Aber lass dich anschauen, Marei, wir sehen uns selten. Wie geht's dir denn?«

»Gut, gnä' Herr, sehr gut.«

»So schaust auch aus.« Ferdinand erkannte: Die Jahre hatten sie nicht älter, nur anders, schöner gemacht. Nach der schweren Jugend unter der Fuchtel des Bruders war sie in Julianes Dienste getreten. Der Marei war das schwere Los einer Landfrau erspart geblieben, das ewige Rackern und Schuften vom frühen Morgen bis spät in die Nacht.

Die Herrin hatte sie lange Zeit fast wie eine Freundin behandelt, ihr das leibliche Wohl des Sohnes anvertraut. Sie, die Mama, war ja durch ihre Liebe zur Musik anderwärts gebunden. So hatte in dieser unglücklichen Ehe das Schicksal für jenen Ausgleich gesorgt, für jene Nestwärme, die das Bübsche so nötig brauchte und bei seiner Amme gefunden hatte.

»Ich bin froh«, sagte Ferdinand jetzt, »dass du dich um meinen Buben so brav kümmerst. Dabei hast du selbst Kinder, die dich brauchen. Aber ich weiß schon, deine Mutterliebe reicht für drei und wahrscheinlich auch noch für ein paar mehr. Ach, Marei, hätt ich doch eine Tochter wie dein Annerl –« Er sah sein Gegenüber wohlgefällig an und grinste dann, weil ihn wieder einmal der Hafer stach.

»Erinnerst dich noch an unseren Ritt damals? Als du mir vom Pferd gehüpft bist wie ein aufgescheuchter Floh? Hätt es nicht sein können, dass –« Er machte eine wirkungsvolle Pause.

Marei, die Mutter einer schon recht großen Tochter, wurde wahrhaftig rot, stotterte: »Aber, gnä' Herr –«

Er sah sie mit einem Blick an, der sie immer noch röter werden ließ. Dann wandte er diesen Blick ab und sagte trübe: »Alle haben sie Angst vor mir, du und der Bub auch. Bin ich denn wirklich so ein Unmensch?« Es war nicht das erste Mal, dass er das fragte.

»Nein, gnä' Herr, gewiss net. Dazumal war ich halt wirklich noch ein dummer Floh –«

»Und jetzt?« Er konnte es nicht lassen, sich an ihrer Verlegenheit zu weiden.

»Jetzt bin ich eine gestandene Weibsperson«, sagte die Marei fest und lächelte. »Hab von meinem Annerl allerhand gelernt.«

»Ja, ja, ein Töchterl wie das Annerl! Ich hab keines. Aber vielleicht könnt's einmal ein Schwiegertöchterl werden?«

Im Dickicht raschelte es, doch niemand achtete darauf.

Und Marei erwiderte ruhig: »Ein Glasmacherdirndl im Schloss? Das ist doch nur ein Spaß, gnä' Herr.«

»Vielleicht«, erwiderte Ferdinand, »vielleicht auch nicht.«

Er drehte sich um und ging davon.

Wenig später raschelte es wiederum im Unterholz, Günther kroch aus dem Dickicht und klopfte sich pedantisch Reisig und Halme von der Hose. »Jetzt ist er endlich weg. Also, Marei, ich konnte ihn heute wirklich nicht sehen«, sagte er altklug und setzte überheblich hinzu: »Er ist doch ein unmöglicher Mensch! Mich wundert nur, dass es Frau Schwarzenfeld so lange mit ihm aushält.«

»Wie meinst du das, Bub?«

»Wie ich es gesagt hab. Sie ist doch seine Geliebte, muss ihn doch inzwischen auch näher kennen gelernt haben.«

»Sie ist nicht die Geliebte von deinem Papa!«

»Nun, wie würdest du das denn nennen, liebe Marei?«

Sie ärgerte sich plötzlich über seinen anmaßenden Ton und sein steifes Hochdeutsch.

»Bub, Bub, was weißt denn du vom Leben! Die Frau Hüttendirektor ist der gute Geist im Leben von deinem armen Vater.«

»Arm? Er ist der Reichste weit und breit. Marei, ich versteh dich nicht.«

»Es gibt mancherlei Armut auf der Welt, Günther, doch das verstehst du wohl wirklich noch nicht. Aber ich bet darum, dass du net auch einmal so arm bist wie dein Vater, ich bet darum.«

Mareis Augen sahen ihn schwermütig an, und irgend etwas verschlug dem Buben jetzt die Widerrede …

Während Ferdinand noch überlegte, auf welche Weise er sich bei Günther nach dem missglückten Treffen entschuldigen könnte, erfuhr er, dass Juliane mit Günther und seinem Neffen Albrecht abgereist sei. Sie meldete Günther in einem Münchner Internat an. Er, der Vater, wurde von der Schulleitung um das nachträgliche Einverständnis gebeten.

Dieser Abschied aber war für Günthers kleine Freundin – das heißt, mit ihren zwölf Jahren war das Annerl jetzt größer als er – geradezu ein Schock. Die Kinderfreundschaft riss zu plötzlich von einem Tag zum anderen entzwei und es bedurfte erst einer langen Unterredung mit Betty Schwarzenfeld, damit das Annerl begriff, dass der junge zukünftige Hüttenherr zum Zweck seiner weiteren Bildung und Ausbildung unbedingt in die Fremde musste. »Er wird dir schreiben, Annerl, ganz bestimmt.«

Und das tat Günther auch. Er erzählte dem Annerl von der großen Stadt München, von seinem Internatsleben und davon, dass er ganz allein sei und unglücklich.

Das aber schrieb er auch seiner Mutter, und die suchte sogleich Mittel und Wege, ihrem Herzensbuben zu helfen. Sie fuhr nach München, nahm in einer Pension Quartier und besuchte das Bübsche, sooft es nur möglich war.

Man säte Roggen. Auch Tobias ging mit großen Schritten über das Feld, holte bedächtig eine Hand voll Körner nach der anderen aus seiner Säerschürze, einem umgebundenen Sack, und streute die Körner mit weit ausholender Hand über den Acker. Das war eine Tätigkeit, die ihm lieber war als das Glasziehen in der Hütte. Da fühlte er sich als eine Art Wundermann, der es schaffte, dass aus einem einzigen Korn viele wuchsen, viele Körner, die ihm so auf leichte Weise Geld einbrachten, zugleich auf eine vergnügliche Weise, denn das Wandern über den Acker machte ihm Spaß und selbst das Pflügen vorher mit einer gängigen Kuh und das Eggen, alles bereitete ihm Freude. Den Rest aber besorgte kostenlos der liebe Gott.

Ein wahres Glück war, dass auch der Thekla die Arbeit auf der Wiese und dem Feld Freude machte, ebensolche Freude wie das Wachsen des Reichtums in der Truhe.

Die Arbeit im Kuhstall war ihr weniger angenehm, die war eine Pflicht, die getan werden musste. Und sie war Tobias dankbar, wenn er sie ihr abnahm. Freilich nur, weil er wusste, dass Theklas Arbeit draußen in den Forstkulturen ihm Geld einbrachte, Geld für die Truhe.

Das Roggenkorn, das der Tobias säte, war das kleine, das widerstandsfähige, das im Winter unter dem Schnee ausdauerte und schon bald, wenn der »Auswärts« die Felder blank geschmolzen hatte, als grüner Teppich dem Beschauer einen Frühsommer vortäuschte, freilich einen zwischen Schneeflecken und glitzerndem Eis.

»Tobias!« Er sah auf. Thekla kam auf ihn zu, überquerte barfuß das braune Feld. Sie kam eilig daher, eine große, schlanke Person, deren helles Haar in der Sonne glänzte.

»Was hast denn?«, fragte er unruhig. »Ist was?«

»Ja, aber nichts zum Ärgern. Der Edwin ist wieder da. Ich hab ihn beim Peter schon untergebracht. Er wird sein Eintrager und dann Schmelzer.« Sie redete hastig, als wollte sie ihm keine Zeit zu einer unguten Antwort lassen.

Doch dergleichen beabsichtigte er nicht. Er fragte nur: »Warum? Warum ist er heimgekommen?«

Das Wort »heimgekommen« freute die Thekla, also sah er ihren Sohn als zum Haus gehörig an. Sie stand jetzt am Feldrand, riss ein paar Distelköpfe ab, damit sie nicht aussamten, und wartete, bis ihr Mann mit dem Säen fertig war. Dann beantwortete sie seine Frage:

»Der junge Zitzelsberger hat geheiratet und da ging's nicht mehr auf ein Gutes hinaus. Sie hat wollen ihre Schwester auf den Hof bringen, da war ihr halt der Edwin im Weg.«

Später stand Theklas Bub vor ihm. Er war in den drei Jahren sehr in die Höhe gewachsen und größer als er, der Tobias, aber er hatte immer noch das töricht-freundliche Geschau wie früher. »Wirst keine Last mit mir haben, Vater«, sagte er leise.

Dieses »Vater« rührte den Tobias merkwürdig an. Er antwortete: »Ist schon recht«, mehr nicht, das reichte der Thekla und ihrem Sohn. Tobias holte die Pfeife aus dem Hosensack und begann sie bedächtig zu stopfen ...

Als das Annerl dem Heimgekehrten zum ersten Mal begegnete, zog sie ihre Mundwinkel verächtlich herab:

»Haben s' dich hinausg'haut, gelt?« Sie hatte nicht vergessen, wie verzweifelt sie um ihn gekämpft hatte, als der Zitzelsberger ihn »entführte«.

Der Edwin sah sie betrübt an, nickte. »Jo, haben s' mich halt nimmer 'braucht.«

»Und das hast dir einfach gefallen lassen? Bist denn du net dem Bauern sein Sohn gewesen? Hast denn du net den Hof erben sollen?«

»Na, na, sell hat mir niemand versprochen«, wehrte er verlegen ab.

Das Annerl musste sich erst daran gewöhnen, dass der Edwin wieder im Haslinger-Hof war. Sie begegnete ihm aber nicht nur dort – als Lehrling von ihrem Vater war er auch in ihrem Elternhaus daheim. Der Peter hatte den Buben mit einem gleichmütigen: »Alsdann probieren wir zwei es halt miteinand« aufgenommen. Nur die Marei hatte den Edwin mütterlich in die Arme genommen – sie war mehr als einen Kopf kleiner als er – und hatte leise gesagt: »Segne Gott deinen Einstand bei uns herin, bist uns willkommen, Bub!«

10

Tragödie im Kuhstall – Der Wind auf der Heiden – Eine friedliche Begegnung – »Wir ziehen ins Amerika!« – Das Herrebüble

Thekla saß auf der Futterkiste im Stall, den müden Rücken an die Wand gelehnt. Mühsam hielt sie die Augen offen – sie musste wach bleiben, denn die Kuh stand vor dem Kalben. Das Annerl hatte dem Tier einen Namen gegeben, keinen besonders sinnigen: Scheckerte. Immerhin hatte die Kuh auf diese Weise einen eigenständigen Namen, und sogar der Tobias hatte zum Beispiel gesagt: »Die Scheckerte kalbt heut Nacht, ich hab's im Gespür.« Deshalb saß ja auch die müde Thekla um zwei Uhr nachts auf der Futterkiste.

Es wäre besser gewesen, sie hätte sich als Sitzgelegenheit den wackligen Melkstuhl ausgesucht, dann wäre sie erwacht, wenn sie im Schlaf ins Stallstroh gefallen wäre. So aber lehnte sie an der Stallwand und schlief so unglaublich fest, dass sie die ganze Tragödie, die sich im Stall inzwischen ereignete, einfach verschlief.

Als sie erwachte, war alles vorbei. Die Scheckerte hatte verkalbt, das Kälbchen war tot, die Kuh am Verbluten.

Den Tobias hatte zum Glück sein »Gespür« gegen vier Uhr in den Stall getrieben. Er stand, mit der Laterne in der Hand, fassungslos vor dem entsetzlichen Bild, sah sich nach der Thekla um, die schlief. Er schrie auf und sie erwachte. Als sie begriff, was geschehen war, stand sie zunächst starr und steif, dann begann sie verzweifelt zu schluchzen, rang die Hände und starrte ihren Mann mit aufgerissenen Augen so entsetzt an, dass etwas ganz Besonderes passierte, etwas, das sie dem jähzornigen Tobias nie zugetraut hätte: Er schrie nicht, er tobte nicht, er schlug sie nicht – er umarmte sie und sagte rau:

»Kannst nix dafür, Thekla. Wenn eins am Tag so viel gerackert hat wie du, dann darf man's nicht zur Stallwach schicken. Es muss der Tierarzt her. Renn zum Peter, er soll mit dem Ross nach Zwiesel hinein.«

Der Peter knurrte zwar, als er um vier in der Früh aus dem Schlaf gerissen wurde, aber er tat, was ihm die Marei befahl: »Nimm das Ross und beeil dich, Peter, sonst steht dem Tobias die Kuh auch noch um.«

Die Kuh wurde gerettet.

Die Krähe, deren Flügel Günther geschient hatte, saß mit aufmerksamen Knopfaugen in einem Verschlag im Hühnerstall. Näherte sich das Annerl, so hüpfte sie aufgeregt hin und her, fing sie sie ein, ließ sie sich das glänzende Gefieder streicheln und fühlte sich sichtlich wohl. Und das Annerl dachte dabei an Günther, dem sie eifrig über das Wohlergehen der Krähe berichtete.

Juliane hielt einen Brief Engelbert Humperdincks in den Händen. Es war eine Absage auf ihre Einladung. Und sie verstand das nicht, war er doch in diesen Wochen in Bayern, in München. Sollte sie zu ihm fahren? Sie waren beide fast gleich alt, dennoch brachte sie dem Meister, der durch die Oper »Hänsel und Gretel« zu hohem Ansehen gekommen war, großen, mit Scheu gepaarten Respekt entgegen. Könnte diese Begegnung in München, ihr Entgegenkommen, von ihm nicht falsch gedeutet werden? In ihren Briefen machte sie keinen Hehl daraus, dass ihre Ehe nach wie vor »unglücklich« sei, wie sie sich ausdrückte. Allzu nahe lag so der Verdacht, sie suche bei ihm »Trost«. Und wäre es nicht auch so? Von ihrer Seite aus gewiss.

Aber wie dachte er darüber? Ach, wie nötig hätte sie seinen Trost, seine überlegen behutsame Art, ihren Klagen zu widersprechen, sie aufzurichten und ihr Ratschläge zu geben, wie in seinem letzten Brief:

»Wer sich die Musik erkiest, hat ein herrlich Gut gewonnen«, hatte er einen Vers zitiert. »Wer wie Sie die Gabe besitzt, die Musik als Lebenselixier zu erkennen, der kann niemals wirklich unglücklich und verlassen sein. Die Musik ist die wahre Lebensbegleiterin, sie trauert mit uns und ist mit uns vergnügt. Es gibt keinen besseren Seelentröster als sie.«

Wie glücklich wäre sie mit einem Menschen wie Humperdinck geworden! Wie verblendet war sie, den reichen Herrn von Poschinger zu nehmen, wie verblendet! Die Eltern hatten sich großzügige Unterstützung von ihm erhofft, doch er war boshaft genug, Juliane stets daran zu erinnern, dass er ihr, der Gattin, ja eine Morgengabe in Höhe von 100 000 Mark geschenkt hatte. »Mit diesem Geld kannst du deine Eltern unterstützen, wie es dir gefällt.« Doch das kam für sie nicht in Frage. Wusste sie denn, ob sie das Geld nicht eines Tages bitter nötig brauchen würde? Eine Scheidung kam zwar, solange sie nicht einwilligte, kaum in Frage. Trotzdem – wer kannte schon die Winkelzüge der Advokaten?

Und so saß sie da, in diesem gottverlassenen Nest in einem goldenen Käfig, und hatte nicht einmal den Mut auszufliegen in die andere, bessere Welt, diesseits des düsteren Waldes, in eine Welt, an die sie gewöhnt war.

Sie fuhr zwar nach München, wagte es jedoch nicht, sich mit Humperdinck zu treffen. Ihr Anwalt hatte dringend geraten, nicht das Geringste zu tun, was Ferdinand zu einer Klage ausnützen konnte. »Ihr Mann hat großen Einfluss, vergessen Sie das nicht.«

Sie stand auf, ging hinüber ins Musikzimmer, setzte sich an den dunkel glänzenden Flügel, und Ferdinand hörte in seinem Zimmer von fernher Julianes Spiel. Er hielt sich die Ohren zu und stöhnte: Warum bin ich nur nicht droben geblieben in Spiegelhütte?

Da öffnete sich behutsam die Tür, Rosalie trat näher. »Braucht der Herr noch etwas?«, fragte sie leise.

»Ja«, sagte er rau. »Komm her!«

Des Tobias merkwürdige Wandlung hielt auch am nächsten und übernächsten Tag an – zur großen Verwunderung der Thekla. Ausgelöst wurde sie in dem rauen Burschen lediglich durch wenige Augenblicke – ja, durch das »Geschau« der Thekla in der Nacht im Stall, als sie ihn anstarrte, als wäre er der Leibhaftige selber, ein Ungeheuer, ein Unmensch. Das blanke Entsetzen stand in ihren Augen, so als fürchte sie, er werde sie im nächsten Moment anfallen und umbringen. Wie konnte sie vor ihm nur solch grässliche Angst haben! Dass ihn ein Mensch so fürchten konnte, dazu einer, den er doch liebte, was er auch immer unter diesem Wort verstand, das war für ihn geradezu ein Schock. Sie lebte ja an seiner Seite, kannte seinen Lebenswunsch, der doch nicht unehrenhaft war – ein Bauer, ein möglichst reicher Bauer zu werden. Ja, das wusste sie und suchte ihm durch ihre Sparsamkeit zum Erreichen dieses Zieles zu helfen. Alle anderen verspotteten ihn deswegen. Aber – er war doch kein bloßer Traummichel, er war ein intelligenter Bursche, das hatte er beim Viehhandel oft genug bewiesen. Und Herr von Poschinger musste ihm sein Gütl überschreiben, wenn er die vereinbarte Summe beisammen hatte. Wenn nicht, dachte er grimmig, wenn er sein Wort nicht hält, dann erschlag ich ihn. Ja, das war halt auch wieder einer seiner wilden, maßlosen Gedanken, eingegeben von seinem Jähzorn. Doch seit der Nacht im Stall dachte er auch weiter: Erschlag ich ihn, verhilft mir das nicht zum eigenen Hof. Da komme ich höchstens ins Gefängnis ...

Solche Überlegungen, die nun über Tobias' Jähzorn hinausgingen, waren aber nur ein Nebenprodukt seiner Wandlung – in der Hauptsache hatte der junge Mann erkannt, dass zwischen ihm und der Thekla bisher etwas schiefgelaufen war. Im Grund seiner Seele sehnte auch er sich, wie jeder Mensch, nach Liebe, danach, dass die Thekla sich wünschte, er werde gesund bleiben und möglichst lange leben. Aber eine Frau, die solche Angst vor ihm zeigte, so eine, die wünschte doch, dass sie von ihm bald befreit, er in die Grube fahren möge! Wie ein Blitz war dem Tobias diese Erkenntnis gekommen. Nein, sie sollte ihn nicht fürchten und hassen, sie sollte ihn lieben. Wie seine Schwester Marei ihren wilden schwarzen Peter liebte, der gewiss nicht besser war als er, der Tobias. Ja, so sollte es sein.

Und wenn er bei seiner Arbeit in der Hütte war, sein Glas zog und dabei Zeit zum Nachdenken hatte, so überlegte er, wie er es anstellen könnte, dass er sein Weib zum Lieben bringt.

Sie war anders als die sanfte Marei, das bedeutete aber nichts – sah er doch, wie liebevoll sie mit dem kleinen Franzl umging, mit der Katze auf der Ofenbank, ja sogar mit den Pflanzen im Hausgarten. So sollte sie auch für ihn, ihren angetrauten Ehemann, empfinden!

Und da der Tobias in allem, was er wünschte und wollte, hartnäckig und von glühendem Eifer getrieben war, gelang es ihm nach einiger Zeit, durch sein Freundlichsein und seine Geduld auch in Theklas hellen Augen den Schimmer der Liebe und Zuneigung zu wecken. Damit begann im Haslinger-Hof eine gute Zeit ...

Seit Ferdinand nach so vielen Jahren tiefer seelischer Einsamkeit in Betty Schwarzenfeld eine Freundin gefunden hatte – eine Freundin im engen Wortsinn –, liebte er das Leben wieder.

Er war musikalisch, wenn auch nicht in dem außerordentlichen Maße wie seine Frau. Aber er hatte seinem Vetter zu Frauenau den Jäger-Toni abgeworben. Dieser wahre Virtuose auf der Zither spielte ihm, wann immer er es wünschte, zu den G'sangeln der Freunde auf. Seine Freunde, das waren neben Theodor die Jäger und Forstgehilfen, der Forstmeister und der Lehrer, eine Männerrunde also, in der sich freilich öfter ganz ungeniert, aber doch gern gelitten, Betty einfand. Saß man dann im Schachtenhaus beisammen, griff der Toni in die Saiten seiner Zither und spielte die Stückln, die der Herr wünschte. War Betty dabei, bestand das Repertoire aus sehnsüchtigen Liebesliedern, meist von jenem Hermann Löns, den Ferdinand besonders schätzte.

War man ohne Dame unter sich, schmetterten die Herren deftigere Lieder. Heute war Betty dabei, saß abseits am Kachelofen und stand nur hin und wieder wie eine brave Schankdirn auf, um eine neue Flasche auf den Tisch zu stellen. In Bayern ging das Wort um: »Sitzen drei Waldler zusammen, dann singen sie vierstimmig.« Ein Kompliment für die besondere Musikalität dieses Menschenschlages.

»Mein Bruder hat mir ein neues Lied von unserem Löns geschickt. Wollt ihr es hören?«

Natürlich wollte man, und Ferdinand begann mit seiner sonoren Stimme:

Was ist das für ein süßer Schall,
was singst du mir, Frau Nachtigall?
»Ich sing von einer Lilie fein,
die stehet in dem Garten dein.«
Und steht sie in dem Garten mein,
so soll sie bald gebrochen sein.
»Und wenn sie schon ein andrer brach –
und brach sie dir vor Tau und Tag?«
Und kann es nicht die Lilie sein,
so brech ich mir ein Röselein.
»Es sollt doch eine Lilie sein,
was soll dir dann ein Röselein?«
Frau Nachtigall, Frau Nachtigall,
was singst du mir so bittren Schall?
»Ich singe, wie der Wind wohl weht,
ich sing, wie mir der Schnabel steht.«

Ferdinand schloss mit einem ironischen Tremolo. Man klatschte Beifall und Betty sagte:

»Was ist der gute Löns doch für ein Schlimmer! Posaunt all sein Wohl und Wehe in die Welt hinaus.«

»Und spricht damit so manchem Sprachlosen aus der Seele«, konterte Ferdinand.

»Aber Ihnen doch nicht, Herr von Poschinger, Sie sind doch kein Sprachloser. Oder« – Betty wandte sich an die Herrenrunde – »ist er es etwa, ein Sprachloser?«

Einer antwortete in hintersinniger Weinlaune: »Wer weiß, gnä' Frau? In manchen Dingen wird auch ein Beredter sprachlos.«

Ferdinand hätte mit Betty gern weiter die Klinge gekreuzt, doch da erhob sich der Jäger-Toni, dem die »preißischen Liadln« nicht so recht »schmeckten«, und schmetterte ein gleichartiges waldlerischer G'sangl in die Tischrunde:

*I war net recht munter,
aber aa net im Schlaf,
stand 's Dirndl neben meiner,
so liebli und brav.
Was willst denn, mei Dirndl,
draußen weht ja der Wind,
schlupf eini in mei Federbett,
schlupf eini geschwind.*
»*Im Federbett, mei Lieber,
da beißn mi' die Flöh,
aber draußen im Wald
singen Vögerln in der Höh.
Im Wald, da ist's staad,
schaut nur der Kuckuck uns zu,
im Wald könnt i lieben in Frieden und Ruh.*«

Auf dem Heimweg meinte der Förster zum Lehrer: »Da kenne sich einer mit der Frau Betty und dem Herrn aus! Dass er sie liebt, das sieht ja ein Blinder.«

»Zur Liebe gehören allerweil zwei«, erwiderte der Lehrer mit schwerer Zunge. »Und ich mein, die Frau Betty ist stark für zwei.«

Stark? War sie es wirklich in so hohem Maß, wie es eine so komplizierte Situation erforderte? Ein Gedanke half ihr über die liebeerfüllten Anfechtungen hinweg: Es gelang ihr, in Ferdinand den leiblichen Bruder zu sehen. Und einmal, während eines Gesprächs, sagte Ferdinand zusammenhanglos: »Was wärst du mir für ein liebes Schwesterlein!«

Spürte er ihre Gedanken? Akzeptierte er sie? Da man schon seit längerem über »Gefühle« nicht mehr miteinander sprach – aus Sorge, sie könnten über ihnen zusammenschlagen –, wurde auch über »Geschwisterliebe« nicht gesprochen.

Wenn Ferdinand seiner Frau zufällig begegnete, bedrückte ihn dies immer noch so, dass seine Schaffenskraft tagelang wie gelähmt war. Erst in Bettys Nähe fühlte er sich wieder wohl. »Wenn Gedanken töten könnten, dann wäre ich längst ein toter Mann«, sagte er zu Betty.

»Ach, das bildest du dir nur ein, mein Lieber. Juliane hat anderes im Kopf. Ihre Musik vor allem. Und die macht nicht rachsüchtig, sondern duldsam und friedlich.«

Ferdinand glaubte es anders zu wissen.

Betty war heiter und glücklich. Alle Augenblicke lief sie hinüber in die Glashütte, erklärte ihre Entwürfe den Glasveredlern, fühlte sich ihnen freundschaftlich verbunden. Sie gab Freundschaft und bekam sie in reichem Maß zurück. Theodor war stolz auf diese Frau, Ferdinand nicht minder.

Immer noch hielt die Dreieinigkeitsfreundschaft, Ferdinand war vorsichtig geworden, vermied alles, was sie aufs Spiel setzen konnte ...

Betty saß auf ihrem Lieblingsplatz im Erker der Villa und sah hinüber zum Arber, dem König der Bayerwaldberge. Und sie erinnerte sich an jenen Nachmittag vor Jahren, als Ferdinand sie zum ersten Mal zu der Bergwiese geführt hatte.

»Schau dich um, Betty, hierher möchte ich unser Haus bauen.« Und sie hatte sich umgeschaut. Einen schöneren Platz gab es nicht auf Gottes Erdboden. Das sagte sie ihm auch. Jetzt stand das Haus und war ihr, Theodor und Ferdinand Heimat.

Während der Weihnachtsferien war Günther, nach Mareis eindringlichen Vorhaltungen, nach Spiegelhütte gegangen, um den Vater zu besuchen; und wartete jetzt in Bettys Salon auf ihn. Betty servierte Tee, saß neben ihm und plauderte.

Sie betrachtete den Jungherrn von Buchenau: ein hübscher, feingliedriger junger Mann mit Julianes Gesichtszügen, und mit Ferdinands hellen Augen, die freilich stets unsicher und sanft blickten, denen Ferdinands Schärfe fehlte. Ob das Güntherle, wie seine Mutter ihn immer noch nannte, wohl jemals in Zorn und Wut geraten konnte? Aber war er als Mensch deshalb nicht eher wertvoller als sein Erzeuger mit seinem Jähzorn und dem kühlen Späherblick?

Bei dieser Überlegung beschlich Betty eine Art schlimme Vorahnung. Was sollte aus Buchenau werden mit diesem unentschlossenen, weichherzigen Herrn? Vor kurzem hatte Ferdinand müde und melancholisch wiederholt, was er schon so oft zu ihr gesagt hatte: »Wofür schufte ich eigentlich, meine Herzensdame? Für dich würde ich die Sterne vom Himmel holen. Aber das tut für dich ja ein anderer. Du wirst es erleben, am Ende meiner letzten Tage werde ich mit leeren Händen dastehen.«

Sie hatte ihn mütterlich umarmt, ihn gestreichelt und beruhigend auf ihn eingesprochen.

»Kraul mich weiter, sagte der Bär«, verlangte er mit den Worten eines Märchens. Sie tat ihm den Willen.

Die Begegnung zwischen Vater und Sohn verlief friedlich und höflich ...

Wenn der Günther dem Annerl einen Brief aus München schrieb, erfuhr es, dank Philomena, sogleich das ganze Dorf, einschließlich Juliane. Die Marei diente immer noch im Schloss, und das Annerl, inzwischen eine bildhübsche Fünfzehnjährige, ging ihr oft zur Hand. Der Herrin aber war das Annerl ein Dorn im Auge – zu oft fragte das Bübsche nach ihr, wenn sie ihn besuchte, zu oft trug er ihr, der Mama, Grüße für sie auf. Ja, er hatte sogar ein Bild von ihr in seiner Westentasche. Wohin sollte das führen? Sicher, die beiden waren noch halbe Kinder, aber gerade solche Liebeleien hielten oft besonders dauerhaft und fest, wenn man nicht den Anfängen wehrte.

Zum Peter, mit dem sie immer noch musizierte, sagte Juliane deshalb eines Tages: »Du solltest das Annerl irgendwohin in die Lehre geben, als Schneiderin vielleicht. Sie ist recht geschickt und meine Schneiderin in Deggendorf sucht ein Lehrmädchen.«

»Das Annerl bleibt daheim«, erwiderte der Peter kurz.

Aber er dachte über die Sache nach, denn ihn bewegten ähnliche Sorgen wie die Herrin, nur in eine andere Richtung. Sein Lehrbub Edwin steckte seiner Meinung nach viel zu viel mit der Tochter zusammen. »Wie eine Klettn hängt er sich an sie«, räsonierte der Peter. Und schalt weiter, dass der Edwin keinerlei Geschick zum Glasbläser hatte. »Selbiges muss einem eben angeboren sein. Und wo sollt's denn der Bub herhaben? Von seiner Mutter? Außer mit Stallmist umgehen kann die noch nix. Und sein Vater zu Lalling? Ein Bauer mit groben Pratzen.«

Je mehr der Vater schimpfte, desto freundlicher war das Annerl dem Angegriffenen gegenüber. Und der brauchte ihren Zuspruch – er sehnte sich nach der Bauernarbeit zurück.

»Aber warum denn?«, wunderte sich Annerl.

Und da wusste der Edwin auf einmal zu erzählen, vom Sonnenaufgang in der Morgenfrühe – »Da meinst, du bist der einzige Mensch weit und breit auf der Welt. Nur das Ross schnauft neben dir ... Und wenn alles so wachst aus dem Boden heraus, mit jedem Tag mehr, und dann Körndln ansetzt ...«

»Und der Hagel dann dreinschlagt, ja, ja, das ist halt dann eine besondere Freud für dich, gelt?«, spottete das Annerl. »Ein Bauer ist dem lieben Gott sein dummer Knecht. Zuerst lasst er alles schön wachsen und blühn, und wenn es so weit ist, dann straft der Herrgott ihn, den dummen, fleißigen Knecht, und haut ihm alles zsamm.«

Der Edwin schaute entsetzt. Und hatte plötzlich die dumpfe Erkenntnis, dass der Apfel nicht weit vom Stamm fällt, also das Glasmacherdirndl nicht weit vom aufsässigen Glasmacher.

Aber da lachte sie schon und rief: »Gehn wir halt zum Herrn. Er soll dir eine Stellung auf dem Gut geben.«

Das tat Ferdinand auch. Er sah den jungen Edwin freundlich an. »Du wärst gern ein Bauer, sagte mir das Annerl. Ich brauch auch solche Leute. Melde dich beim alten Alis als sein Gehilfe.«

Alis war der Schäfer, und Ferdinands Schafzucht war weit im Land berühmt.

So wurde also der Edwin ein Schäfer und war glücklich. Dem Peter passte das ganz und gar nicht, denn das Annerl war jetzt noch weit weniger daheim als früher. Da erinnerte er sich ernsthaft an Julianes Vorschlag und sah sich in Deggendorf und anderwärts unauffällig nach einer Stellung für die Tochter um.

Doch so unauffällig, wie er dachte, war das nicht. Das Annerl spannte seine Absichten. Aber sie ließ sich nicht einfach irgendwohin verschicken – sie ging, wohin sie wollte. Der Peter schlich mit seinen Vorschlägen wie die Katze um den heißen Brei herum. Und da ließ das Annerl – um im Bild zu bleiben – ihrerseits die Katze aus dem Sack. Elisabeth von Poschinger, Albrechts Mutter in Landshut, hatte ihr den Vorschlag gemacht zu ihr zu kommen. »Nicht als Dienstmadl, als eine Art Haustöchterl, Annerl. Seit der Albrecht in München studiert, bin ich halt viel allein, weißt.«

Landshut war eine schöne, große Stadt und das Annerl hatte zunächst viel zu schauen, viel zu lernen. Da waren viele wie sie vom Land in die Stadt gegangen, Hausweber vor allem, junge Weber, die arbeitslos waren, weil die Maschinen in den Fabriken dreimal so schnell arbeiteten wie die Weber auf ihrem Handwebstuhl.

Auch im Waldland ging die Not um, zwar nicht in Buchenau unter dem Patronat des Hüttenherrn, aber anderswo im Wald herrschte bittere, hoffnungslose Armut, in den Weberdörfern vor allem. Einige der Arbeitslosen gingen als schlecht bezahlte Fabrikarbeiter in die Stadt, andere zog es über das große Wasser nach Amerika.

Ferdinand, dem ja nicht nur sein Dorf, dem das ganze Waldland am Herzen lag, sah diese Entwicklung mit großer Sorge. Sogar seine an sich zufriedenen Glasmacher liebäugelten mit dem Auswandern, wusste man doch von diesem und jenem Verwandten, der drüben im Gelobten Land sein Glück gemacht hatte.

Dann aber war sozusagen mit einem Paukenschlag alle Auswanderlust und alles Fernweh vorbei: Der Ausbruch des Ersten Weltkrieges zwang den Unruhigen, Abenteuerlustigen andere Wege auf, die zu den Fronten.

Das Annerl war immer noch in Landshut im Dienst und Günther besuchte sie regelmäßig. Sie gingen Arm in Arm durch eine blühende Lindenallee. Es war Maienzeit, die auch in der Stadt von Duft und Lieblichkeit erfüllt war, und das Annerl dachte an die alte Linde im Schlosspark, die jetzt sicher auch in Blüte stand. Günther in seinem hellgrauen Anzug mit breiter Krawatte, mit Strohhut und Stöckchen wirkte auf sie allzu wohl erzogen und lammfromm. Das ging ihr auf die Nerven und sie stichelte und neckte ihn immer kecker.

Das Herrebüble war ihrem losen Mundwerk nicht gewachsen. Aber es waren nicht nur kindische Plänkeleien, die die beiden austrugen, es ging auch oft um ernsthafte Dinge. Hauptthema waren die beiden Väter, der Hüttenherr und sein Erster Glasmacher Peter Fischer. Die Kinder der beiden erkannten viel deutlicher als alle anderen die Ähnlichkeit der beiden Männer.

»Siehst du«, sagte Günther jetzt, »dein Vater ist genauso tüchtig und gescheit wie mein Papa. Und warum ist der eine nur ein Glasmacher und der andere ein Herr? Daran ist allein die Ungerechtigkeit der Bourgeoisie schuld. Die unterdrückt die Menschen, ihre Entfaltung, ihre Würde.«

Das Annerl widersprach spöttisch: »Wenn mein Vater was will, dann kann den keiner unterdrücken, keiner.«

Günther strich resigniert die Segel, doch keinesfalls für alle Zeiten. »Du müsstest halt Bücher lesen, Annerl. Ich kann dir das alles nicht so gut erklären. Dann würdest du mich schon verstehen.« Er brachte ihr Bücher und Schriften, darunter solche von einem gewissen Karl Marx, die sie zwar las, aber nicht begriff. Doch kam Günther nicht mehr dazu, ihr den Inhalt zu erklären, er erhielt den Befehl zum Einrücken in des Königs Armee. Zum Glück, wie er sagte, zum 2. Schweren Reiterregiment. Vorher aber besuchte er noch die Eltern.

Die Mama war außer sich, sah ihren Sohn schon den Heldentod sterben, der Papa entnahm aufgeregt einer silbernen Schatulle die verschiedenen militärischen Ehrenzeichen der Vorfahren und sagte:

»Schau sie dir an, mein Sohn. Alle Besitzer der Orden haben brav ihre Pflicht für das Vaterland erfüllt. Und schau, das ist die Abschrift meines Gesuches im vorigen Jahr, als Freiwilliger einrücken zu dürfen. Ich bekam einen abschlägigen Bescheid.« Ferdinand schmunzelte. »Ich bin ihnen nicht mehr gut genug, weißt. Meine Augen sind ihnen zu schlecht, und mein Herz passt ihnen auch nicht. Aber nun springst ja du für mich in die Bresche. Ich bin stolz auf dich, mein Sohn.«

Günther, aufs Äußerste verlegen, antwortete nicht.

An diesem Tag geschah im Schloss zu Buchenau etwas Außergewöhnliches. Ferdinand saß an seinem Schreibtisch im Kontor, als ihm Rosalie aufgeregt die gnädige Frau meldete. Da trat Juliane auch schon ein, sagte steif:

»Grüß Gott, Ferdinand. Ich störe nur ungern, aber diesmal muss es sein. Du kannst doch nicht zulassen, dass Günther an die Front muss. Du hast doch Verbindungen. Er ist dein einziger Sohn, da gibt es Möglichkeiten ihn vom Kriegsdienst zu befreien. Du kannst es doch nicht zulassen, dass ihm etwas zustößt!« Ihre Hände nestelten nervös an einem Spitzentaschentuch.

»Bitte, nimm doch Platz«, erwiderte Ferdinand höflich. »Möchtest du einen Sherry? Er würde dir guttun.«

»Was soll das? Ich statte dir keinen Höflichkeitsbesuch ab, ich will keinen Sherry, sondern deine Antwort.«

»Oh bitte, meine Antwort ist nein.«

»Was sagst du da? Soll das heißen, dass du deinen Sohn in den Tod schicken willst?«

Er gab keine Antwort, zog seine Uhr, steckte sie wieder zurück, während Juliane zu beben begann. Er fürchtete eine ihrer Nervenkrisen und verließ mit einer gemurmelten Entschuldigung fluchtartig das Kontor.

An Bettys Seite brach es aus ihm heraus: »Wie hätte ich so etwas tun können, nachdem ich mich selbst als Freiwilliger gemeldet hab? Was sagst du dazu, Betty? Soll ich mir die Blöße geben und tatsächlich um die Freistellung Günthers betteln?«

»Ja«, erwiderte Betty. »Tu es und überlasse die Entscheidung anderen.«

11

Krieg – Fahnenflucht – Er war doch stark, ihr liebster Freund – »Es hat mir der Vater aus dem Fegfeuer gerufen« – Das Wunder

Die Entscheidung fiel zu Günthers Ungunsten aus – im dritten Kriegsjahr brauchte man jeden Kriegsdiensttauglichen.

Günther machte auch seiner Tante in Landshut die Aufwartung, jetzt schon als Fähnrich im 2. Schweren Reiterregiment. Elisabeth von Poschinger umarmte ihn mütterlich, wie sie auch ihren Sohn Albrecht umarmt hatte, als der vor vier Wochen eingerückt war, als Einjährig-Freiwilliger, und sagte fröhlich: »Viele kriegerische Lorbeeren wirst du nicht mehr ernten können, Günther. Jetzt dauert der Krieg schon drei Jahre. Ich bin sicher, Weihnachten seid ihr alle wieder daheim.«

Günther meinte höflich: »Sicher wirst du Recht haben, Tante«, und fragte dann, ob er mit dem Annerl spazieren gehen dürfe.

Natürlich durfte er. Man ging wieder durch die Lindenallee. Ihre Blüten waren längst verblüht, das Grün der Blätter hatte sich golden verfärbt. »Schau nur«, sagte Annerl, »lauter kleine, goldene Herzen!«

»Mir genügt das deine«, erwiderte er, sah sich schnell nach allen Seiten um und küsste sie. Sie wurde rot, schob ihr Käppchen wieder zurecht und flüsterte: »Aber Günther, vor allen Leuten!«

Wie ähnlich war das Annerl in diesem Augenblick ihrer Mutter, der Marei, wie ähnlich!

Als die Lindenallee in die belebte Straße einmündete, ging Günther wieder brav an ihrer Seite, sprach von den neuesten Vogelbüchern, von den unheimlichen Dorndrehern, deren mörderische Gewohnheiten er zu erforschen gedachte, von den barbarischen Lerchenfang-Methoden der schlimmen Italiener ...

Die Leute spazierten an ihnen vorbei und vor und hinter ihnen. Das war schade – sie hätte gern noch einmal Günthers Lippen auf den ihren gespürt. Aber von solchen Dingen war er schon wieder weit weg, redete von der unterdrückten Menschheit, von Armut und Elend und von der Notwendigkeit, den Menschen als ein helles Licht die Freiheit zu bringen.

Juliane hatte schon bald nach Günthers Einrücken einen Feldpostbrief aus Galizien erhalten: Es gehe ihm gut, sie seien in Stellung und rechneten mit dem Einsatz an der Front. Auf weitere Post wartete Juliane drei Wochen geduldig, nach dieser Zeit aber voll brennender Angst, die sich mit jeder Woche steigerte. Auch Ferdinand war in Sorge. Diesmal ließ er seine Verbindungen spielen, um zu erfahren, was an jenem Frontabschnitt vor sich ging.

Was er erfuhr, schmetterte den starken Mann nieder: Sein Sohn Günther sei während der ersten Feindberührung zu den Russen übergelaufen ...

Ferdinand schloss sich in sein Kontor ein, schlief nicht, aß nicht, ließ niemanden zu sich.

Während Juliane frohlockte: »Er lebt, er ist in Sicherheit, Gott sei gedankt«, und ihr stürmisches Klavierspiel bis ins Kontor drang, saß Ferdinand vor der offenen Schreibtischschublade und starrte auf das blanke Metall seiner Waffe. Nur sein Pflichtbewusstsein hinderte ihn, nach ihr zu greifen. Er stöhnte: »Was muss denn noch alles über mich hereinbrechen, großer Gott!«, und erschrak vor der eigenen Stimme. Das Telefon läutete, er hob nicht ab. Nach ein paar Minuten schrillte es wieder, er warf den Lodenfleck über die Muschel. Er saß da und fühlte nach der ersten bebenden Erregung nichts in sich, nichts als eine abgrundtiefe Leere. Wo bleibt Betty?, fragte er sich. Warum kommt sie nicht?

Sie war da. Natürlich war sie sofort ins Schloss gekommen, nein, nicht ins Schloss – da hätte sie Juliane begegnen können –, sie saß im Gärtnerhaus und ließ sich von Rosalie täglich berichten. Es war nichts Gutes, seit drei Tagen immer das Gleiche: Der Herr ließ niemanden ein, antwortete nicht, ließ das Telefon schrillen. Betty versuchte nicht bei ihm einzudringen. Sie wusste, was sie tat: Ferdinand sollte seinen schrecklichen Kummer allein und ungestört ausweinen können – ihr Mitleid würde ihm in diesem Augenblick nicht helfen. Er war doch stark, ihr liebster Freund, er brauchte nur etwas Zeit, dann würde er auch diesen Schicksalsschlag überwinden.

Doch darin irrte Betty. Ferdinand, der Patriot, dem Vaterlandsliebe und Pflichttreue die Grundpfeiler seines Lebens waren, er war unfähig, die Handlungsweise seines Sohnes zu begreifen. Er kam am vierten Tag aus dem Kontor, ein gebrochener Mensch mit wirrem grauen Haar. Betty stürzte ihm entgegen, umarmte ihn, küsste ihn – er ließ es sich gefallen, murmelte ein »Pardon, meine Liebe«, und bat: »Bring mich heim, Betty.«

Heim, das war das Haus auf der Bergwiese, daheim, das war die Nähe der Frau, die ihm schwesterliche Geliebte, Mutter und Vertraute war …

Daheim bemühte sich Theodor um den Freund. »Ferdl, du weißt doch gar nichts Näheres, weißt nicht, was sich dort an der Front abgespielt hat. Es muss nicht Fahnenflucht gewesen sein, vielleicht ist Günther einfach in Gefangenschaft geraten. Wir müssen erst die weiteren Berichte abwarten.«

Die waren aber eindeutig: Der Fähnrich Günther von Poschinger hatte auch seine Untergebenen zur Fahnenflucht zu überreden versucht, war dann aber allein mit einer weißen Fahne durch die Linien gelaufen, geschickt Deckung suchend, Deckung vor den Kugeln der eigenen Kameraden ...

Ist der Krieg wirklich der Vater aller Dinge, wie es ein griechischer Philosoph behauptete? Jedenfalls vieler schlimmen Dinge. Dem einen der »Geschwister« in Wesensart und Charakter, Ferdinand von Poschinger, nahm er seine Lebensgrundlage, Peter Fischer, dem Glasmacher, bot er eine neue. Jener Oberpfälzer Hüttenherr, der Peter vor einigen Jahren für seinen Betrieb hatte anwerben wollen, meldete sich wieder. Sein einziger Sohn sei gefallen, er brauche einen Hüttenmeister.

Der Herr saß in Peters Wohnstube. »Ich zahle dir das Doppelte, was du beim Poschinger verdienst.«

Peter sah ihn prüfend an. »Verkauft mir die Hütte«, sagte er. Er bekam ein Nein zur Antwort, doch nach einigen Wochen erhielt er einen Brief. Aus dem Nein des Hüttenherrn wurde ein neuer Vorschlag. »Du kannst mein Kompagnon werden. Und nach meinem Tod erbst du die Hütte.«

Peter las der Marei den Brief triumphierend vor, umhalste sie dann und lachte:

»Bald bist du eine Hüttenherrin, mein Täuberl, wie deine gnä' Frau.« Die Marei löste sich aus seiner Umarmung, hatte Tränen in den Augen, als sie sagte: »Wie könnt ich von hier fortgehen? Wer tät denn die

Gräber richten und für den Vater im Fegfeuer beten? Und am Grab vom Luiserl, das hat ohne Taufe hinübergehen müssen in die Verdammnis!«

Peter starrte sie an. »Hast noch mehr solchen Schmarrn in deinem Hirnkastl?«, fragte er grob. »Meinst, ich lass wegen so was mein Glück fahren?«

Seine Frau antwortete nicht, blieb stumm, tat stumm ihre Pflicht, redete auch nur das Nötigste, wenn sie im Schloss war.

Peter tat, als merkte er die Veränderung nicht, stand in eifrigen Verhandlungen mit dem Firmiansreuther Hüttenherrn. War er daheim, tat er alles, um der stummen Marei zu gefallen: Im Hof hatte er das Winterholz klein gehackt, den Zaun ausgebessert, vier neue Holzlöffel geschnitzt, zwei gute Besen gebunden – kurz, er war ein Musterehemann.

Gerade war die Marei mit dem Ausbacken von Schmalznudeln beschäftigt und wollte den Tiegel vom Herdloch heben, weil das Fett zu heiß geworden war, da hörte sie einen Ruf. Es rief jemand wie von ferher: »Marei«, rief es. Und noch einmal: »Marei!« Sie wandte sich tief erschrocken um – da schwappte das Fett über, hinein ins Herdfeuer. Eine Stichflamme schoss meterhoch auf – entsetzt wollte sie die Platte über die offene Feuerstelle schieben, da fing ihr Ärmel Feuer, zugleich das Kleid, die Haare. Als lebende Fackel lief die Marei nach draußen. Die Zugluft verstärkte die Flammen. Vor dem Wassergrand brach sie zusammen.

So fand sie Peter Augenblicke später, hob die wild Schreiende hoch. Die Flammen ergriffen sein Hemd. Er senkte seine brennende Last ins Wasser des Brunnentroges.

Die Stadlerin kam angekeucht, fand die triefend Nasse auf dem Strohsack und schalt außer sich: »Das bringt ihr den Tod, du Damian! Brand und darauf Wasser, das ist reines Gift. Heilige Mutter Anna, wo war denn dein Verstand!«

Peter hörte nichts, er kniete neben Mareis Bettstatt. »Mach die Augen auf«, flehte er bebend.

Da sah sie ihn an und flüsterte kaum hörbar: »Es hat mich der Vater aus dem Fegfeuer angerufen.«

»Net der Vater, ich war's, Marei, ich! Hab dir doch nur sagen wollen, dass ich zum Schmied muss, weil mir die Hacke zersprungen ist. Ich war's, Marei, sonst niemand!«

Die Stadlerin zog den Jammernden beiseite, schnitt der Marei die nassen Kleider vom Leib, sah die schrecklichen Brandwunden und bekreuzigte sich.

Auch später der Arzt stand mit ernster Miene an Mareis Bett. »Da gibt's keine Hilfe mehr, Herr Fischer, es tut mir sehr leid. Noch drei Tage gebe ich ihr, dann nimmt ihr der Stickfluss den Lebensatem.«

Die Philomena verbreitete es im Dorf: »Die Marei liegt auf den Tod.« Und murmelte: »Sie wird durch das Feuer sterben, wie es sich ihr schon als Kind angezeigt hat.«

In Mareis Kammer gab ein Krankenbesuch dem anderen mit gut gemeinten Ratschlägen die Klinke in die Hand. Auch Betty kam und setzte sich an ihr Bett.

»Marei, du musst wieder gesund werden«, sagte sie eindringlich, »sonst hast du deinen Mann auf dem Gewissen. Schau ihn nur an.«

Ja, der Peter sah aus wie der Tod, das sagten die Leute einander: leichenblass, mit wirren schwarzen Bartstoppeln, die Augen in tiefen Höhlen. »Ich möcht ja«, erwiderte die Marei schwach, »ich möcht ja leben.«

Die Stadlerin legte grünen Wegerich auf die verbrannte Haut, immer wieder, die Weiber konnten nicht genug Kräuter heranschaffen. Tag und Nacht wachten der Peter und die alte Frau an Mareis Bett. Am dritten Morgen zündete die Stadlerin zu Häupten Mareis zwei Kerzen an. Aus Landshut heimkehrend traf so das Annerl die Mutter, stürzte an ihr Bett, weinte und schrie: »Was machst denn du, Mutter! Was tust denn du uns an! Ich bitt dich, Mutterl, werd wieder gesund.«

Die Marei schüttelte kaum merklich den Kopf – es ging ihr nicht gut.

Doch sie überstand die Krisis, überstand diese dritte Nacht. Am Morgen verlangte sie nach einer Schale Milch und einem Stück Brot. Das Annerl strahlte vor Glück, sie schrie dem Vater zu: »Es geht der Mutter besser. Hunger hat sie, Vater.«

Der Arzt kam. »Das ist mir unbegreiflich, das ist wie ein Wunder«, sagte er kopfschüttelnd.

Nach ein paar Wochen konnte die Marei wieder ihrer Arbeit nachgehen. Von der Glashütte in der Oberpfalz war nicht mehr die Rede.

In Landshut blühten wieder die Linden, und das Annerl sagte zu einem jungen Mann an ihrer Seite: »Die Linden riechen wie damals im Schlosspark. Hab halt doch oft Sehnsucht nach Buchenau.«

Es war nicht Günther, an dessen Arm das Annerl heute spazieren ging, es war Edwin. Und wie er so, das Annerl am Arm, durch die schöne Stadt Landshut schlenderte, in schmucker Uniform, denn natürlich war auch der Edwin Soldat, da stand in seinem treuherzigen Blick zum ersten Mal jener Stolz, den sein Vater, der Zitzelsberger zu Lalling, immer zur Schau getragen hatte:

Bauernstolz. Beim Edwin freilich gemischt mit nicht geringer Angst vor der Zukunft als Soldat. Deswegen war er ja auch noch einmal zu ihr nach Landshut gekommen, seine Seelennot war der Hauptgrund dieses unverhofften Wiedersehens. Das spürte das Annerl, versuchte den Jugendfreund aufzuheitern und lenkte jetzt die Schritte zu einer Schänke, aus der fröhliche Tanzmusik dröhnte.

Auf einem Podium tanzten die Paare, meist Soldaten mit ihren Mädchen, Bürgerstöchtern, aber auch Dienstmädchen, sonntäglich herausgeputzt. Auch Edwin und das Annerl drehten sich zur flotten Polka. »Ist mir der Rock zu eng«, entschuldigte sie sich, als ihr während des Tanzens ein übermütiger Sprung misslungen war. Sie wäre gestürzt, wenn Edwin sie nicht aufgefangen hätte. Sie lag an seiner Brust und ihr war ein paar Augenblicke lang recht wohl zumute ...

Später zeigte ihr Edwin sein Zimmer im ersten Stock des Gasthauses »Zum wilden Mann«. Es war eher ärmlich, doch über dem Bett mit dem zerkratzten dunklen Lack schwebte auf einem Bild ein Schutzengel über einem brausenden Wasserfall und einem Kind, das auf einem Brückensteg ohne Geländer so einfach dahinwandelte. Ein schönes Bild, fand das Annerl, und betrachtete es lange.

»Wie man nur so schön malen kann! Jedes Federl auf dem Flügel kannst erkennen«, und der Wein machte sie glucksen: »Ist so ein Schutzengerl eigentlich auch ein Vogerl, weil's doch fliegen kann? Könnt ich den Günther fragen, was er dazu meint.«

Das aber interessierte den Edwin nicht. Er umarmte das Annerl – in den vier Wänden mutig geworden – mit festen Armen und suchte geschickt ihren Mund ...
Die Frau Baronin sagte, als der Edwin wieder fort war:

»Annerl, du hast im Edwin einen wirklich hübschen und anständigen Verehrer gefunden. Weißt du, er passt viel besser zu dir als Günther.« Jaja, das war aber die Frage, die das Annerl Tag und Nacht bewegte. Wer wohl besser zu ihr »passte«.

»Verzeihung, gnä' Frau, ein Einschreiben. Der Bote wartet.«

Juliane unterschrieb. Unbehagen stieg in ihr auf – der Brief kam vom Gericht. Hastig riss sie den Umschlag auf, las einmal und ein weiteres Mal. Die Fröhlich sah, wie ihre Herrin blass, dann rot wurde, wie sie nach einem Halt griff. »Was ist denn, gnä' Frau?«

Juliane antwortete nicht und sank ihr ohnmächtig in die Arme. Allzu herzlich war das Verhältnis zwischen den beiden Mainzerinnen nicht. Während sich das Stubenmädchen um die Gnädige auf dem Sofa bemühte, las die Fröhlich den ominösen Brief. Und traute ihren neugierigen Augen nicht: Da stand, in nüchternem, umständlichem Amtsdeutsch, dass Günther Ferdinand Karl Christian Ritter von Poschinger, nach dem Todesurteil des Kriegsgerichts wegen Fahnenflucht, auf Antrag des künftigen Erblassers Ferdinand Karl Benedikt Ritter von Poschinger für erbunwürdig erklärt worden war.

Als Juliane aus ihrer Ohnmacht erwachte, schäumte sie vor Zorn und Entsetzen. Von dem Todesurteil, gefällt in Abwesenheit des Delinquenten, hatte sie gewusst und es hatte sie nicht gestört. Günther war ja im Kaukasus in Sicherheit. Sie hatte über das Rote Kreuz Nachricht von ihm, stand mit ihm in Briefwechsel. Es ging ihm gut, er studierte in Tiflis Ornithologie.
»Wenn der Krieg vorbei ist – lang wird es nicht mehr dauern –, dann besuchst du mich, Mama.«

Sie war also mit ihrem Los durchaus zufrieden – und nun so etwas! Juliane tat alles, die Erbunwürdigkeitserklärung außer Kraft zu setzen – ohne Erfolg.

In dieser Zeit lebte Ferdinand wieder auf – er hatte eine Schlacht gewonnen, alle die Poschinger auf den Gütern in der Umgebung gratulierten ihm. Er machte ein neues Testament und setzte seinen Schwager, Rittmeister Wilhelm von Poschinger auf Schloss Pullach, zum neuen Erben ein. Er war der Mann von Ferdinands Lieblingsschwester Emma, die zufällig wieder einen Poschinger geheiratet hatte, eben den künftigen Erben Wilhelm.

Die Gewissheit, dass sein Lebenswerk aller menschlichen Voraussicht nach in gute Hände kommen würde, ließ Ferdinand weiter planen. Für eine Zukunft nach der Stunde null, nach Beendigung des Krieges.

Dieses Ende kam und brachte dem Land die Inflation, eine geradezu unvorstellbare Geldentwertung. Während zahllose Betriebe in diesem Geldstrudel untergingen, überstand ihn die Buchenauer Hütte erstaunlich gut.

In Landshut betreute das Annerl immer noch fürsorglich die Baronin von Poschinger. Albrecht, ihr Sohn, war aus dem Krieg nicht mehr heimgekommen. Über dem schönen Haus lag schwer lastend die Trauer, erstickte alles Lachen, auch Annerls Lachen und Jungsein. Günther hatte auch ihr geschrieben, er lebte immer noch im Kaukasus, wusste von der Erbunwürdigkeitserklärung und lachte darüber. »Hätte ich das Gut geerbt, hätte ich sowieso eine Kolchose daraus gemacht ...« Was eine Kolchose war, wusste das Annerl nicht, auch die Frau Baronin wusste es nicht.

In den folgenden Jahren wurden Günthers Briefe seltener. Man schrieb nun schon das Jahr 1924. Für die Buchenauer Hütte war es ein gutes Jahr. Die alte Philomena trug es von Haus zu Haus: »Die gnä' Frau schickt dem Günther Geld, viel Geld, versteckt in Warensendungen für Russland.« Das stimmte. Und in jedem ihrer Briefe beschwor Juliane den Empfänger, seinen Briefwechsel mit der Anna Fischer in Landshut endlich einzustellen.

Dem Annerl hatte es Spaß gemacht, die gnä' Frau wissen zu lassen, wie oft das Bübsche ihr schrieb. Dann wurden seine Briefe seltener und blieben schließlich ganz aus. Ein von heimlicher Liebe erfüllter Briefwechsel schien zu Ende.

Das war zu einer Zeit, als die Frau Baronin überlegte, ob sie nicht in ein adeliges Damenstift eintreten solle. Es war dort gerade ein Platz vakant geworden.

Den armen Edwin hatte es auch erwischt – er war in russische Kriegsgefangenschaft geraten, war also, wie der Herrensohn, im Reich der Bolschewiken. Er freilich durfte nicht schreiben, musste es vier Jahre dort aushalten unter sehr viel anderen Bedingungen als Günther. Als der Edwin endlich entlassen wurde, fuhr er als Erstes nicht heim nach Buchenau, sondern nach Landshut.

Er traf ein Annerl an, das sich äußerlich zwar wenig verändert hatte, das aber lange nicht mehr so gern lachte und spitze Bemerkungen machte wie früher. Es ging stumm an seiner Seite. Die Lindenallee war verschneit, es war kalt, der Schnee knirschte unter ihren Füßen. Gestern hatte die Baronin geseufzt:

»Wir haben keine Kohlen mehr im Keller. Jetzt wird es Zeit, dass ich in mein Stift gehe. Wenn du möchtest, Annerl, so werde ich dir dort einen Posten besorgen, als Stubenmädl vielleicht?«

Nein, heute, an Edwins Arm, war Annerl fest entschlossen, mit dem hohläugigen ehemaligen Kriegsgefangenen heimzukehren – nach Buchenau.

solche Eimer vom Dorfbrunnen zum Haus getragen. Ob dem zornigen Mann an der Kammertür eine ähnliche Erinnerung kam? Sie sah ihn großäugig an, stumm. Nach einer kurzen Weile senkte der den Blick und wiederholte, was er damals gesagt hatte:

»Sollte man eurem Brunn abgewöhnen, das Einfrieren.«

Die Thekla blickte verständnislos, das Annerl wunderte sich, wie schnell des Vaters Donnergrollen vorbei war, denn seine Stimme war jetzt mild und friedlich. Eilig zog sie sich zurück.

Die Kälte hielt an. Das Annerl fror trotz des Federbetts in ihrer kalten Kammer und dachte sehnsüchtig an jemanden, der vermutlich genauso fror, allein in seinem Bett in der Kammer der Stadlerin. Der Wind heulte so heftig ums Haus, dass die Fensterläden laut klapperten. Aber war das wirklich allein der Wind? Es war eher ein rhythmisches Klopfen wie von jemandem, der Einlass begehrte. Sie lauschte in das Tosen des Windes und ihr war, als hörte sie darin ein Flüstern.

Hastig stand sie auf, schlug das Wolltuch um ihre Schultern, schlüpfte in die Holzpantoffeln und betrat den Flur. Die Kerze in ihrer Hand flackerte, und als sie die Haustür öffnete, fegte ein Windstoß herein, der die kleine Flamme auslöschte. Draußen lag ein fahler Schimmer über dem Schnee – der Mond schien. In seinem blassen Licht sah sie jetzt die Gestalt an ihrem Fenster.

»Edwin!«, rief sie leise, »ich bitt dich, was machst denn hier mitten in der Nacht und in der Kältn?«

Er trat stumm auf sie zu und umarmte sie. »Ich halt's nimmer aus ohne dich«, flüsterte er an ihrem

Ohr kaum verständlich, so als schämte er sich. »Ich bitt dich, lass mich zu dir. Ich bitt dich recht schön, Annerl!«

Das aber war unmöglich, des Vaters unberechenbarer Zorn stand dem entgegen. Sie drängte: »Komm, Edwin, wir gehen zu dir. Komm doch, mich friert.«

Dann liefen sie Hand in Hand so schnell, dass sie ihren Holzschuh verlor. Er kroch im Schnee herum, ihn zu ertasten, fand ihn schließlich und verstaute ihn im Janker. Dann hob er sie hoch, drückte sie an sich und trug sie die letzten Schritte hinüber ins Stadlerhaus. Mit dem Ellenbogen stieß er die Tür auf und ließ das Annerl sanft auf die kalte Bettdecke gleiten. Sie fror, dass es sie beutelte. Aber nicht lange. Bald lag sie warm an seiner Seite, spürte seine Hand, und das herbe Annerl erkannte in diesen Augenblicken voll demütiger Dankbarkeit, wie nötig es eine zärtliche Hand, Liebe und Verlässlichkeit brauchte …

Ob der Herr von Poschinger dem Brautpaar würde die Ehre geben? Das fragte sich die Hochzeitsgesellschaft.

Nein, Ferdinand kam nicht. Das ärgerte das Annerl – es lachte und ärgerte sich jetzt wieder wie früher. Sie ging am nächsten Nachmittag hinauf nach Spiegelhütte, um den Herrn zur Rede zu stellen. Betty begrüßte sie verwundert und lächelte, als sie den Grund erfuhr, der das Annerl bei Schnee und Kälte heraufgeführt hatte. »Setz dich, Annerl, plaudern wir erst ein bisserl, bis der Herr herunterkommt. Es wird eine Weile dauern, er fühlt sich jetzt oft nicht recht wohl.«

Betty interessierte Annerls Verhältnis zu Günther, und ihr junger Besuch erzählte sehr freimütig. So erfuhr sie, dass Günther offensichtlich ein überzeugter Kommunist gewesen war. Das aber ließ doch den Schluss zu, dass er nicht aus Feigheit, dass er aus Idealismus zu den Bolschewiken übergelaufen war. Diese Erkenntnis würde für Ferdinand vielleicht manches ändern. Nahm er dem Sohn doch vor allem die Feigheit, die Kameraden im Stich gelassen zu haben, übel.

Ferdinand begrüßte das Annerl nicht ganz so mürrisch, wie er sich sonst zeigte.

Auf ihr vorwurfsvolles »Wir haben auf Euch gewartet, gnä' Herr« murmelte er eine Entschuldigung und sagte dann: »Ich brauche einen tüchtigen Schäfer, damit ich den alten Alis in Pension schicken kann. Das wollte ich deinem Bräutigam schon vorige Woche sagen.«

Das Annerl strahlte und bedankte sich gewandt. Ein Schäfer in Ferdinands Diensten war ein gemachter Mann, er hatte sein eigenes Hüttenhaus und ein gutes Auskommen ...

Bettys hoffnungsvoll vorgetragene neue Erkenntnis von Günthers Beweggründen zur Fahnenflucht beeindruckte Ferdinand nicht. Er saß mit grauem Gesicht in seinem Sessel, sah hinaus in die weiße Winterlandschaft und antwortete:

»Betty, jetzt ist für mich glücklicherweise die Zeit gekommen, dass mich ein Mensch mit Namen Günther nicht mehr interessiert. Freu dich darüber.«

Das konnte Betty nicht. Ferdinands Zustand erfüllte sie mit großer Sorge. Er war krank, wies aber ihre Bitte, einen Arzt zu konsultieren, weit von sich. »Helfen kann der mir auch nicht.«

Betty saß auf ihrem Lieblingsplatz im Erker und sah in die Weite. Den Arber inmitten seiner Hügelkette umwölkten dünne Nebelschleier, vom zarten, lichten Rötlichgrau der untergehenden blassen Wintersonne gefärbt. Violettblaue, tiefe Schatten warf der Waldsaum auf die weißen Wiesenhänge – eine fast körperlich spürbare Ruhe lag über diesem Bild, »Frieden und Ruh«, wie der Jäger-Toni in seinem Lied einmal den Wald besungen hatte.

Da hörte sie draußen das Mädchen: »Die gnä' Frau ist im Wohnzimmer.«

Es war in diesem Haus nicht üblich, dass sich ein Besuch erst anmelden lassen musste, also wartete Betty. Sie erschrak tief, als der Peter hastig eintrat. In seinem kurz geschnittenen Bart saß der Raureif. Er war atemlos und erregt.

»Der gnä' Herr«, sagte er, »es geht ihm net gut.«

Betty starrte ihn entsetzt an. »Ist er tot?«, fragte sie tonlos.

»Ja. Der Doktor war da. Das Herz –«

Als Betty vor dem Schloss eintraf, stand Juliane auf der Schwelle des Eingangs und verwehrte ihr den Eintritt.

»Sie werden dieses Haus, solange ich lebe, nie mehr betreten.«

Betty lief zum Hintereingang und stand dann vor Ferdinands Leiche. Er lag in seinem Bett. Sie beugte sich über ihn, Tränen tropften auf dieses jetzt so friedliche geliebte Gesicht. Sie hörte, wie jemand die Klinke draußen niederdrückte, die nicht nachgab, und hörte Julianes schrille Stimme: »Wer hat hier abgesperrt?«

Es war Anton gewesen, der seinem Herrn auf diese Weise ein letztes Beisammensein mit seiner geliebten Freundin ermöglichte ...

Nun überschlugen sich die Ereignisse. Ferdinand wurde in Frauenau in der Poschingerschen Famliengruft beigesetzt. Mit steinernem Gesicht stand Juliane am Grab, ihr gegenüber tief verschleiert Betty, neben ihr Theodor. Vergeblich hatte Juliane gefordert, der »Mätresse« Ferdinands den Zutritt zur Beerdigung zu verwehren.

Einige Tage später wurde Theodor von Juliane gekündigt und wieder einige Tage später übersiedelten die Schwarzenfelds nach Frauenau. Theodor übernahm dort die Stelle eines Hüttenmeisters.

Wie schnell vergeht ein Jahr. Und wie viel kann in so einem Zeitraum geschehen!

Tobias bebte vor Unruhe – die Philomena hatte im Dorf verkündet, der Gutshof solle geteilt werden und Bauernhöfe sollten daraus entstehen. Er kramte jenen Zettel aus der Truhe, der dort seit fünfzig Jahren sorgfältig verwahrt lag.

Dann stand ein vor Aufregung zitternder magerer Mensch mit der Mütze in der Hand vor dem staatlichen Vermögensverwalter, wies ihm ein lächerliches Schriftstück vor, in dem die Rede von einem kleinen Gütl war, das, gegen die Bezahlung von zwanzigtausend Gulden, aus dem Besitz des Herrn von Poschinger in den des Überbringers des Geldes übergehen sollte.

Aber es gab keine Gulden mehr und einen Besitzer mit Namen Poschinger auch nicht. Doch ein ärmlicher Dorfbewohner stand vor dem Herrn und versicherte ihm mit Tränen in den Augen, dass er ein Leben lang nichts anderes hatte sein wollen als ein Bauer.

Der fremde Herr notierte den Namen des Bittstellers und einige Wochen später war der Tobias Haslinger ein Landwirt, wie ein Bauer sich jetzt nannte.

Annerl erhielt einen Brief von Günther, in dem er sie bat, sich mit ihm in Markt Eisenstein, drüben in Böhmen, zu treffen. Böhmen gehörte nicht mehr zu Österreich, ein neuer Staat, die Tschechoslowakei, war entstanden, und Günther, dem in Bayern immer noch die Todesstrafe drohte, hatte sich auf ein paar Wochen in dem Dorf an der Grenze einquartiert. Das Annerl traf ihn im Dorfgasthof, wo er logierte. Ein Mensch, den sein abenteuerliches Leben gezeichnet hatte, saß ihr gegenüber. Er wirkte älter, als er war, wirkte schweigsam. Er sah sie mit dem hellen Blick seines Vaters an und sagte düster:

»Hättest du doch auf mich gewartet, mein Kind. Jetzt bist du die Frau meines Schäfers und hättest doch die Herrin sein können. Ja, ja, Ungeduld tut selten gut.«

Es war dem Annerl recht, dass er zu scherzen begann. Weniger recht war es ihr später, als Günther allen Ernstes verlangte, sie möge die Nacht bei ihm verbringen. »Als Herr von Buchenau steht mir doch das Brautrecht zu, wenn auch leider ein verspätetes«, spottete er und wollte sie in der Schankstube umfassen und küssen.

Das Annerl lachte zwar, wie sie auch früher gelacht hätte, hatte aber ein ungutes Gefühl dabei.

»Frech bist geworden, Bübsche«, sagte sie schnell. »Das wenn deine Mama hören würde! Sie hat dir sicher schon eine Hochzeiterin ausgesucht. Musst halt mit deinem Liebesdurst noch ein bisserl warten.«

Als er ihr verdrossen erklärte, er habe dazu keine Lust und habe lange genug auf sie gewartet, da raffte das Annerl ihre Handtasche an sich, rückte ihren modischen Hut zurecht und verabschiedete sich mit einem kurzen »B'hüt Gott, Güntherle.«

»Ich werde den Edwin entlassen!«, rief er ihr erbost nach.

Dazu kam es nicht. Denn Günther wurde nie Hütten- und Gutsherr auf Buchenau. Zwar hat ihn später eine Amnestie von der Todesstrafe wegen Fahnenflucht befreit, doch das Hüttengut Buchenau ging in dieser Zeit schon unweigerlich dem Niedergang entgegen. Juliane prozessierte gegen den von Ferdinand als Erben eingesetzten Rittmeister von Poschinger, der schließlich – um das Hüttengut nicht durch immer höhere Prozesskosten in den Ruin zu treiben – in einen Vergleich einwilligte. Die ihm vom Gericht zugestandene Summe wurde ihm nie ausbezahlt. Julianes neue Hüttendirektoren wirtschafteten in die eigene Tasche, wie es sich in Buchenau offen herumsprach. Das, trotz des Krieges, vor Ferdinands Tod noch kerngesunde Unternehmen wäre unter den Hammer gekommen, wenn Juliane sich nicht zum Verkauf entschlossen hätte. Käufer war der Staat. In der Dorfchronik kann man lesen:

»Am 20.12.1933 unterzeichnete Juliane von Poschinger die Verkaufsvollmacht. Der Entschluss fiel ihr schwer, da sie immer noch glaubte, Millionen zu besitzen, während die Verschuldung so groß war, dass ihr nichts verblieb. Sie starb ein Jahr später an Tuberkulose ...«, also an der Krankheit, vor der sie sich ein Leben lang gefürchtet hatte.

Günther lebte wieder in Russland, als Professor der Ornithologie. Von ihm erzählte die steinalte Philomena, er sei einmal einen Abend lang vor dem Schloss gesessen und hätte traurig hinübergesehen. Als der neue Besitzer kam, um ihn ins Haus seines Vaters zu laden, sei er verschwunden gewesen. Ob es wirklich so war oder ob die Philomena, inzwischen schon Traumgesichte mit der Wirklichkeit vermischend, nur eine Vision schilderte, das bleibt ungewiss ...

Mehrere Jahre waren vergangen. Der Herbst war wieder ins Land gekommen und nirgends war er schöner und prächtiger als im Walddorf. Rotbraun und golden leuchtete das Buchenlaub in der Abendsonne, die helle Kringel auf den dunklen Waldboden malte. Ein paar Kinder sammelten Bucheckern aus dem Moos in einem Säckchen, daraus wurde in der Pocher-Mühle Öl gepresst, denn es war wieder Krieg und Lebensmittel waren rar.

Jetzt kam eine Frau den Waldweg herauf. Ihr Schritt war jugendlich, auch wenn ihr Haar schon grau unter dem Kopftuch hervorsah.

»Ferdinand«, rief Marei, »wo bist denn, Bub?«

Der Kleine hatte sich im Unterholz versteckt. Und vor dem Auge seiner Großmutter tauchte eine Erinnerung auf: Sie sah das Herrensöhnchen Günther, wie es sich vor seinem Vater im Unterholz verkrochen hatte.

Günther war aus Russland heimgekehrt und hatte sie einmal besucht. Er lebte jetzt in Deggendorf und war mit einer hübschen, heiteren Kärntnerin verheiratet, die es verstand, ihrem schwermütigen Mann das Leben leicht zu machen. Voll Stolz hatte er seiner Amme den kleinen Sohn präsentiert. Er hieß wie sein Großvater: Ferdinand.

Dieser Name starb in Buchenau nicht aus. Er blieb lebendig, wie das Andenken an den armen reichen gnä' Herrn, der durch seine edlen Gläser Buchenau weithin bekannt und berühmt gemacht hatte. Die Dorfchronik bestätigt es:

»Ferdinand von Poschinger kann mit Fug und Recht als einer der ganz großen Hüttenherrn des Waldlandes bezeichnet werden ...«

Edwin hütete die Schafe nicht mehr selbst, zwei Hü-terbuben taten das für ihn, aber ein Schäfer war er geblieben. Sein Beruf hatte ihn wohlhabend gemacht

– die einstige Schafweide des Poschinger-Gutes gehörte nun ihm. Manchmal kamen zwar seine Schafe dem neuen Bauern Tobias Haslinger ins Gehege, doch der war ein guter, friedlicher Nachbar geworden. Es gibt zweierlei Armut: einmal eine fröhliche, wie die der Philomena. Ihr Herz war zufrieden mit dem, was der liebe Gott ihr zugeteilt hatte: ihre Neugier, die zu befriedigen ihre höchste Lust war, und ein bescheidenes, freundliches, zutunliches Gemüt. Und es gibt die andere Armut, die unzufriedene, die dem Tobias zu eigen war. Nun, da seine Lebenssehnsucht aber erfüllt war, wurde auch er ruhig und genauso zutunlich allen Menschen gegenüber wie die gute, steinalte Philomena.

So ging das Leben im einstigen Glasmacherdorf weiter. Die Glashütte verfiel, für sie hatte sich kein Käufer gefunden. Die Glasmacher wanderten zur Arbeit hinüber in die Frauenauer Hütte. Das Schloss Buchenau aber hatte einen neuen Besitzer, der das schöne Gebäude liebevoll pflegte …

An einem Neujahrsmorgen lud Theodor seine Frau zu einer Schlittenfahrt ein.
»Wohin eigentlich?«, fragte sie.
»Eine Fahrt ins Blaue, mein Schatz. Warte es ab.«
Die Schlittenglocken klingelten, der Schnee war fest, man kam schnell voran. Bald erkannte Betty, wohin die Fahrt ging. Unbehaglich fragte sie: »Du willst doch nicht etwa nach Spiegelhütte?« Sie war seit jener Vertreibung durch Juliane nie mehr an die Stätte so vieler Freuden, aber auch mancher Sorgen zurückgekehrt. »Du, das war keine gute Neujahrsidee.«

Er antwortete nicht. Dichter Raureif hatte die Landschaft verzaubert. In den Sträuchern am Weg leuchteten rot die Hagebutten, jeder Halm trug glitzerndes Geschmeide, das in der Sonne zu funkeln begann. Jetzt tauchte die Villa inmitten der Bergwiese auf, und Bettys Herz begann zu klopfen, sie spürte es bis zum Hals. Da hielt der Schlitten. »Komm, Betty, lass dich in dein Zuhause führen«, sagte Theodor mit heller Stimme. »Vorige Woche habe ich den Pachtvertrag unterschrieben.«

Wenig später stand Betty in der Halle. Und eine Erinnerung flog sie an – sie sah Ferdinand, hörte ihn sagen: »Willkommen im Haus Zuflucht. Vergiss es nie, meine Liebe, wie sehr du mir Halt und Zuflucht bist.« Sie hatte es nicht vergessen ...